inn earth

THE COLLECTED WORKS OF LUXUN

LETTERS

鲁迅文集

鲁迅 著　黄乔生 编

河北人民出版社
石家庄

图书在版编目（CIP）数据

鲁迅文集．书信．下 / 鲁迅著 ; 黄乔生编．-- 石家庄 : 河北人民出版社，2019.11

ISBN 978-7-202-14287-5

Ⅰ．①鲁… Ⅱ．①鲁… ②黄… Ⅲ．①鲁迅著作—选集②鲁迅书简—书信集 Ⅳ．① I210.2

中国版本图书馆 CIP 数据核字（2019）第 209878 号

鲁迅1933年摄于上海

鲁迅、许广平、周海婴摄于1933年

目录　Contents

捌·上海

042　　1931年4月15日 致李秉中

043　　1931年6月23日 致李秉中

045　　1931年7月24日 致郦荔丞

046　　1932年1月5日 致增田涉

048　　1932年2月22日 致许寿裳

049　　1932年3月2日 致许寿裳

051　　1932年3月15日 致许寿裳

052　　1932年3月16日 致开明书店

053　　1932年3月20日 致母亲

055　　1932年3月20日 致李秉中

056　　1932年3月22日 致许寿裳

058　　1932年4月13日 致内山完造

060　　1932年5月9日 致增田涉

062　　1932年5月13日 致增田涉

064　　1932年5月14日 致许寿裳

065　　1932年6月5日 致李霁野

066　　1932年6月5日 致台静农

068　　1932年6月18日 致台静农

071　　1932年6月24日 致曹靖华

073　　1932年8月5日 致李霁野、台静农、韦丛芜

074　　1932年8月15日 致台静农

076　　1932年8月17日 致许寿裳

077　　1932年11月3日 致许寿裳

078　　1932年11月7日 致山本初枝

165 1934年4月1日 致陶亢德

166 1934年4月3日 致姚克

167 1934年4月3日 致魏猛克

168 1934年4月5日 致陈烟桥

170 1934年4月7日 致陶亢德

171 1934年4月9日 致姚克

172 1934年4月9日 致魏猛克

174 1934年4月12日 致陈烟桥

176 1934年4月12日 致姚克

178 1934年4月19日 致陈烟桥

180 1934年4月22日 致姚克

181 1934年4月24日 致杨霁云

182 1934年4月25日 致山本初枝

183 1934年4月30日 致曹聚仁

184 1934年5月4日 致林语堂

185 1934年5月6日 致杨霁云

187 1934年5月15日 致杨霁云

189 1934年5月16日 致郑振铎

192 1934年5月22日 致杨霁云

194 1934年5月26日 致徐懋庸

196 1934年5月31日 致杨霁云

197 1934年6月3日 致杨霁云

200 1934年6月7日 致山本初枝

201 1934年6月9日 致杨霁云

捌·上海

鲁迅在上海写杂文、办杂志、提倡木刻、编印图书、翻译外国文学作品，不足十年中，发表文字数量大大超过前二十年。尤其是杂文，体式多样，文笔简练，情感浓烈，思想深刻，被誉为“投枪”“匕首”。他还写了大量信札，向亲朋好友倾诉内心。

1929年6月25日　致章廷谦

矛尘兄：

廿四日惠函已到。我还是五日回上海的。原想二十左右才回，后来一看，那边，家里是别有世界，我之在不在毫没有什么关系，而讲演之类，又多起来，……所以早走了。

北京学界，我是竭力不去留心他。但略略一看，便知道比我出京时散漫，所争的都是些微乎其微。在杭州的，也未必比那边更“懒”。倘杭州如此毁人，我不知士远[1]何为而光降也。

《抱经堂书目》已见过，并无非要不可的书。《金声玉振集》大约是讲“皇明”掌故的罢，现在很少见，但价值我却不知。茶叶曾买了两大箱，一时喝不完，完后当奉托。

与其胖也宁瘦，在兄虽也许如此，但这是应该由运动而瘦才好，以泻医胖，在医学上是没有这种办法的。

《游仙窟》的销场的确不坏，但改正错字之处，还是算了罢，出版者不以为意，读者不以为奇，作者一人，空着急亦何用？小峰久不见面，去信亦很少答复，所以我是竭力在不写信给他。玄同之类的批评，不值一顾。他是自己不动，专责别人的人。

1　士远：沈士远（1881—1957），浙江吴兴人，原为燕京大学教授，此时到杭州任浙江省政府秘书长。

北新经济似甚窘，有人说，将钱都抽出去开纱厂去了，不知确否。倘确，则两面均必倒灶也。

羡苏小姐没有回来。钦文的事[1]，我想，兄最好替他加料运动一下。

迅 上 六月二十五日

斐君兄均此致候不另　小燕兄，？兄，？兄均吉！

1　钦文的事：指为许钦文谋职一事。

1929年6月29日　致许寿裳

季市兄：

前几天有麟信来，要我介绍他于公侠，我复绝他了，说我和公侠虽认识，但尚不到荐人程度。今天他又有这样的信来，不知真否？倘真，我以为即为设法，也只要无关大计的事就好了。因为他虽和我认识有年，而我终于不明白他的底细，倘与以保任，偾事亦不可知耳。

树人　启上　六月廿九夜

1929年7月21日　致章廷谦

矛尘兄：

十六日惠函早到。并蒙燕公不弃，赐以似爬似坐似蹲之玉照，不胜感谢，尚希转达，以罄下忱为荷。

查钦文来信，有“寒暑表”之评，虽未推崇，尚非诽谤。但又有云，“到我这里来商量相当避暑地点”，则可谓描摹入妙。盖钦文非避暑之人，“相当”岂易得之地，足见汗流浃背，无处可逃，故作空谈，聊以自慰也。但杭州虽热，再住一年亦佳，他处情形，亦殊不妙耳。

鼻公奔波如此，可笑可怜。我在北京孔德学校，鼻忽推门而入，前却者屡，终于退出，似已无吃官司之意。但乃父不知何名，似应研究，倘其字之本义是一个虫，则必无其人，但藉此和疑古玄同辈联络感情者也。

北新书局自云穷极，我的版税，本月一文不送，写信去问，亦不答，大约这样的交道，是打不下去的。自己弄得遍身痱子，而为他人作嫁，去做官开厂，真不知是怎么一回事矣。

上海大热，我仍甚忙，终日为别人打杂，近来连眼睛也有些坏了。我想，总得从速改革一下才好。

青岛大学已开。文科主任杨振声[1]，此君近来似已联络周启明之流矣。此后各派分合，当颇改观。语丝派当消灭也。陈源亦已往青岛大学，还有赵景深[2]沈从文[3]易家钺[4]之流云。

迅 上 七月廿一夜

斐君兄均此致候。

1 杨振声（1890—1956）：字金甫，又作今甫，山东蓬莱人，小说家。

2 赵景深（1902—1985）：曾名旭初，笔名邹啸，祖籍四川宜宾，生于浙江丽水，作家。

3 沈从文（1902—1988）：原名沈岳焕，字崇文，湖南凤凰人，作家。

4 易家钺（1899—1972）：字君左，湖南汉寿人，作家。

1929年7月31日　致李霁野

霁野兄：

廿四日信昨收到。兼士的影片也收到了。《四十一》[1]等未到，大约总是这几天了罢。

我说缩小北京范围，不过因为听说支持困难，所以想，这么一来，可以较省，另外并无深意，也不坚持此说。你既以为不相宜，自然作罢。至于移沪，则须细细计算，因为在这里撑起门面来，实在非在上海有经验者不行。

《关于鲁迅》之出售事，我从一客口中听到，他说是"未名社"的那一本，我所以前信如此说。既系另编，那是另一问题。说的人，大约也并无其他作用的。

我本也想明年回平，躲起来用用功，做点东西。但这回回家后，知道颇有几个人暗中抵制，他们大约以为我要来做教员。荐了一个人[2]，也各处被挤。我看北京学界，似乎已经和现代评论派联合一气了。所以我想不再回去，何苦无端被祸。我出京之前，就是被挤得没饭吃了之故，其实是"落荒而走"了，流来流去，没有送命，那是偶然侥幸。

《未名》能够弄得热闹一点，自然很好，但若由我编，便须在上海付印，且俟那时再看罢。我近来终日做琐事，看稿改稿，见客，翻文

1 《四十一》：即曹靖华所译的苏联作家拉甫列涅夫创作的中篇小说。

2　指韩侍桁。

应酬，弄得终日忙碌而成绩毫无，且苦极，明年起想改革一点，看看书。《奔流》每月就够忙，北新景象又不足与合作，如编《未名》，则《奔流》二卷止，我想不管了，其实也管不转。

合记寄售书籍，销行似颇好，听说他们发出去的书，欠账是能收到的。

迅 七，卅一。

1929年8月7日　致韦丛芜

丛芜兄：

七月二十二日信早收到。《奔流》也许到第四期止，我不再编下去了。即编下去，一个人每期必登一两万字，也是为难的，因为先有约定的几个撰稿者。

北新近来非常麻木，我开去的稿费，总久不付，写信去催去问，也不复。投稿者多是穷的，往往直接来问我，或发牢骚，使我不胜其苦，许多生命，销磨于无代价的苦工中，真是何苦如此。

北新现在对我说穷，我是不相信的，听说他们将现钱搬出去开纱厂去了，一面又学了上海流氓书店的坏样，对作者刻薄起来。

寄来的一篇译文，早收到了。且已于上月底，将稿费数目，开给小峰，嘱他寄去。但我想，恐怕是至今未寄的罢。倘他将稿费寄了，而《奔流》还要印几期，那自然登《奔流》，否则，可以交给小峰，登《北新》之类。如终于不寄稿费，则或者到商务印书馆去卖卖再看。最好是你如收到稿费了，便即通知我一声。

鲁迅　八月七日

1929年8月11日 致李小峰

小峰兄：

奉函不得复，已有多次。我最末问《奔流》稿费的信,是上月底，鹄候两星期，仍不获片纸只字，是北新另有要务，抑意已不在此等刊物，虽不可知，但要之，我必当停止编辑，因为虽是雇工，佣仆，屡询不答，也早该卷铺盖了。现已第四期编讫，后不再编，或停，或另请人接办，悉听尊便。

鲁迅 八月十一日

1929年8月20日　致李霁野

霁野兄：

八月九日信早到。静农的一信一信片亦到，但他至今尚未来。

《41》[1]五本，《文艺论断片》[2]五本，亦已到。

合记是文房具店，他所托的卖书处，也大概是互相交易的文具店，并且常派人去收账，所以未名社是不能直接交涉的。

未名社要登广告，朝花社可以代办。但我想，须于书籍正到上海发卖时，登出来，则更好。

北新脾气，日见其坏，我已请律师和他们开一个小玩笑，我实在忍耐不下去了。

上海到处都是商人气（北新也大为商业化了），住得真不舒服，但北京也是畏途，现在似乎是非很多，我能否以著书生活，恐怕也是一个疑问，北返否只能将来再看了。

《关于鲁迅及其著作》[3]，不知北京尚有存书否？如有，希即寄一

1 《41》：即《第四十一》。

2 《文艺论断片》：即《近代文艺批评断片》，法国法朗士等著，李霁野编译。

3 《关于鲁迅及其著作》：台静农编，1926年7月由未名社印行，是第一部鲁迅研究资料集。

本往法国，地址录下。已寄与否，并希便中见告。

迅 上 八月二十夜

Monsieur Ki Tchejen,

10 rue Jules Dumien 10,

Paris(20 e),

France.

1929年8月24日　致章廷谦

矛尘兄：

廿三日信是当夜收到的。这晚达夫正从杭州来，提出再商量一次，离我的正式开玩意[1]只一天。我已答应了，由律师指定日期开议。因为我是开初就将全盘的事交付了律师的，所以非由他结束不可。

会议的人名中，由我和达夫主张，也写上了你，日子未知，大约是后天罢，但明天下午也难说。这是最后一次了，结果未可知，但据达夫口述，则他们所答应者，和我所提出的相去并不远——只要不是说过不算数。

迅 上 廿四日午后

1　开玩意：开玩笑。

1929年9月27日　致谢敦南[1]

敦南先生：

广平于九月廿六日午后三时腹痛，即入福民医院，至次日晨八时生一男孩。大约因年龄关系，而阵痛又不逐渐加强，故分娩颇慢。幸医生颇熟手，故母子均极安好。知蒙

先生暨

令夫人极垂锦注，特先奉闻。本人大约两三星期后即可退院，届时尚当详陈耳。专此布达，敬颂

曼福不尽。

鲁迅　启上　九月廿七午

1　谢敦南（1900—1959）：福建安溪人，当时在黑龙江省财政厅任职。

1929年10月16日　致韦丛芜

丛芜兄：

八日函收到。《近卅年英文学》[1]于《东方》,《小说月报》都去问过，没有头绪，北新既已收，好极了。日内当将稿送去。

小峰说年内要付我约万元，是确的，但所谓“一切照”我“的话办”，却可笑，因为我所要求者，是还我版税和此后书上要贴印花两条，其实是非“照”不可的。

到西山原也很好，但我想还是不能休养的。我觉得近几年跑来跑去，无论到那里，事情总有这样多，而且在多起来，到西山恐怕仍不能避免。我很想被“打倒”，那就省却了许多麻烦事，然而今年“革命文学家”不作声了，还不成，真讨厌。

仰卧——抽烟——写文章，确是我每天事情中的三桩事，但也还有别的，自己恕不细说了。

迅　上　十月十六夜

1 《近卅年英文学》：即韦丛芜所译的英国爱斯庚著《近三十年的英国文学》。

1929年10月26日　致章廷谦

矛尘兄：

廿三日来信早到。双十节前后，我本想去杭州的，而不料生了病，是一种喉症，照例是医得快，两天就好了。许则于九月廿六日进了医院，我豫算以为十月十日，我一定可有闲空，而不料还是走不开，所以竟不能到杭州去。

许现在已经复原了，因为虽然是病，然而是生理上的病，所以经过一月，一定复原。但当出院回寓时，已经增添了一人，所以势力非常膨张[1]，使我感到非常被迫压，现已逃在楼下看书了。此种豫兆，我以为你来上海时，必定看得出的，不料并不，可见川岛也终于不免有“木肤肤”[2]之处。

“收心读书”，是很难的，我也从幼小时想起，至今没有做到，因为一自由，就很难有规则，一天一天的拖下去了。北京似乎不宜草率前去，看事情略定后再定行止，最佳，道路太远，又非独身，偶一奔波，损失不小也。青岛大学事诚如来信所猜，名单中的好些教授，现仍在上海。

小峰之款，已交了两期。第二期是期票，迟了十天，但在上海习惯，似乎并不算什么。至于《奔流》之款，则至今没有，问其原因，则

1　张：同“胀”。

2　“木肤肤”：绍兴方言，意思是感觉迟钝。

云因为穷，而且打仗之故。我乃函告以倘若北新不能出版，我当自行设法印售，而小峰又不愿，要我再等他半月，那么，须等至十一月五日再看了。这一种杂志，大约小峰是食之无味，弃之不甘也。

杭州无新书，而上海则甚多，一到新学期，大家廉价，好像蜘蛛结网，在等从家里带了几文钱来的乡下学生，要将他吸个干净。我是从来不肯轻易买一本新书的。而其实也无好书；适之的《白话文学史》也不见得好。

迅 上 十月廿六夜

斐君兄均此致候不另。

1929年11月8日　致章廷谦

矛尘兄：

十月卅一日信早到。本应早答而竟迟迟者，忙也。斐君兄所经验之理想的衣服之不合用，顷经调查知确有同一之现象。后来收到“未曾做过娘”的女士们所送之衣服几件，也都属于理想一类，似乎该现象为中国所通有也。

所谓忙者，因为又须准备吃官司也。月前雇一上虞女佣，乃被男人虐待，将被出售者，不料后来果有许多流氓，前来生擒，而俱为不佞所御退，于是女佣在内而不敢出，流氓在外而不敢入者四五天，上虞同乡会本为无赖所把持，出面索人，又为不佞所御退，近无后文，盖在协以谋我矣。但不佞亦别无善法，只好师徐大总统[1]之故智，“听其自然”也。

小峰前天送来钱二百，为《奔流》稿费，余一百则云于十一日送来。我想，杂志非芝麻糖，可以随便切几个钱者，所以拟俟收足后，再来动手。

北京已非善地，可以不去，以暂且不去为是。倘长此以往，恐怕要日见其荒凉，四五年后，必如河南山东一样，不能居住矣。近日之

1　徐大总统：指徐世昌（1855—1939），字卜五，号菊人，天津人，1918年至1922年任北洋政府总统。

车夫大闹，其实便是失业者大闹，其流为土匪，只差时日矣。农院[1]如“卑礼厚币”而来请，我以为不如仍旧旧去教，其目的当然是在饭碗，因为无论什么，总和经济有关，居今之世，手头略有余裕，便或出或处，自由得多，而此种款项，则须豫先积下耳。

我和达夫则生活，实在并不行，我忙得几乎没有自己的工夫，达夫似乎也不宽裕，上月往安徽去教书，不到两星期，因为战事，又逃回来了。

迅 启上 十一月八日

斐君兄均此致候不另，密司许并嘱代笔问候。

1 农院：指浙江农学院。

1930年2月22日　致章廷谦

矛尘兄：

廿日信廿二收到，我这才知道你久在绍兴，我因为忙于打杂，也久不写信了。海婴，我毫不佩服其鼻梁之高，只希望他肯多睡一点，就好。他初生时，因母乳不够，是很瘦的，到将要两月，用母乳一次，牛乳加米汤一次，间隔喂之（两回之间，距三小时，夜间则只吃母乳），这才胖起来。米之于小孩，确似很好的，但粥汤似比米糊好，因其少有渣滓也。

疑古玄同，据我看来，和他的令兄一样性质，好空谈而不做实事，是一个极能取巧的人，他的骂詈，也是空谈，恐怕连他自己也不相信他自己的话，世间竟有倾耳而听者，因其是昏虫之故也。至于鼻公，乃是必然的事，他不在厦门兴风，便在北平作浪，天生一副小娘脾气，磨了粉也不会改的。疑古亦此类，所以较可以情投意合。

疑古和半农，还在北平逢人便即宣传，说我在上海发了疯，这和林玉堂大约也有些关系。我在这里，已经收到几封学生给我的慰问信了。但其主要原因，则恐怕是有几个北大学生，想要求我去教书的缘故。

语丝派的人，先前确曾和黑暗战斗，但他们自己一有地位，本身又便变成黑暗了，一声不响，专用小玩意，来抖抖的把守饭碗。绍原于上月寄我两张《大公报》副刊，其中是一篇《美国批评家薛尔曼评传》，说他后来思想转变，与友为敌，终于掉在海里淹死了。这也是现今北平式的小玩意，的确只改了一个P字[1]。

贱胎们一定有贱脾气，不打是不满足的。今年我在《萌芽》上发表了一篇《我和〈语丝〉的始终》，便是赠与他们的还留情面的一棍该杂志大约杭州未必有买，今摘出附上，此外，大约有几个人还须特别打几棍，才好。这两年来，水战火战，日战夜战，敌手都消灭了，实在无聊，所以想再来闹他一下，顺便打几下无端咬我的家伙，倘若闹不死，明年再来用功罢。

今年是无暇"游春"了，我所经手的事太多，又得帮看孩子，没有法。小峰久不见，但版税是付的，《奔流》拖延着。

迅 上 二月廿二日

斐君兄均此致候。

斐君和小燕们姊弟，也十二分加大号的致意，自然川岛先生尤其不用说了，大家都好呀！

广平敬候

1　1928年6月20日，国民党中央政治会议议决将北京改称北平。

1930年3月21日　致章廷谦

矛尘兄：

四日信早到。《萌芽》[1]三本，已于前几日寄上。所谓“六个文学团体之五”[2]者，原想更做几篇，但至今未做，而况发表乎哉。

自由运动大同盟[3]，确有这个东西，也列有我的名字，原是在下面的，不知怎地，印成传单时，却升为第二名了（第一是达夫）。近来且往学校的文艺团体演说几回，关于文学的。我本不知“运动”的人，所以凡所讲演，多与该同盟格格不入，然而有些人已以为大出风头，有些人则以为十分可恶，谣诼谤骂，又复纷纭起来。半生以来，所负的全是挨骂的命运，一切听之而已，即使反将残剩的自由失去，也天下之常事也。

其实是，在杭州自己沉没，倘有平安饭吃，为自己计，也并不算坏事情。我常常当冲，至今没有打倒，也可以说是每一战斗，在表面上大抵是胜利的。然而。老兄，老实说罢，我实在很吃力，笔和舌，没有停时，想休息一下也做不到，恐怕要算是很苦的了。

达夫本有北上之说，但现在看来，怕未必。一者他正在医痔疮，

1 《萌芽》：即《萌芽月刊》，鲁迅等人编辑的现代文学月刊，1930年1月1日于上海创刊。

2 “六个文学团体之五”：即鲁迅所作《我和〈语丝〉的始终》，在《萌芽月刊》发表时副题为《“我所遇见的六个文学团体”之五》。

3 自由运动大同盟：全称为“中国自由运动大同盟”，1930年2月12日由鲁迅、郁达夫等人在上海发起成立。

二者北局又有变化，大约薪水未必稳妥，他总不肯去喝风的。所以，大约不去总有十层之八九。自由同盟上的一个名字，也许可以算是原因之三罢。

半农玄同之拜帅，不知尚有几何时？有枪的也和有笔的一样，你打我，我打你，交通大约又阻碍了。兄至今勾留杭州，也未始不是幸事。

迅 上 三月二十一夜

斐君兄均此致候。

1930年3月27日　致章廷谦

矛尘兄：

廿五日来信，今天收到。梯子之论，是极确的，对于此一节，我也曾熟虑，倘使后起诸公，真能由此爬得较高，则我之被踏，又何足惜。中国之可作梯子者，其实除我之外，也无几了。所以我十年以来。帮未名社，帮狂飙社，帮朝花社，而无不或失败，或受欺，但愿有英俊出于中国之心，终于未死，所以此次又应青年之请，除自由同盟外，又加入左翼作家连盟，于会场中，一览了荟萃于上海的革命作家，然而以我看来，皆茄花色，于是不佞势又不得不有作梯子之险，但还怕他们尚未必能爬梯子也。哀哉！

果然，有几种报章，又对我大施攻击，自然是人身攻击，和前两年"革命文学家"攻击我之方法并同，不过这回是"罪孽深重，祸延"孩子，计海婴生后只半岁，而南北报章，加以嘲骂者已有六七次了。如此敌人，不足介意，所以我仍要从事译作，再做一年。我并不笑你的"懦怯和没出息"，想望休息之心，我亦时时有之，不过一近旋涡，自然愈卷愈紧，或者且能卷入中心，握笔十年，所得的是疲劳与可笑的胜利与无进步，而又下台不得，殊可慨也。

蔡先生确是一个很念旧知的人，倘其北行，兄自不妨同去，但世事万变，他此刻大约又未必去了罢，至于北京，刺戟也未必多于杭州，据我所见，则昔之称为战士者，今已蓄意险仄，或则气息奄奄，甚至举止言语，皆非常庸鄙可笑，与为伍则难堪，与战斗则不得，归根结蒂，令人如陷泥坑中。但北方风景，是伟大的，倘不至于日见其荒凉，实较适于居住。

徐夫人出典，我不知道，手头又无书可查。以意度之，也许是男子而女名者。不知人名之中，可有徐负（负 = 妇），倘有，则大概便是此人了。

乔峰将上海情形告知北京，不知何意，他对我亦未言及此事。但常常慨叹保持饭碗之难，并言八道弯事情之多，一有事情，便呼令北去，动止两难，至于失眠云云。今有此举，岂有什么决心乎。要之北京（尤其是八道弯）上海，情形大不相同，皇帝气之积习，终必至于不能和洋场居民相安，因为目击流离，渐失长治久安之念，一有压迫，很容易视所谓“平安”者如敝屣也。

例如卖文生活，上海情形即大不同，流浪之徒，每较安居者为好。这也是去年“革命文学”所以兴盛的原因。我因偶作梯子，现已不能住在寓里（但信寄寓中，此时仍可收到），而译稿每千字十元，却已有人豫约去了，但后来之兴衰，则自然仍当视实力和压迫之度矣。

迅 启上 三月二十七夜书于或一屋顶房中

斐君兄及小燕弟均此致候不另。

1930年5月3日　致李秉中

秉中兄：

前蒙寄《鼓掌绝尘》，早收到；后又得四月十八日惠书，具悉。天南遁叟[1]系清末“新党”，颇和日人往来，亦曾游日，但所纪载，以文酒伎乐之事为多，较之《观光纪游》之留意大事，相去远矣。兄之关于《鼓掌绝尘》一文，因与信相连，读后仍纳信封中，友人之代为清理废纸者，不遑细察，竟与他种信札，同遭毁弃，以致无从奉璧，实不胜歉仄，尚希谅察为幸。

兄所问《大公报》副刊编辑人，和歌入门之书籍及较好之日本史三事，我皆不知。至于国内文艺杂志，则实尚无较可观览者。近来颇流行无产文学，出版物不立此为旗帜，世间便以为落伍，而作者殊寥寥。销行颇多者，为《拓荒者》[2]，《现代小说》，《大众文艺》，《萌芽》等，但禁止殆将不远。《语丝》闻亦将以作者星散停刊云。我于《彷徨》之后，未作小说，近常从事于翻译，间有短评，涉及时事，而信口雌黄，颇招悔尤，倘不再自检束，不久或将不能更居上海矣。

我于前年起，曾编《奔流》，已出十五本，现已停顿半年，似书店不愿更印也，不知何意。

结婚之事，难言之矣，此中利弊，忆数年前于函中亦曾为兄道

1　天南遁叟：王韬（1828—1897），字紫诠、兰卿，号仲弢、天南遁叟等，清末思想家，著有《扶桑游记》等。

2　《拓荒者》：1930年1月在上海创刊的文学月刊。

及。爱与结婚，确亦天下大事，由此而定，但爱与结婚，则又有他种大事，由此开端，此种大事，则为结婚之前，所未尝想到或遇见者，然此亦人生所必经（倘要结婚），无可如何者也。未婚之前，说亦不解，既解之后，——无可如何。

国内颇纷纭多事，简直无从说起，生人箝口结舌，尚虞祸及，读明末稗史，情形庶几近之。

迅 启上 五月三日

令夫人均此致候不另。

1930年5月24日　致章廷谦

矛尘兄：

在很以前，当我收到你问我关于“徐夫人”的信的时候，便发了一封回信，其中也略述我的近状。今天收到你廿二的来信，则这一封信好像你并未收到似的。又前曾寄《萌芽》第四期，后得邮局通知，云已被当局扣留。我的寄给你这杂志，可以在孔夫子木主之前起誓，本来毫无“煽动”之意，不过给你看看上海有这么一种刊物而已。现在当局既然如此小心，劳其扣下，所以我此后就不再寄了。

杭州和北京比起来，以气候与人情而论，是京好。但那边的学界，不知如何。兄如在杭有饭碗，我是不主张变动的，而况又较丰也哉。譬如倘较多十分之六，则即使失了饭碗，也比在北京可以多玩十分之六年也。但有一个紧要条件，总应该积存一点。

《骆驼草》[1]已见过，丁武当系丙文[2]无疑，但那一篇短评，实在晦涩不过。以全体而论，也没有《语丝》开始时候那么活泼。

捉人之说，曾经有之，避者确不只达夫一人。但此事似亦不过有些人所想望，而未曾实行。所以现状是各种报上的用笔的攻击，而对于不佞独多，搜集起来，已可以成一小本。但一方面，则实于不

1 《骆驼草》：1930年在北京创刊的周刊，周作人主编。

2 丙文：指冯文炳（1901—1967），笔名废名，湖北黄梅人，作家。他在《骆驼草》上发表《“中国自由运动大同盟宣言”》，署名丁武。

佞无伤，北新正以“画影图形”的广告，在卖《鲁迅论》，十年以来，不佞无论如何，总于人们有益，岂不悲哉。

这几年来又颇懂得了不少的“世故”，人事无穷，真是学不完也。伏园在巴黎唱歌，想必用法国话，我是——恕我直言——连伏园用绍兴话唱歌，也不信其学得好者也。

迅 上 五月廿四日

斐君小燕诸兄均此致候不另　　景宋附问好。

1930年9月20日　致曹靖华[1]

（该信首页缺失，编者注）

究》上，此刊物亦又停顿，故后半未译，但很难懂，看的人怕不多。车氏[2]及毕林斯基[3]，中国近来只有少数人，知道他们的名字。

译书的霍乱症，现在又好了一点，因为当局不管好坏，一味力加迫压，译者及出版者见此种书籍之销行，发生困难，便去弄别的省力而可以赚钱的东西了。现已在查缉自由运动发起人“堕落文人”鲁迅等五十一人，听说连译作（也许连信件）也都在邮局暗中扣住，所以有一些人，就赶紧拨转马头，离开惟恐不速，于是翻译界也就清净起来，其实这倒是好的。

至于这里的新的文艺运动，先前原不过一种空喊，并无成绩，现在则连空喊也没有了。新的文人，都是一转眼间，忽而化为无产文学家的人，现又消沈下去，我看此辈于新文学大有害处，只有提出这一个名目来，使大家注意了之功，是不可没的。而别一方面，则乌烟瘴气的团体乘势而起，有的是意太利式，有的是法兰西派，但仍然毫无创作，他们的惟一的长处，是在暗示有力者，说某某的作品是收受

1　曹靖华（1897—1987）：原名联亚，河南卢氏人，作家、翻译家，1927年4月赴苏联，先后在莫斯科中山大学和列宁格勒东方语言学校任教，1933年秋回国。

2　车氏：指车尔尼雪夫斯基（Nikolay Chernyshevsky，1828—1889），俄国文学批评家、作家。

3　毕林斯基（Vissarion Belinsky，1811—1848）：俄国文学批评家。

卢布所致。我先前总以为文学者是用手和脑的，现在才知道有一些人，是用鼻子的了。

你的女儿的情形，倘不经西医诊断，恐怕是很难疗治的。既然不傻不痴，而到五六岁还不能说话，也许是耳内有病，因为她听不见，所以无从模仿，至于不能走，则是“软骨病”也未可知。打针毫无用处，海参中国虽算是补品，其实是效力很少（不过和吃鱼虾相仿佛），婴儿自己药片有点效，但以小病症为限。

不过另外此刻也没有法子，所以今天买了一打药片，两斤海参，托先施公司去寄，这公司有邮寄部，代办一切，甚便当的。不料他说罗山不通邮寄包裹，已有半年多了，再过两星期，也许会通（不知何故），因此这一包就搁在公司里，须过两星期再看。

过两星期后，我当再去问一声。

这里冷起来了。我也老下去了，前几天有几个朋友给我做了一回五十岁的纪念，其实是活了五十年，成绩毫无，我惟希望就是在文艺界，也有许多新的青年起来。

再谈罢，此祝

安吉。

弟周豫才 启 九月二十日

（通讯地址仍旧）

1930年10月13日　致王乔南[1]

乔南先生：

顷奉到五日来信，谨悉种种。我的作品，本没有不得改作剧本之类的高贵性质，但既承下问，就略陈意见如下：——

我的意见，以为《阿Q正传》，实无改编剧本及电影的要素。因为一上演台，将只剩了滑稽，而我之作此篇，实不以滑稽或哀怜为目的，其中情景，恐中国此刻的“明星”是无法表现的。

况且诚如那位影剧导演者所言，此时编制剧本，须偏重女脚，我的作品，也不足以值这些观众之一顾，还是让它“死去”罢。

匆复，并颂

曼福。

迅 启上 十月十三日

再：我也知道先生编后，未必上演，但既成剧本，便有上演的可能，故答复如上也。

1　王乔南（1896—？）：原名王林，河北河间人，时任北京陆军军医学校数学教师。他将《阿Q正传》改编为电影剧本《女人与面包》，写信征求鲁迅的意见。

1930年11月14日　致王乔南

乔南先生：

顷奉到六日来信，知道重编阿Q剧本的情形，实在恰如目睹了好的电影一样。

前次因为承蒙下问，所以略陈自己的意见。此外别无要保护阿Q，或一定不许先生编制印行的意思，先生既然要做，请任便就是了。

至于表演摄制权，那是西洋——尤其是美国——作家所看作宝贝的东西，我还没有欧化到这步田地。它化为《女人与面包》以后，就算与我无干了。

电影我是不懂得其中的奥妙的。寄来的大稿，恐未曾留有底稿，故仍奉还。此复，即颂

时绥。

迅 启上 十一月十四夜。

1931年2月2日　致韦素园

素园兄：

昨看见由舍弟转给景宋的信，知道这回的谣言，至于广播北方，致使兄为之忧虑，不胜感荷。上月十七日，上海确似曾拘捕数十人，但我并不详知，此地的大报，也至今未曾登载。后看见小报，才知道有我被拘在内，这时已在数日之后了。然而通信社却已通电全国，使我也成了被拘的人。

其实我自到上海以来，无时不被攻击，每年也总有几回谣言，不过这一回造得较大，这是有一些人，希望我如此的幻想。这些人大抵便是所谓“文学家”，如长虹一样，以我为“绊脚石”，以为将我除去，他们的文章便光焰万丈了。其实是并不然的。文学史上，我没有见过用阴谋除去了文学上的敌手，便成为文豪的人。

但在中国，却确是谣言也足以谋害人的，所以我近来搬了一处地方。景宋也安好的，但忙于照看小孩。我好像未曾通知过，我们有了一个男孩，已一岁另四个月，他生后不满两月之内，就被“文学家”在报上骂了两三回，但他却不受影响，颇壮健。

我新近印了一本 Gladkov 的《Zement》[1]的插画，计十幅，大约

1　Gladkov：革拉特珂夫（1883—1958），苏联作家。《Zement》：革拉特珂夫的长篇小说《士敏土》。

不久可由未名社转寄兄看。又已将Fadejev[1]的《毁灭》(Razgrom)译完，拟即付印。中国的做人虽然很难，我的敌人（鬼鬼祟祟的）也太多，但我若存在一日，终当为文艺尽力，试看新的文艺和在压制者保护之下的狗屁文艺，谁先成为烟埃。并希兄也好好地保养，早日痊愈，无论如何，将来总归是我们的。

迅 上 二月二日

景宋附笔问候

1 Fadejev：即法捷耶夫（1901—1956），苏联作家。

1931年2月4日　致李秉中

秉中兄：

顷见致舍弟书，借知沪上之谣，已达日本。致劳殷念，便欲首途[1]，感怆交并，非言可喻！

我自旅沪以来，谨慎备至，几于谢绝人世，结舌无言。然以昔曾弄笔，志在革新。故根源未竭，仍为左翼作家联盟之一员。而上海文坛小丑，遂欲乘机陷之以自快慰。造作蜚语，力施中伤，由来久矣。哀其无聊，付之一笑。上月中旬，此间捕青年数十人，其中之一，是我之学生。（或云有一人自言姓鲁）飞短流长之徒，因盛传我已被捕。通讯社员发电全国，小报记者盛造谰言，或载我之罪状，或叙我之住址，意在讽喻当局，加以搜捕。其实我之伏处牖下，一无所图，彼辈亦非不知。而沪上人心，往往幸灾乐祸。冀人之危，以为谈助。大谈陆王恋爱[2]于前，继以马振华[3]投水，又继以萧女士被强奸案[4]，今则轮到我之被捕矣。文人一摇笔，用力甚微，而于我之害则甚大。老母饮泣，挚友惊心。十日以来，几于日以发缄更正为事，亦可悲矣。今幸无事，可释远念。然而三告投杼，贤母生疑。千夫所指，无疾而死。

1　首途：动身，上路。

2　陆王恋爱：当为"陆黄恋爱"，指出身名门的大家闺秀黄慧如与家中仆人陆根荣的恋爱。

3　马振华投水：指女子马振华因未婚夫汪世昌怀疑她非处女而投黄浦江自杀。

4　萧女士被强奸案：指南京女教师萧信庵受聘赴南洋华侨学校任教途中，在轮船上被荷兰船员强奸一案。

生丁今世，正不知来日如何耳。东望扶桑，感怆交集。此布，即颂曼福不尽。

迅 启上 二月四日

令夫人均此致候。

1931年2月18日　致李秉中

秉中兄：

九日惠函已收到。生丁[1]此时此地，真如处荆棘中，国人竟有贩人命以自肥者，尤可愤叹。时亦有意，去此危邦，而眷念旧乡，仍不能绝裾径去，野人怀土，小草恋山，亦可哀也。日本为旧游之地，水木明瑟，诚足怡心，然知之已稔，遂不甚向往，去年颇欲赴德国，亦仅藏于心。今则金价大增，且将三倍，我又有眷属在沪，并一婴儿，相依为命，离则两伤，故且深自韬晦，冀延余年，倘举朝文武，仍不相容，会当相偕以泛海，或相率而授命耳。盛意甚感，但今尚无恙，请释远念，并善自珍摄为幸。此布，即颂

曼福不尽。

迅 启上 二月十八日

令夫人均此致候。

1　生丁：指生孩子。

1931年3月6日　致李秉中

秉中兄：

二月二十五日来函，顷已奉到。家母等仍居北京，盖年事已老，习于安居，迁徙殊非所喜。五年前有人将我名开献段公[1]，煽其捕治时，遂孑身出走，流寓厦门。复往广州，次至上海，是时与我偕行者，本一旧日学生，曾共患难，相助既久，恝置遂难。兄由朔方归国，来景云里寓时，曾一相见，然初非所料，固当未尝留意也。

孩子生于前年九月间，今已一岁半，男也，以其为生于上海之婴孩，故名之曰海婴。我不信人死而魂存，亦无求于后嗣，虽无子女，素不介怀。后顾无忧，反以为快。今则多此一累，与几只书箱，同觉笨重，每当迁徙之际，大加擘画之劳。但既已生之，必须育之，尚何言哉。

近数年来，上海群小，一面于报章及口头盛造我之谣言，一面又时有口传，云当局正在索我甚急云云。今观兄所述友人之言，则似固未尝专心致志，欲得而甘心也。此间似有一群人，在造空气以图构陷或自快。但此辈为谁，则无从查考。或者上海记者，性质固如此耳。

又闻天津某报曾载我"已经刑讯"，亦颇动旧友之愤。又另有

1　段公：指段祺瑞。

一报，云我之被捕，乃因为“红军领袖”之故云。

此间渐暖，而感冒大流行。但眷属均好。北京亦安。我颇欲北归，但一想到彼地“学者”，辄又却步。此布，即颂

曼福

迅 启上 三月六日

令夫人均此致候。

1931年4月15日　致李秉中

秉中兄：

三月廿九日来信，到已多日，适患感冒，遂稽答复。生今之世，而多孩子，诚为累坠之事，然生产之费，问题尚轻，大者乃在将来之教育，国无常经，个人更无所措手，我本以绝后顾之忧为目的，而偶失注意，遂有婴儿，念其将来，亦常惆怅，然而事已如此，亦无奈何，长吉诗云：已生须已养，荷担出门去，只得加倍服劳，为孺子牛耳，尚何言哉。兄之孩子，虽倍于我，但倘不更有增益，似尚力有可为，所必要者，此后当行节育法也。惟须不懈，乃有成效，因此事繁琐，易致疏失，一不注意，便又往往怀孕矣。求子者日夜祝祷而无功，不欲者稍不经意而辄妊，此人间之所以多苦恼欤。寓中均安，可释远念，但百物腾贵，弄笔者或杀或囚，书店（北新在内）多被封闭，文界孑遗，有稿亦无卖处，于生活遂大生影响耳。此布，即颂

曼福。

讯 启上 四月十五日

令夫人均此致候。

1931年6月23日 致李秉中

秉中兄：

十六日信已到。前回的一封信，我见过几次转载，有些人还因此大做文章，或毁或誉。这是上海小报记者的老法门，他们因为不敢说国家大事，只好如此。兄不大和这种社会接近，故至于惊愕，我是见之已惯，毫不为奇的了。

对于发表信札的事，我于兄也毫无芥蒂，自己的信之发表，究胜于别人之造谣，况且既已写出，何妨印出，那是不算一回什么事的。但上海小报，笑柄甚多，有一种竟至今尚不承认我没有被捕，其理由则云并未有亲笔去函更正也。

疑兄“借光自照”，此刻尚不至于此。因为你尚未向上海书坊卖稿，和此辈争一口饮食，否则，即无此信，他们也总要讲坏话的。我向来对于有新闻记者气味的人，是不见，倘见，则不言，然而也还是谣言层出，有时竟会将舍弟的事，作为我的。大约因为面貌相似，认不清楚之故。惟近数月来，关于我的记事颇少见，大约一时想不出什么新鲜花样故也。

我安善如常，但总在老下去；密斯许亦健，孩子颇胖，而太顽皮，闹得人头昏。四月间北新书店被封，于生计颇感恐慌，现北新复开，我的书籍销行如故，所以没有问题了。

中国近又不宁，真不知如何是好。做起事来，诚然，令人心悸。

但现在做人，我想，只好大胆一点，恐怕也就通过去了。兄之常常觉得为难，我想，其缺点即在想得太仔细，要毫无错处。其实，这样的事，是极难的。凡细小的事情，都可以不必介意。一旦身临其境，倒也没有什么，譬如在围城中，亦未必如在城外之人所推想者之可怕也。此复，即颂

曼福。

迅 上 广平附笔致候 六月二十三夜

令夫人均此问候

1931年7月24日　致郦荔丞[1]

荔丞老棣足下：

日前乔峰持来所惠妙绘一帧，发视怅然，感念并集，遽忆睽离故乡且三十载，与情亲不相谋面者亦已久矣。中表兄弟隔以云天，而俱已鬓垂斑白。岂意睹高情于毫素，粲春华于萧斋，则诚不禁恍忽远念，如见儿时相见于皇甫庄时之梦也。

吾棣笔法清正，自是花鸟正脉，而近来㧑叔[2]、仓石[3]末流，恣为荒怪，适足投沪上浅躁之心，萎花枯叶，奉为珍异，则健实之作而冀为世所赏，盖亦难矣！一切如此，固不特绘事为然也。特此声谢，并颂曼福不尽。

愚小兄周树人　顿首。七月廿四日

1　郦荔丞：即郦荔臣（1881—1942），字丽翁，浙江绍兴人，鲁迅的表弟。

2　㧑叔：即赵之谦（1829—1884），字㧑叔，浙江绍兴人，清代书画家。

3　仓石：即吴昌硕（1844—1927），初名俊，又名俊卿，字昌硕，又署仓石等，浙江湖州人，书画家。

1932年1月5日　致增田涉[1]

拜启：

年前惠函，早已拜阅。绘画之事确实失败，安放的地方不妥。然而，官员竟连观赏的东西也挑挑剔剔，此实为天下所以纷纭多事之故也。从旁看来，还是因为闲人太多，也就会有闲话了。

一月号《改造》[2]未刊载《某君传》[3]，岂文章之过耶？实因某君并非锋头人物 。证据是：Gandhi[4]虽赤身露体，也出现影片上。佐藤先生[5]在《故乡》译后记中虽竭力介绍，但又怎么样呢？

敝国即中国今年又将展开新的混乱局面，但上海是安全的罢。丑剧是一时演不完的。虽然政府好似说允许言论自由什么的，不过是新的圈套，须更加小心。

握别以来，感到寂寞。什么工作也没有，总之现在是失业。上月全家患流行感冒，总算都好了。

1　增田涉（1903—1977）：日本中国文学研究者，1931年到上海向鲁迅学习中国小说史。

2　《改造》：日本的综合性月刊，1919年4月创刊，由东京改造社出版。

3　《某君传》：指增田涉作的《鲁迅传》。

4　Gandhi：即印度著名民族领袖甘地（1869—1948）。

5　佐藤先生：指佐藤春夫（1892—1964），日本作家，曾翻译鲁迅的作品。

047

今天寄上《铁流》和一些小报，想可与此信同时到达。《北斗》第四期日内可送去。上京时希能见告，以便径寄东京寓所。

草草顿首

迅 启上 一月五日夜

增田仁兄

1932年2月22日　致许寿裳

季市兄：

因昨闻子英登报招寻，访之，始知兄曾电询下落。此次事变[1]，殊出意料之外，以致突陷火线中，血刃塞途，飞丸入室，真有命在旦夕之概。于二月六日，始得由内山君设法，携妇孺走入英租界，书物虽一无取携，而大小幸无恙，可以告慰也。现暂寓其支店中，亦非久计，但尚未定迁至何处。倘赐信，可由“四马路杏花楼下，北新书局转”耳。

此颂

曼福。

弟树　顿首　二月二十二日

乔峰亦无恙，并闻。

1　指“一·二八”事变。1932年1月28日，日本侵略者向驻上海闸北的国民革命军第十九路军发动突然袭击，3月3日停战。

1932年3月2日　致许寿裳

季茀兄：

顷得二月二十六日来信，谨悉种种。旧寓至今日止，闻共中四弹，但未贯通，故书物俱无恙，且亦未遭劫掠。以此之故，遂暂蜷伏于书店楼上，冀不久可以复返，盖重营新寓，为事甚烦，屋少费巨，殊非目下之力所能堪任。倘旧寓终成灰烬，则拟挈眷北上，不复居沪上矣。

被裁之事[1]，先已得教部通知，蔡先生如是为之设法，实深感激。惟数年以来，绝无成绩，所辑书籍，迄未印行，近方图自印《嵇康集》，清本略就，而又突陷兵火之内，存佚盖不可知。教部付之淘汰之列，固非不当，受命之日，没齿无怨。现北新书局尚能付少许版税，足以维持，希释念为幸。

今所恳望者，惟舍弟乔峰在商务印书馆作馆员十年，虽无赫赫之勋，而治事甚勤，始终如一，商务馆被燹后，与一切人员，俱被停职，素无储积，生活为难，商务馆虽云人员全部解约，但现在当必尚有蝉联，而将来且必仍有续聘，可否乞兄转蕲蔡先生代为设法，俾有一栖身之处，即他处他事，亦甚愿服务也。

1　被裁之事：1927年12月，鲁迅应国民政府大学院院长蔡元培之聘，任该院特约撰述员，1931年12月被裁。

钦文之事[1]，在一星期前，闻虽眷属亦不准接见，而死者之姊，且控其谋财害命，殊可笑，但近来不闻新消息，恐尚未获自由耳。

匆复，即颂

曼福。

弟树 启上 三月二日

乔峰广平附笔致候

1 钦文之事：1932年初，杭州艺专学生陶思瑾（陶元庆之妹）与同学刘梦莹借住许钦文家，刘梦莹因与陶思瑾发生冲突而被后者杀害。许钦文以房主的身份被刘的姐姐诉至法院，于2月11日被拘。

1932年3月15日　致许寿裳

季市兄：

快函已奉到。诸事至感。在漂流中，海婴忽生疹子，因于前日急迁至大江南饭店，冀稍得温暖，现视其经过颇良好，希释念。昨去一视旧寓，除震破五六块玻璃及有一二弹孔外，殊无所损失，水电瓦斯，亦已修复，故拟于二十左右，回去居住。但一过四川路桥，诸店无一开张者，入北四川路，则市廛家屋，或为火焚，或为炮毁，颇荒漠，行人亦复寥寥。如此情形，一时必难恢复，则是否适于居住，殊属问题，我虽不惮荒凉，但若购买食物，须奔波数里，则亦居大不易耳。总之，姑且一试，倘不可耐，当另作计较，或北归，或在英法租界另觅居屋，时局略定，租金亦想可较廉也。乔峰寓为炸弹毁去一半，但未遭劫掠，故所失不多，幸人早避去，否则，死矣。此上，

即颂

曼福。

树 启上 三月十五日

1932年3月16日　致开明书店

径启者，未名社存书归贵局经售，已逾半年，且由惠函，知付款亦已不少，而鄙人应得之款，迄今未见锱铢，其分配之不均，实出意外，是知倘非有一二社员，所取过于应得，即经手人貌为率直，仿佛不知世故，而实乃狡黠不可靠也。故今特函请

贵局此后将未付该社之款，全数扣留，并即交下，盖鄙人所付垫款及应得版税，数在四千元以上，向来分文未取，今之存书，当尽属个人所有，而实尚不足以偿清，收之桑榆，犹极隐忍，如有纠葛，自当由鄙人负责办理，决不有累

贵局也。此请

开明书局执事先生台鉴

鲁迅 启 卅二年三月十六日

1932年3月20日　致母亲

母亲大人膝下敬禀者，十七日寄奉一函，想已到。现男等已于十九日回寓，见寓中窗户，亦被炸弹碎片穿破四处，震碎之玻璃，有十一块之多。当时虽有友人代为照管，但究不能日夜驻守，故衣服什物，已有被窃去者，计害马衣服三件，海婴衣裤袜子手套等十件，皆系害马用毛线自编，厨房用具五六件，被一条，被单五六张，合共值洋七十元，损失尚算不多。两个用人，亦被窃去值洋二三十元之物件。惟男则除不见了一柄洋伞之外，其余一无所失，可见书籍及破衣服，偷儿皆看不入眼也。

老三旧寓，则被炸毁小半，门窗多粉碎，但老三之物，则除木器颇被炸破之外，衣服尚无大损，不过房子已不能住，所以他搬到法租界去了。

海婴疹子见点之前一天，尚在街上吹了半天风，但次日却发得很好，移至旅馆，又值下雪而大冷，亦并无妨碍，至十八夜，热已退净，遂一同回寓。现在胃口很好，人亦活泼，而更加顽皮，因无别个孩子同玩，所以只在大人身边吵嚷，令男不能安静。所说之话亦更多，大抵为绍兴话，且喜吃咸，如霉豆腐，盐菜之类。现已大抵吃饭及粥，牛乳只吃两回矣。

男及害马，全都安好，请勿念。淑卿[1]小姐久不见，但闻其肚子已很大，不久便将生产，生后则当与其男人同回四川云。专此布达，恭请金安。

男树 叩上 三月二十日夜

1 淑卿：指许钦文四妹许羡苏。

1932年3月20日　致李秉中

秉中兄：

惠函奉到。时危人贱，任何人在何地皆可死，我又往往适在险境，致令小友远念，感愧实不可言，但实无恙，惟卧地逾月，略觉无聊耳。百姓将无死所，自在意中，忆前此来函，颇多感愤之言，而鄙意颇以为不必，兄当冷静，将所学者学毕，然后再思其他，学固无止境，但亦有段落，因一时之刺激，释武器而奋空拳，于人于己，两无益也。此地已不闻枪炮声，故于昨遂重回旧寓，门窗虽为弹片毁三四孔，碎玻璃十余枚，而内无损，当虚室时，偷儿亦曾惠临，计择去衣服什器约二十余事，值可七十元，但皆妇竖及灶下之物，其属于我者，仅洋伞一柄，书籍纸墨皆如故，亦可见文章之不值钱矣。当漂流中，孩子忽染疹子，任其风吹日炙，不与诊视，而竟全愈，顽健如常，照相久未照，惟有周岁时由我手抱而照者一张在此，日内当寄上，俟较温暖，拟照新片，尔时当续奉也。钦文事我亦不详，似是三角恋爱，二女相妒，以至相杀，但其一角，或云即钦文，或云另一人，则真所谓“议论纷纷莫衷一是”，不佞亦难言之矣。此颂

曼福。

迅 启上 三月二十夜

令夫人均此致候。

1932年3月22日　致许寿裳

季市兄：

近来租界附近已渐平静，电车亦俱开通，故我已于前日仍回旧寓，门墙虽有弹孔，而内容无损。但鼠窃则已于不知何时惠临，取去妇孺衣被及厨下什物二十余事，可值七十元，属于我个人者，则仅取洋伞一柄。一切书籍，岿然俱存，且似未尝略一翻动，此固甚可喜，然亦足见文章之不值钱矣。要之，与闸北诸家较，我寓几可以算作并无损失耳。今路上虽已见中国行人，而迁去者众，故市廛未开，商贩不至，状颇荒凉，得食物亦颇费事。本拟往北京一行，勾留一二月，怯于旅费之巨，故且作罢。暂在旧寓试住，倘大不便，当再图迁徙也。在流徙之际，海婴忽染疹子，因居旅馆一星期，贪其有汽炉耳。而炉中并无汽，屋冷如前寓而费钱却多。但海婴则居然如居暖室，疹状甚良好，至十八日而全愈，颇顽健。始知备汽炉而不烧，盖亦大有益于卫生也。钦文似尚不能保释，闻近又发见被害者之日记若干册，法官当一一细读，此一细读，正不知何时读完，其累钦文甚矣。回寓后不复能常往北新，而北新亦不见得有人来，转信殊多延误，此后赐示，似不如由内山书店转也。

此上，即颂

曼福。

迅 启上 三月二十一夜

再者

十七日快信，顷已奉到，因须自北新去取，故迟迟耳。

乔峰事经蔡先生面商，甚为感谢，再使乔峰自去，大约王云五[1]所答，当未必能更加切实，鄙意不如暂且勿去，静待若干日为佳也。

顷又闻钦文已释出，法官对于他，并不起诉，然则已脱干系矣。岂法官之读日记，竟如此其神速耶。

迅 上 二十二日下午

1 王云五（1888—1979）：字岫庐，广东中山人，时任商务印书馆总经理兼编译所所长。

1932年4月13日　致内山完造[1]

拜启：

四月二日惠函拜阅。早先我虽很想去日本小住，但现在感到不妥，决定还是作罢为好。第一，现在离开中国，什么情况都无从了解，结果也就不能写作了。第二，既是为了生活而写作，就必定会变成“新闻记者”那样，无论从那一方面看就会变成不知为什么而写作了。何况佐藤先生和增田兄大概也是为我的稿子多方奔走。这样一个累赘到东京去，确实不好。依我好，日本还不是可以讲真话的地方，一不小心，说不定还会给你们带来麻烦也未可知。再说，倘若为了生活而去写些迎合读者的东西，那最后就要变成真正的“新闻记者”了。

你们的好意，深为感谢。由于不知道增田君的地址，请代为致意，特别是对佐藤先生，真不知用什么语言才能表达自己的谢意。我于三周前回到原住处。周围虽颇寂寞，但也无多大不便。不景气当然也间接波及我们，不过先忍耐一下看看吧，等到万一炮弹再次飞来又要逃走时再说。

书店还是每天都去，不过已经没有漫谈了。还是颇为寂寞。你何时来上海？我热切地盼望你能早日归来。

草草顿首

1　内山完造（1885—1959）：日本冈山人，1917年在上海开设内山书店，1927年与鲁迅结识。

鲁迅 呈

Miss许同具

内山兄

尊夫人也请代为问候，并向嘉吉兄[1]和松藻女士[2]致意。

1 嘉吉兄：指内山嘉吉（1900—1984），内山完造之弟，当时在东京成城学院任美术老师。1931年8月来上海度假期间，应鲁迅之邀为暑期木刻讲习班讲授木刻技法。

2 松藻女士：指片山松藻，内山嘉吉的夫人。

1932年5月9日　致增田涉

拜启：

五月一日惠函收到。我昨天也有一信奉上，因不明尊址，故托山本夫人[1]转交，不知你看到否？

节山先生[2]真不离本色。我觉得，日本人一成了中国迷，必然如此。但“满洲国”也没有孔孟之道，溥仪也不是行王者仁政（的人）。我曾读过他的白话作品，毫不感到有什么了不起。

曼殊和尚的日语非常好，我以为简直就是日本人。

《古东多万》[3]四月号已自山本夫人处得到。佐藤先生客气，没有全部拿出去，其实十幅完全复制了也好，因为三闲书屋总是要垮台的。

据镰田[4]君说，山本船长[5]将返航日本，这样，他的夫人就不能来上海了，这也是一件寂寞的事。

1　山本夫人：指山本初枝（1898—1966），笔名幽兰，日本歌人，热爱中国文学，1931年与鲁迅结识。

2　节山先生：指盐谷温（1878—1962），号节山，日本中国文学研究家，东京大学名誉教授，增田涉的老师。

3　《古东多万》：日本文艺月刊，佐藤春夫编辑，1931年9月创刊，东京日本书房出版。

4　镰田：指镰田诚一（1905—1934），内山书店职员。

5　山本船长：指山本正雄（？—1942），日清汽船公司船长，山本初枝的丈夫。

出上先生[1]在《文战》[2]写了文章。看五月号《无产阶级文学》[3]刊有中国左联的信，对他批评得很厉害。

我们都好，北京之行已作罢。我依旧消磨时光，无成绩可言。以后想写点小说或者中国文学史。

上海的刊物（《北斗》《文艺新闻》《中国论坛》），今天送到内山书店托寄，但没有什么好材料。

草草顿首

迅 上 五月九日

增田兄

1 出上先生：指出上万一郎，生卒年不详，曾任《上海每日新闻》记者。

2 《文战》：日本左翼杂志，1924年6月创刊，东京文艺战线社出版。

3 《无产阶级文学》：又译《普罗文学》，日本左翼文学月刊，1932年1月创刊，东京无产阶级作家同盟出版。

1932年5月13日　致增田涉

增田兄：

五月七日惠函收到。我也在五日六日寄奉一函和刊物，未知到达否？最近上海没有比较好的出版物。此次事件，战争的胜败，我等外行人是不懂的。但在出版物方面是打了败仗。日本出版很多战地通信，中国出版得很少，而且是乏味之物。

你在《世界幽默全集》中负责中国部分，这很好。但也是很大的难题。究竟中国是否有“幽默”这种东西呢？似乎没有。多是一些拙劣鄙野之类的东西。但也只好选择一点。所要的书，月底前可寄上。《水浒》等也可由沪寄去。日本出售这类书，价钱贵得离奇，怕要比中国贵一倍罢！你拟采用我的两篇，没有问题，当然同意。

中国没有幽默作家，大抵是讽刺作家。博人一笑的作品，汉代以来也有些，这次都要选入全集中吗？如果要集入的话，我选择些给你吧！只是翻译困难。

迄今为止日本所介绍的中国文章，大抵是较轻松易懂的东西；坚实而有趣的作品，如陶潜的《闲情赋》之类，一点也没有译。能读那类作品的汉学家，自己也写难懂的汉文，不知是想给中国人读，还是想吓吓日本人？我想这种前人未曾留意过的工作，是应该做的，但出版家怕也有难处罢！。

此次上海炮火，商务印书馆编辑人员的饭碗也打坏了约两千个，因此舍弟明天也要到外地去糊口。

出上先生在《文战》写文章，看五月号的《无产阶级文学》，对他批评得很厉害。

我本拟去北京，但终于作罢，照旧坐在这张旧桌子前面。内山老板尚未回来 。

草草顿首

隋洛文 五月十三日

1932年5月14日　致许寿裳

季市兄：

久未通启，想一切尚佳胜耶？乔峰事迄今无后文，但今兹书馆与工员，争持正烈，实亦难于措手，拟俟馆方善后事宜办竣以后，再一托蔡公耳。

此间商民，又复悄然归来，盖英法租界中，仍亦难以生活。以此四近又渐热闹，五月以来，已可得《申报》及鲜牛奶。仆初以为恢复旧状，至少一年，由今观之，则无需矣。

我景状如常，妇孺亦安善，北新书局仍每月以版税少许见付，故生活尚可支持，希释念。此数月来，日本忽颇译我之小说，友人至有函邀至彼卖文为活者，然此究非长策，故已辞之矣，而今而后，颇欲草中国文学史也。专布，并颂

曼福

弟树 启上 五月十四夜

1932年6月5日　致李霁野

霁野兄：

五月十三日来信，今日收到。信中问前几天所寄信，却未收到。但来信是十三写的，则曾收到亦未可知，但我信来即复，如兄不明收到与否，那么，是我的回信失掉了。北新办事散漫，信件易于遗失，此后如有信，可寄“北四川路底，施高塔路，内山书店转周豫才”收，较为妥当。

雪峰[1]先前对我说起，要编许多人信件，每人几封，印成一本，向我要过前几年寄静农，辞绝取得诺贝尔奖金的信。但我信皆无底稿，故答以可问静农自取。孔君[2]之说，想由此而来也。

我信多琐事，实无公开价值，但雪峰如确要，我想即由兄择内容关系较大者数封寄之可也。

此复，即颂

近佳。

迅　启上　六月五日

1　雪峰：冯雪峰（1903—1976），原名福春，笔名雪峰等，浙江义乌人，诗人，文艺理论家。

2　孔君：指孔另境（1904—1972），原名令俊，字若君，浙江桐乡人。茅盾夫人孔德沚之弟。

1932年6月5日　致台静农

静农兄：

今日北新书店有人来，始以五月八日惠函见付，盖北新已非复昔日之北新，如一盘散沙，无人负责，因相距较远，我亦不常往，转寄之函，迟误者多矣。后如赐信，寄“北四川路底，施高塔路，内山书店转”，则入手可较速也。

沪上实危地，杀机甚多，商业之种类又甚多，人头亦系货色之一，贩此为活者，实繁有徒，幸存者大抵偶然耳。今年春适在火线下，目睹大戮，尤险，然竟得免，颇欲有所记叙，然而真所谓无从说起也。

中国旧籍亦尚寓目，上海亦有三四旧书店，价殊不昂于北平（此指我在北平时而言，近想未必大贬），故购求并不困难。若其搜罗异书，摩挲旧刻，恐以北平为宜，然我非其类也，所阅大抵常本耳。惟前几年《王忠悫公[1]遗集》出版时，因第一集太昂，置未买，而先陆续得其第二至四集，迨全集印齐，即不零售，遂致我至今缺第一集。未知北平偶有此第一集可得否，倘有，乞为购寄，幸甚。

负担亲族生活，实为大苦，我一生亦大半因于此事，以至头白，前年又生一孩子，责任更无了期矣。

1　王忠悫公：即王国维（1877—1927），初名国桢，字静安，亦字伯隅，初号礼堂，晚号观堂，又号永观，谥忠悫，浙江嘉兴人，著名学者。

郑君[1]锋铓太露而昧于中国社会情形，蹉跌自所难免。常惠[2]建功[3]二兄想仍在大学办事，时念及之。南游四年，于北平事情遂已一无所知，今春曾拟归省，但荏苒遂又作罢也。

此复，即颂

曼福。

迅 上 六月五夜

1 郑君：指郑振铎。

2 常惠（1894—1985）：字维钧，笔名常悲、为君，北京人，民俗学家，歌谣学家。鲁迅在北京大学教授《中国小说史》时，常惠自愿为其当助教。

3 建功：指魏建功。

1932年6月18日　致台静农

静农兄：

六月十二日信于昨收到，今日收到《王忠悫公遗集》一函，甚感甚感。小说两种，各两本，已于下午托内山书店挂号寄奉，想不久可到。两书皆自校自印，但仍为商店所欺，绩不偿劳，我非不知商人技俩，但以惮于与若辈斤斤计较，故归根结蒂，还是失败也。《铁流》时有页数错订者，但非缺页，寄时不及检查，希兄一检，如有错订，乞自改好，倘有缺页，则望见告，当另寄也。其他每一本可随便送人，因寄四本与两本邮资相差无几耳。

北平预约之事，我一无所知，后有康君[1]函告，始知书贾又在玩此伎俩，但亦无如之何。至于自印之二书，则用钱千元，而至今收回者只二百，三闲书局亦只得从此关门。后来倘有余资，当印美术如《士敏土图》之类，使其无法翻印也。

兄如作小说，甚好。我在这几年中，作杂感亦有几十篇，但大抵以别种笔名发表。近辑一九二八至二九年者为《三闲集》，已由北新在排印，三〇至三一年者为《二心集》，则彼不愿印行——虽持有种种理由，但由我看来，实因骂赵景深驸马[2]之话太多之故，《北斗》上题“长庚”者，实皆我作——现出版所尚未定，但倘甘于放弃版税，则出

1　康君：指康嗣群（1910—1969），陕西城固人，当时的文学青年。

2　赵景深是李小峰之妹李希同的丈夫，故鲁迅戏称其为“驸马”。

版是很容易的。

“一二八”的事，可写的也有些，但所见的还嫌太少，所以写不写还不一定；最可恨的是所闻的多不可靠，据我所调查，大半是说谎，连寻人广告，也有自己去登，藉此扬名的。中国人将办事和做戏太混为一谈，而别人却很切实，今天《申报》的《自由谈》里，有一条《摩登式的救国青年》，其中的一段云——

> 密斯张，纪念国耻，特地在银楼里定打一只镌着抗日救国四个字的纹银匣子；伊是爱吃仁丹的，每逢花前，月下，……伊总在抗日救国的银匣子里，摇出几粒仁丹来，慢慢地咀嚼。在嚼，在说：“女同胞听者！休忘了九一八和一二八，须得抗日救国！”

这虽然不免过甚其辞，然而一二八以前，这样一类的人们确也不少，但在一二八那时候，器具上有着这样的文字者，想活是极难的，“抗”得轻浮，杀得切实，这事情似乎至今许多人也还是没有悟。至今为止，中国没有发表过战死的兵丁，被杀的人民的数目，则是连戏也不做了。

我住在闸北时候，打来的都是中国炮弹，近的相距不过一丈余，瞄准是不能说不高明的，但不爆裂的居多，听说后来换了厉害的炮火，但那时我已经逃到英租界去了。离炮火较远，但见逃难者之终日纷纷不断，不逃难者之依然兴高采烈，真好像一群无抵抗，无组织的羊。现在我寓的四近又已热闹起来，大约不久便要看不出痕迹。

北平的情形，我真是隔膜极了。刘博士[1]之言行，偶然也从报章上见之，真是古怪得很，当做《新青年》时，我是万料不到会这样的。出版物则只看见了几本《安阳发掘报告》[2]之类，也是精义少而废话多。上海的情形也不见佳，张三李四，都在教导学生，但有在这里站不住脚的，到北平却做了许多时教授，亦一异也。

专此，即颂

近祺。

迅 启 六月十八夜

1 刘博士：指刘半农，他在法国巴黎大学获文学博士学位。

2 《安阳发掘报告》：北平国立中央研究院历史语言研究所编年刊，发表关于河南安阳殷墟发掘工作的资料。

1932年6月24日　致曹靖华

靖华兄：

十一日寄上一信，想已到。十七日寄出纸一包，约计四百五十张，是挂号的，想不至于失落。本豫备了五百张，但因为太重，所以减少了。至于前信所说的二百小张，则只好作罢，因为邮局中也常有古怪脾气的人，看见“俄国”两个字就恨恨，先前已曾碰过几个钉子，这回将小卷去寄，他不相信是纸，拆开来看，果然是纸，本该不成问题了，但他拆的时候，故意（！）将包纸拆得粉碎，使我不能再包起来，只得拿回家。但包好了再去寄，不是又可以玩这一手的么？所以我已将零寄法停止，只寄小包了。

上海的小市民真是十之九是昏瞶胡涂，他们好像以为俄国要吃他似的。文人多是狗，一批一批的匿了名向普罗文学进攻。像十月革命以前的 Korolenko[1]那样的人物，这里是半个也没有。

萧三[2]兄已有信来了。

兄所寄的书，文学家画像等二本，是六月三日收到的，至今已隔了二十天，而同日寄出之《康宁珂夫画集》还没有到，那么，能到与否，颇可疑了。书系挂号，想兄当可以向列京邮局追问，但且慢，我当先托人向上海邮局去查一查，如无着落，当再写信通知，由兄去一

1　Korolenko：柯罗连科（1853—1921），俄国作家、社会活动家。

2　萧三（1896—1983）：原名子暲，又名植蕃、爱梅，湖南湘乡人，诗人。

查问，因为还有十二幅木刻，倘若失少，是极可惜的。

至今为止，收到的木刻之中，共有五家，其中的Favorsky[1]和Pavlinov[2]是在日本文的书上提起过了的，说 F.氏是苏联插画家的第一个。但不知这几位以外，还有木刻家否？其作品可以弄到否？用何方法交换，希兄便中留心探访为托。

《铁流》在北平有翻板了，坏纸错字，弄得一榻胡涂。所以我已将纸版售给（板权不售）这里的光华书局，因为外行人实在弄不过书贾，只好让商人和商人去对垒。作者抽版税，印花由我代贴。

日文的《铁流》已绝版，去买旧的，也至今没有，据说这书在旧书店里很少见。但我有一本，日内当寄上，送与作者就是了。

我们都好的，请勿念。此上，即颂

安健。

弟豫 启上 六月廿四夜

1 Favorsky：法复尔斯基（1886—1964），苏联版画家。

2 Pavlinov：保夫理诺夫（1881—？），苏联版画家。

1932年8月5日　致李霁野、台静农、韦丛芜

霁野
静农兄：
丛芜

顷收到八月二日来信，知道素园兄已于一日早晨逝世，这使我非常哀痛，我是以为我们还可以见面的，春末曾想一归北平，还想到仍坐汽车到西山去，而现在是完了。

说起信来，我非常抱歉。他原有几封信在我这里，很有发表的价值的，但去年春初我离开寓所时，防信为别人所得，使朋友麻烦，所以将一切朋友的信全都烧掉了，至今还是随得随毁，什么也没有存着。

我现在只好希望你们格外保重。

迅 上 八月五日

1932年8月15日　致台静农

静农兄：

八月十日信收到。素园逝去，实足哀伤，有志者入泉，无为者住世，岂佳事乎。忆前年曾以布面《外套》[1]一本见赠，殆其时已有无常之感。今此书尚在行箧，览之黯然。

郑君[2]治学，盖用胡适之法，往往恃孤本秘笈，为惊人之具，此实足以炫耀人目，其为学子所珍赏，宜也。我法稍不同，凡所泛览，皆通行之本，易得之书，故遂孑然于学林之外，《中国小说史略》而非断代，即尝见贬于人。但此书改定本，早于去年出版，已嘱书店寄上一册，至希察收。虽曰改定，而所改实不多，盖近几年来，域外奇书，沙中残楮，虽时时介绍于中国，但尚无需因此大改《史略》，故多仍之。郑君所作《中国文学史》，顷已在上海豫约出版，我曾于《小说月报》上见其关于小说者数章，诚哉滔滔不已，然此乃文学史资料长编，非“史”也。但倘有具史识者，资以为史，亦可用耳。

年来伏处牖下，于小说史事，已不经意，故遂毫无新得。上月得石印传奇《梅花梦》[3]一部两本，为毗陵陈森所作，此人亦即作《品花宝鉴》者，《小说史略》误作陈森书，衍一“书”字，希讲授时改正。此

1 《外套》：俄国作家果戈里所著小说，韦素园译，1926年9月由未名社出版。

2 郑君：指郑振铎。

3 《梅花梦》：应为《梅花梦传奇》，清代陈森著。

外又有木刻《梅花梦传奇》[1]，似张姓者所为，非一书也。

上海曾大热，近已稍凉，而文禁如毛，缇骑遍地，则今昔不异，久见而惯，故旅舍或人家被捕去一少年，已不如捕去一鸡之耸人耳目矣。我亦颇麻木，绝无作品，真所谓食菽而已。早欲翻阅二十四史，曾向商务印书馆豫约一部，而今年遂须延期，大约后年之冬，才能完毕，惟有服鱼肝油，延年却病以待之耳。

此复，即颂

曼福。

迅 启上 八月十五夜。

1 《梅花梦传奇》：应为《梅花梦》，清末张预著。

1932年8月17日　致许寿裳

季市兄：

日前往蔡先生寓，未遇，此后即寄兄一函，想已达览。兹有恳者，缘弟有旧学生孔若君[1]，湖州人，向在天津之河北省立女子师范学校办事，近来家中久不得来信，因设法探问，则知已被捕，现押绥靖公署军法处，原因不明。曾有同学往访，据云观在内情形，并不严重，似无大关系。此人无党无系，又不激烈，而遂久被缧绁[2]，殊莫名其妙，但因青年，或语言文字有失检处，因而得祸，亦未可知。尔和[3]先生住址，兄如知道，可否寄书托其予以救援，俾早得出押，实为大幸，或函中并列弟名亦可。在京名公，弟虽多旧识，但久不通书问，殊无可托也。此上，顺颂

曼福。

弟树　顿首　八月十七日

1　孔若君：即孔另境。

2　缧绁：捆绑犯人的绳索；借指监狱，囚禁。

3　尔和：即汤尔和。

1932年11月3日　致许寿裳

季市兄：

顷接一日手书，敬悉。介函已寄静农，甚感。邮票已托内山夫人再存下，便中寄呈。顷得满邮一枚，便以附上。

此次回教徒之大举请愿，有否他故，所不敢知。其实自清朝以来，冲突本不息止，新甘二省，或至流血，汉人又油腔滑调，喜以秽语诬人，及遇寻仇，则延颈受戮，甚可叹也。北新所出小册子，弟尚未见，要之此种无实之言，本不当宣传，既启回民之愤怒，又导汉人之轻薄，彼局有编辑四五人，而悠悠忽忽，漫不经心，视一切事如儿戏，其误一也。及被回人代表诘责，弟以为惟有直捷爽快，自认失察，焚弃存书，登报道歉耳。而彼局又延宕数日（有事置之不理，是北新老手段，弟前年之几与涉讼，即为此），迨遭重创，始于报上登载启事，其误二也。此后如何，盖不可知。北新为绍介文学书最早之店，与弟关系亦深，倘遇大创，弟亦受影响，但彼局内溃已久，无可救药，只能听之而已。

上海已转寒，阖寓无恙，请释远念。此复，即颂
曼福。

弟树　顿首　十一月三日

广平附笔问安。

1932年11月7日　致山本初枝

夫人：

久疏问候。虽说不是因为太忙，但呆呆地闲居而至于此。小鬼收到的水果糖，早已吃光，盒子装进别的食品，也吃光了，如此已四五次。可我现在才向你致谢，实在太懒，尚希见谅。近来，很想写点东西，可什么也不能写。政府及其鹰犬们，把我们封锁起来，几与社会隔绝。加以孩子连续生病，也许寓所朝北，对孩子不适宜罢。但并未打算迁居。说不定明春还要漂泊。不过那也不一定。孩子是个累赘，有了孩子就有许多麻烦。你以为如何？近来我几乎终年为孩子奔忙。但既已生下，就要抚育。换言之，这是报应，也就无怨言了。

上海仍寂寞，内山书店的漫谈虽已不太热闹，但我看，生意似乎比别的店铺要好。老板也很忙。我的小说已被井上红梅[1]氏译出，将由改造社出版，使增田兄受到意外的打击，我也甚感意外。既然别人要翻译，我也不能说不行。就这样译出来了。你也一定会被榨取二元钱的。请你不要认为这是我的罪过。增田兄早点译就好了。在中国，上海已转冷，据说北京已下雪，东京如何？我几乎全已忘记东京天气的样子了。你先生还是在家看孩子吗？何时才出去活动？我也是在家

1　井上红梅（1881—1949）：本名井上进，笔名红梅，生于日本东京，中国风俗文化研究者。

看孩子。这样彼此也就不能见面了。倘使双方都出来漂泊，也许会在某地相遇的。

草草顿首

鲁迅 十一月七日夜一时

玖·北平

鲁迅于1932年11月赴北平探望母亲，并分别应北京大学、辅仁大学、女子文理学院、北京师范大学、中国大学之邀发表演讲。

1932年11月13日　致许广平

乖姑：

到后草草寄出一信，先到否？看母亲情形，并无妨碍，大约因年老力衰，而饮食不慎，胃不消化，则突然精力不济，遂现晕眩状态，明日当延医再诊，并问养生之法，倘肯听从，必可全愈也。

我一路甚好，每日食两餐，睡整夜，亦无识我者，但车头至廊坊附近而坏，至误点两小时，故至前门站时，已午后二时半矣。

北平似一切如旧，西三条亦一切如旧，我仍坐在靠壁之桌前，而止一人，于百静中，自然不能不念及乖姑及小乖姑，或不至于嚷“要PaPa”乎。

其实我在此亦无甚事可为，大约俟疗至母亲可以自己坐立，则吾事毕矣。

存款尚有八百余，足够疗治之用，故上海可无须寄来，看将来用去若干，或任之，或补足，再定。

此地甚暖和，水尚未冰，与上海仿佛，惟木叶已槁而未落，可知无大风也。

你们母子近况如何，望告知，勿隐。

迅　十一月十三夜一时

1932年11月15日　致许广平

乖姑：

十三十四各寄一信，想已到。今十五日午后得十二日所发信，甚喜。十一二《申报》亦到。你不太自行劳苦，正如我之所愿，海婴近如何，仍念。母亲说，以后不得称之为狗屁也。

昨请同仁医院之盐泽博士来，为母亲诊察，与之谈，知实不过是慢性之胃加答[1]，因不卫生而发病，久不消化，遂至衰弱耳，决无危险，亦无他疾云云。今日已好得多了。明日仍当诊察，大约好好的调养一星期，即可起坐。但这老太太颇发脾气，因其学说为：“医不好，则立刻死掉，医得好，即立刻好起”，故殊为焦躁也，而且今日头痛方愈，便已偷偷的卧而编毛绒小衫矣。

午后访小峰，知已回沪，版税如无消息，可与老三商追索之法，北平之百元，则已送来了。访齐寿山，门房云已往兰州，或滦州，听不清楚；访幼渔，则不在家，投名片而出。访人之事毕矣。

我很好，一切心平气和，眠食俱佳，可勿念。现在是夜二时，未睡，因母亲服泻药，起来需人扶持，而她不肯呼人，有自己起来之虑，故需轮班守之也，但我至三时亦当睡矣。此地仍暖，颇舒服，岂因我惯于北方，故不觉其寒欤。

1　胃加答：即胃炎。

迅 十五夜

十三日所发信十六下午到。海婴已愈否？但其甚乖，为慰。重看校稿，校正不少，殊可嘉尚，我不料其乖至于此也。

今日盐泽博士来，云母亲已好得多了，允许其吃挂面，但此后食品，须永远小心云云。我看她再有一星期，便可以坐立了。

我并不操心，劳碌，几乎终日无事，只觉无聊，上午整理破书，拟托子佩[1]去装订，下午马幼渔来，谈了一通，甚快。此地盖亦乌烟瘴气，惟朱老夫子[2]已为学生所排斥，被邹鲁[3]聘往广州中大去了。

闻吕云章为师大校女生部舍监。

川岛因父病回家，孙在北平。

此地北新的门面，红墙白字，难看得很。

天气仍暖和，但静极，与上海较，真如两个世界，明年春天大家来玩个把月罢。某太太[4]于我们颇示好感，闻当初二太太曾来鼓动，劝其想得开些，多用些钱，但为老太太纠正。后又谣传H.M.肚子又大了，二太太曾愤愤然来报告，我辈将生孩子而她不平，可笑也。

再谈。

L. 十一月十六日夜十时半

1 子佩：宋子佩。

2 朱老夫子：指朱希祖（1879—1944），字逷先，又作迪先、逖先，浙江海盐人，曾任北京大学史学系主任。

3 邹鲁（1885—1954）：原名澄生，字海滨，广东大浦人，曾任中山大学校长。

4 某太太：指朱安。

1932年11月20日晨　致许广平

乖姑：

此刻是十九日午后一时半，我和两乖姑离开，已是九天了。现在闲坐无事，就来写几句。

十七日寄出一信，想已达。昨得十五日来信，我相信乖姑的话，所以很高兴，小乖姑大约总该好起来了。我也很好；母亲也好得多了，但她又想吃不消化的东西，真是令人为难，不过经我一劝，也就停止了。她和我谈的，大抵是二三十年前的和邻居的事情，我不大有兴味，但也只得听之。她和我们的感情很好，海婴的照片放在床头，逢人即献出，但二老爷[1]的孩子们的照相则挂在墙上，初，我颇不平，但现在乃知道这是她的一种外交手段，所以便无芥蒂了。二太太将其父母迎来，而虐待得真可以，至于一见某太太，二老人也不免流涕云。

这几天较有来客，前天霁野，静农，建功来。昨天又来，且请我在同和居吃饭，兼士亦至，他总算不变政客，所以也不得意。今天幼渔邀我吃夜饭，拟三点半去，此外我想不应酬了。

周启明颇昏，不知外事，废名是他荐为大学讲师的，所以无怪攻击我，狗能不为其主人吠乎？刘复[2]之笑话不少，大家都和他不对，因

1　二老爷：指周作人。

2　刘复：即刘半农。

为他捧住李石曾[1]之后，早不理大家了。

这里真是和暖得很，外出可以用不着外套，本地人还不穿皮袍，所以我带来的衣服，还不必都穿在身上也。

现在是夜九点半，我从幼渔家吃饭回来了，同席还是昨天那些人，所讲的无非是笑话。现在这里是“现代”派拜帅了，刘博士已投入其麾下，闻彼一作校长，其夫人即不理二太太，因二老爷不过为一教员而已云。

再谈。

迅。（十一月二十日）

1 李石曾（1881—1973）：名煜瀛，字石曾，河北高阳人，时任北平文化指导委员会副委员长，国民党中央政治会议委员。

1932年11月20日夜　致许广平

乖姑：

今（廿日）晨刚寄一函，晚即得十七日信，海婴之乖与就痊，均使我很欢喜。我是极自小心的，每餐（午、晚）只喝一杯黄酒，饭仍一碗，惟昨下午因取书，触一板倒，打在脚趾上，颇痛，即搽兜安氏止痛药，至今晨已全好了。

那张照片，我确放在内山店，见其收入门口帐桌之中央抽斗中，上写“MR.K.Chow”者即是，后来我取信，还见过几次，今乃大索不得，殊奇。至于另一张，我已记不清放在那里，恐怕是在桌灯旁边的一叠纸堆里，亦未可知，可一查，如查得，则并附上之一条纸一并交出，否则，只好由它去了。

我到此后，紫佩，静农，寄野，建功，兼士，幼渔，皆待我甚好，这种老朋友的态度，在上海势利之邦是看不见的。我已应允他们于星期二（廿二）到北大、辅仁大学各讲演一回，又要到女子学院去讲一回，日子未定。至于所讲，那不消说是平和的，也必不离于文学，可勿远念。

此地并不冷，报上所说，并非事实，且谓因冷而火车误点，亦大可笑，火车莫非也怕冷吗。我在这里，并不觉得比上海冷（但夜间在屋外则颇冷），当然不至于感冒也。

母亲虽然还未起床，但是好的，我在此不过作翻译，余无别事，所以住至月底，我想走了，倘不收到我延期之信，你至二十六止，便可以不寄信来。

再谈。

"哥" 十一月二十日夜八点

我现在睡得早，至迟十一点，因无事也。

1932年11月23日　致许广平

乖姑：

二十一日寄一函，想已到。昨得十九所寄信，今午又得二十日信，俱悉。关于信件，你随宜处分，甚好，岂但“原谅”，还该嘉奖的。

北京不冷，仍无需外套，真奇。我亦很好，昨天往北大讲半点钟，听者七八百，因我要求以国文系为限，而不料尚有此数；次即往辅仁大学讲半点钟，听者千一二百人，将夕，兼士即在东兴楼招宴，同席十一人，多旧相识，此地人士，似尚存友情，故颇欢畅，殊不似上海文人之反脸不相识也。

明日拟至女子学院讲半点钟，此外即不再往了。

母亲已日见其好起来，但仍看医生，我拟请其多服药几天也。坪井先生甚可感，有否玩具可得，拟至西安市场[1]一看再说，但恐必窳劣，无佳品耳。“雪景”亦未必佳。山本夫人拟买信笺送之，至于少爷[2]，恐怕只可作罢。

我独坐靠墙之桌边，虽无事，而亦静不下，不能作小说，只可乱翻旧责，看看而已。夜眠甚安，酒已不喝，因赴宴时须喝，恐太多，故平时节去也。

1　西安市场：当为“西单市场”之误。

2　少爷：指山本初枝的儿子山本正路。

091

云章为师大舍监，正在被逐，今剪报附上，她不知我在此也。

L.　十一月廿三下午

1932年11月25日　致许广平

乖姑：

二十三日下午发一信，想已到。昨天到女子学院讲演，都是一些“毛丫头”，盖无一相识者。明日又有一处讲演，后天礼拜，而因受师大学生之坚邀，只得约于下午去讲。我本拟星期一启行，现在看来，恐怕至早于星期二才能走，因为紫佩以太太之病，忙得瘦了一半，而我在这几天中，忙得连往旅行社去的工夫也没有也。但我现在的意思，星二（廿九）是必走的。

二十二发的信，今日收到。观北新办法，盖还要弄下去，其对我们之态度，亦尚佳，今日下午我走过支店门口，店员将我叫住，付我百元，则小峰之说非谎，我想，本月版税，就这样算了罢。

川岛夫人好意可感，但她的住处，我竟打听不出来，无从面谒，只得将来另想办法了。

我今天出去，是想买些送人的东西，结果一无所得。西单商场很热闹了，而玩具铺只有两家，“雪景”无之，他物皆恶劣，不买一物，而被扒窃去二元余，盖我久不惯于围巾手套等，万分臃肿，举动木然，故贼一望而知为乡下佬也。现但有为小狗屁而买之小物件三种，皆得之商务印书馆，别人实无法可想，不得已，则我想只能后日往师大讲演后，顺便买些蜜饯，携回上海，每家两合[1]，聊以塞责，而或再以“请吃饭”补之了。

现在这里的天气还不冷，无需外套，真奇。旧友对我，亦甚好，殊不似上海之专以利害为目的，故倘我们移居这里，比上海是可以较为有趣的。但看这几天的情形，则我一北来，学生必又要迫我去教书，终或招人忌恨，其结果将与先前之非离北京不可。所以，这就又费踌躕了。但若于春末来玩几天，则无害。

母亲尚未起床，但是好的，前天医生来，已宣告无须诊察，只连续服药一星期即得，所以她也很高兴了。我也好的，在家不喝酒，勿念为要。

吕云章还在被逐中，剪报附上，此公真是“倭支葛搭”[2]的一世。我若于星期二能走，那么在这里就不再发信了。

“哥”十一月廿六[3]夜八点半

1 合：同“盒”。

2 “倭支葛搭”：江浙方言，纠缠不清之意。

3 当为“十一月二十五”。

拾·上海

鲁迅同情劳苦大众，憎恨专制腐败政治，因此思想左倾，加入中国左翼作家联盟，于1933年1月受蔡元培函邀，加入“民权保障同盟会”，被选为执行委员。在当局的高压下和文坛派系的争斗中，鲁迅显示了独战的勇气和硬骨头精神，但也过早耗尽了生命，于1936年10月19日病逝。

1932年12月21日　致王志之[1]

志之兄：

十四日信收到。刊物出版后，当投稿，如“上海通信”之类。

小说当于明年向书店商量，因为现已年底，商人急于还账，无力做新事情，故不能和他谈起。

静农事[2]殊出意外，不知何故？其妇孺今在何处？倘有所知，希示知。此间报载有教授及学生多人被捕，但无姓名。

我此次赴北平，殊不值得纪念，但如你的友人一定要出纪念册，则我希望二事：一，讲演稿的节略，须给我看一看，我可以于极短时期寄还，因为报上所载，有些很错误，今既印成本子，就得改正；二，倘搜罗报上文章，则攻击我的那些，亦须编入，如上海《社会新闻》[3]之类，倘北平无此报，我当抄上。

此复，即颂

时祉。

迅 启 十二月廿一夜

1 王志之（1905—1990）：笔名含沙、楚囚等，曾化名思远，四川眉山人。时为北京第一师范学院国文系学生，北平“左联”成员。

2 静农事：指1932年12月12日台静农被捕。

3 《社会新闻》：上海市社会局主办的刊物，1932年10月创刊。

1933年2月5日　致郑振铎

西谛先生：

昨乔峰交到惠赠之《中国文学史》三本，谢谢！

去年冬季回北平，在留黎厂[1]得了一点笺纸，觉得画家与刻印之法，已比《文美斋笺谱》时代更佳，譬如陈师曾齐白石所作诸笺，其刻印法已在日本木刻专家之上，但此事恐不久也将销沉了。

因思倘有人自备佳纸，向各纸铺择尤对于各派各印数十至一百幅，纸为书叶形，采色亦须更加浓厚，上加序目，订成一书，或先约同人，或成后售之好事，实不独为文房清玩，亦中国木刻史上之一大纪念耳。

不知先生有意于此否？因在地域上，实为最便，且孙伯恒[2]先生当能相助也。

此布，并颂

曼福。

迅 启上 二月五日

1 留黎厂：即琉璃厂。

2 孙伯恒（1879—1943）：名壮，字伯恒，河北大兴（今属北京）人，时任北京商务印书馆经理。

1933年3月1日　致台静农

静农兄：

二月廿四信，讲稿并白话诗五本，今日同时收到。萧[1]在上海时，我同吃了半餐饭，彼此讲了一句话，并照了一张相，蔡先生也在内，此片现已去添印，成后当寄上也。

他与梅兰芳问答时，我是看见的，问尖而答愚，似乎不足艳称，不过中国多梅毒，其称之也亦无足怪。

我们集了上海各种议，以为一书，名之曰《萧伯纳在上海》，已付印，成后亦当寄上。萧在初到时，与孙夫人[2]（宋），林语堂，杨杏佛[3]（？）谈天不少，别人皆不知道，登在第十二期《论语》上，今天也许出版了罢，北京必有，故不拟寄。我到时，他们已吃了一半饭，故未闻，但我的一句话也登在那上面。

看在上海的情形，萧是确不喜欢人欢迎他的，但胡博士[4]的主张，却别有原因，简言之，就是和英国绅士（英国人是颇嫌萧的）一鼻孔出气。他平日所交际恭维者何种人，而忽深恶富家翁耶？

闻胡博士有攻击民权同盟之文章，在北平报上发表，兄能觅以见

1　萧：指英国剧作家萧伯纳（George Bernard Shaw，1856—1950）。他于1933年访问中国，2月17日到达上海。

2　孙夫人：指宋庆龄。

3　杨杏佛（1893—1933）：名铨，字杏佛，江西临江人。1932年底与宋庆龄、蔡元培、鲁迅等组织中国民权保障同盟，任副会长兼总干事。

4　胡博士：指胡适。

寄否？

《社会新闻》已看过，大可笑。但此物不可不看，因为由此可窥见狐鼠鬼蜮伎俩也。

我忙于打杂，小说一字未写。罗山已有信来，说款都收到了。霁野有信来，言有平报一份，由兄直接寄我，但我尚未收到。此复，即颂

近祺。

迅 启上 三月一日

1933年3月1日　致山本初枝

拜启：

久疏问候，实在抱歉。不知何故，近来很忙，安定不下来。孩子的肠胃病虽已痊愈，但还磨人，影响工作。真想在那儿赁间房子，每天到那里用功三四个小时。知你正月遇盗，实为不幸之事。我的信札之类并无什么价值，随它去好了，偷去的人看了，定会大为恼怒的，这也确是不幸之事。增田君有信来，说他已到东京，但《世界幽默全集》的翻译，似乎失败了。日前见改造社特地派来的木村毅[1]氏，问及那本书的销量，据他说有两千部，译者的收入约两百圆 ，即每张稿纸所得不足一圆。上月底Shaw来上海，曾轰动一时。我也见了他，彼此略谈了谈。还照了相，一周后寄上。他现在已在东京，大概也要举行欢迎会之类的罢，你去见了吗？我觉得他是位颇有风采的老人。上海仍寂寞，谣言也多。去年底，我本想必须在去年年末到今年二月中想写就中篇短篇各一，但今已三月，却一字未写。每天闲着，并且杂务烦多，以致毫无成绩。不过，化名后对社会的批评写了不少。因现已发现这些化名是我，正受到攻击，不过那也是好事。

1 木村毅（1894—1979）：日本改造社记者，作为特派记者来上海采访萧伯纳，并约鲁迅为《改造》杂志撰写关于萧的文章。

快到樱花盛开的季节了，不过东京也很紧张罢。这个世界似乎难得安宁。幸自珍重。

草草

鲁迅 三月一日夜

山本初枝夫人

1933年4月1日　致山本初枝

拜启：

惠函奉悉，两件玩具亦早已收到。谢谢正路君。那个可爱的口琴已给孩子，现在常吹。只是那个“摇摇”则已没收。因为海婴自己还不能玩，恐怕要我玩给他看之故也。关于照片，你说得很对。与萧合照的一张，我自己太矮，实在叫人生气，不过也无办法。《改造》已读过，荒木[1]君的文章上半篇很好。野口[2]君的文章中说萧是个可怜的人，也有道理。看看这样的漫游世界，那里是什么漫游，更像自讨苦吃。不过对他的批评，还是日本方面的好。在中国，好损人的家伙多，说着很多闲言碎语。我只因合照了张相，也沾光被骂了一通。不过那也无所谓，已经习惯了。我也常想看看日本，但不喜欢让人家招待。也讨厌让便衣钉梢，只想同两三位知己走走。毕竟是乡下长大，总不喜欢西式的招待会或欢迎会，好似画师到野外写生，被看热闹的人围住一样。至今，也许因我们的寓所朝北，家人总生病。这回另外租了一所朝南的房子，一周内就可迁去。在千爱里那一带的后面，不是有个大陆新村吗，房子就在那里，离内山书店也不远。上月遇见改造社的木村先生，问及《中国幽默全集》的稿费

1　荒木：即荒木贞夫（1877—1966），时任日本陆军大臣。

2　野口：野口米次郎（1875—1947），日本诗人。

事，据他说大概两百圆左右。那么，增田君未免枉费工夫。我已寄去有关萧的材料，好像井上红梅已译好交给改造社了。我觉得我应该更机灵些才好。

草草

鲁迅 上 四月一日

山本夫人

1933年4月19日　致内山嘉吉

拜启：

久疏问候。日前收到惠函和成城学园学生的木刻作品，谢谢。今日另封附上中国信笺十余张，虽非佳品，但到达后尚祈转给这些木刻的作者。

在中国，版画虽略作实用，但所谓创作版画则尚无所知。前年的学生一半四散，一半坐牢，因此亦无发展。

我们原来的房子朝北，对孩子不好，已在一周前迁至施高塔路，仍在内山书店附近。终年为孩子忙碌，你们今年也一定很忙罢。

草草顿首

鲁迅 四月十九日

内山嘉吉兄

问候令夫人并祝婴儿幸福。

1933年5月4日　致黎烈文[1]

烈文先生：

顷奉到三日惠函。《自由谈》已于昨今两日，各寄一篇，谅已先此而到。有人中伤，本亦意中事，但近来作文，避忌已甚，有时如骨骾在喉，不得不吐，遂亦不免为人所憎。后当更加婉约其辞，惟文章势必至流于荏弱，而干犯豪贵，虑亦仍所不免。希先生择可登者登之，如有被人扣留，则易以他稿，而将原稿见还，仆倘有言谈，仍当写寄，决不以偶一不登而放笔也。此复，即请

著安。

迅 启上 五月四日晚

烈文先生：

晚间曾寄寸函，夜里又做一篇，原想嬉皮笑脸，而仍剑拔弩张，倘不洗心，殊难革面，真是呜呼噫嘻，如何是好。换一笔名，图掩人目，恐亦无补。今姑且寄奉，可用与否，一听酌定，希万勿客气也。

1　黎烈文（1902—1972）：笔名李维克、林取等，湖南湘潭人，作家，翻译家，时任《申报》副刊《自由谈》主编。

此上，即请

著安。

干 顿首 五月四夜

1933年5月27日　致黎烈文

烈文先生：

来函收到。日前见启事，便知大碰钉子无疑。放言已久，不易改弦，非不为也，不能也。近来所负笔债甚多，拟稍稍清理，然后闭门思过，革面洗心，再一尝试，其时恐当在六月中旬矣。

以前所登稿，因早为书局约去，不能反汗[1]，所以希给我“自由”出版，并以未登者见还，作一结束。将来所作者，则当不以诸人，任出单行本也。

此复，并颂

时绥。

迅 启上 五月廿七夜。

1　反汗：反悔，食言。

1933年6月3日　致曹聚仁[1]

聚仁先生：

二日的惠函，今天收到了。但以后如寄信，还是内山书店转的好。乔峰是我的第三个兄弟的号，那时因为要挂号，只得借用一下，其实是我和他一月里，见面不过两三回。

《李集》[2]我以为不如不审定，也许连出版所也不如胡诌一个，卖一通就算。论起理来，李死在清党之前，还是国民党的朋友，给他留一个纪念，原是极应该的，然而中央的检查员，其低能也未必下于邮政检查员，他们已无人情，也不知历史，给碰一个大钉子，正是意中事。到那时候，倒令人更为难。所以我以为不如"自由"印卖，好在这书是不会风行的，赤者嫌其颇白，白者怕其已赤，读者盖必寥寥，大约惟留心于文献者，始有意于此耳，一版能卖完，已属如天之福也。

我现在真做不出文章来，对于现在该说的话，好像先前都已说过了。近来只是应酬，有些是为了卖钱，想能登，又得为编者设想，所以往往吞吞吐吐。但终于多被抽掉，呜呼哀哉。倘有可投《涛声》[3]的，当寄上；先前也曾以罗怃之名，寄过一封信，后来看见广告，在寻这人，但因为我已有《涛声》，所以未复。

1　曹聚仁（1900—1972）：浙江兰溪人，作家，记者。

2　《李集》：即李大钊的遗著《守常全集》。

3　《涛声》：曹聚仁等于1931年8月在上海创办的文艺周刊。

看起来，就是中学卒业生，或大学生，也未必看得懂《涛声》罢，近来的学生，好像“木”的颇多了。但我并不希望《涛声》改浅，失其特色，不过随便说说而已。

专复，并颂

著祺。

鲁迅 上 六月三夜

1933年6月18日 致曹聚仁

聚仁先生：

惠书敬悉。近来的事，其实也未尝比明末更坏，不过交通既广，智识大增，所以手段也比较的绵密而且恶辣。然而明末有些士大夫，曾捧魏忠贤[1]入孔庙，被以衮冕，现在却还不至此，我但于胡公适之之侃侃而谈，有些不觉为之颜厚有忸怩耳。但是，如此公者，何代蔑有哉。

渔仲[2]亭林[3]诸公，我以为今人已无从企及，此时代不同，环境所致，亦无可奈何。中国学问，待从新整理者甚多，即如历史，就该另编一部。古人告诉我们唐如何盛，明如何佳，其实唐室大有胡气，明则无赖儿郎，此种物件，都须褫其华衮，示人本相，庶青年不再乌烟瘴气，莫名其妙。其他如社会史，艺术史，赌博史，娼妓史，文祸史……都未有人著手。然而又怎能著手？居今之世，纵使在决堤灌水，飞机掷弹范围之外，也难得数年粮食，一屋图书。我数年前，曾拟编中国字体变迁史及文学史稿各一部，先从作长编入手，但即此长编，已成难事，剪取欤，无此许多书，赴图书馆抄录欤，上海就没有图书馆，即有之，一人无此精力与时光，请书记又有欠薪之惧，所以直到现在，还是空谈。现在做人，似乎只能随时随手做点有益于人之

1 魏忠贤（1568—1627）：字完吾，河北肃宁人，明末宦官，极受皇帝宠信，在朝内排除异己，专断国政。

2 渔仲：指郑樵（1104—1162），字渔仲，自号溪西逸民，兴化军莆田（今福建莆田）人，宋代史学家。

3 亭林：指顾炎武（1613—1682），本名绛，字忠清、宁人，苏州昆山（今江苏昆山）人，明末清初思想家。

事，倘其不能，就做些利己而不损人之事，又不能，则做些损人利己之事。只有损人而不利己的事，我是反对的，如强盗之放火是也。

知识分子以外，现在是不能有作家的，戈理基[1]虽称非知识阶级出身，其实他看的书很不少，中国文字如此之难，工农何从看起，所以新的文学，只能希望于好的青年。十余年来，我所遇见的文学青年真也不少了，而希奇古怪的居多。最大的通病，是以为因为自己是青年，所以最可贵，最不错的，待到被人驳得无话可说的时候，他就说是因为青年，当然不免有错误，该当原谅的了。而变化也真来得快，三四年中，三翻四覆的，你看有多少。

古之师道，实在也太尊，我对此颇有反感。我以为师如荒谬，不妨叛之，但师如非罪而遭冤，却不可乘机下石，以图快敌人之意而自救。太炎先生曾教我小学，后来因为我主张白话，不敢再去见他了，后来他主张投壶，心窃非之，但当国民党要没收他的几间破屋，我实不能向当局作媚笑。以后如相见，仍当执礼甚恭（而太炎先生对于弟子，向来也绝无傲态，和蔼若朋友然），自以为师弟之道，如此已可矣。

今之青年，似乎比我们青年时代的青年精明，而有些也更重目前之益，为了一点小利，而反噬构陷，真有大出于意料之外者，历来所身受之事，真是一言难尽，但我是总如野兽一样，受了伤，就回头钻入草莽，舐掉血迹，至多也不过呻吟几声的。只是现在却因为年纪渐大，精力就衰，世故也愈深，所以渐在回避了。

自首之辈，当分别论之，别国的硬汉比中国多，也因为别国的淫刑不及中国的缘故。我曾查欧洲先前虐杀耶稣教徒的记录，其残虐实

1 戈理基：即高尔基。

不及中国，有至死不屈者，史上在姓名之前就冠一“圣”字了。中国青年之至死不屈者，亦常有之，但皆秘不发表。不能受刑至死，就非卖友不可，于是坚卓者无不灭亡，游移者愈益堕落，长此以往，将使中国无一好人，倘中国而终亡，操此策者为之也。

　　此复，并颂

著祺

鲁迅 启上 六月十八夜

1933年6月20日　致林语堂

语堂先生：

顷奉到来札并稿。前函令打油，至今未有，盖打油亦须能有打油之心情，而今何如者。重重迫压，令人已不能喘气，除呻吟叫号而外，能有他乎？

不准人开一开口，则《论语》虽专谈虫二[1]，恐亦难，盖虫二亦有谈得讨厌与否之别也。天王[2]已无一枝笔，仅有手枪，则凡执笔人，自属全是眼中之钉，难乎免于今之世矣。专复，并请

道安。

迅 顿首 六月廿夜

尊夫人前并此请安。

1　虫二：隐指“风月”。

2　天王：指国民党当局。

1933年6月26日　致王志之

志之兄：

来信收到。

书坊店是靠不住的，他们像估衣铺一样，什么衣服行时就挂什么，上海也大抵如此，只要能够敷衍下去，就算了。茅稿[1]已寄谷兄，我怕不能作。

《十月》[2]的作者是同路人，他当然看不见全局，但这确也是一面的实情，记叙出来，还可以作为现在和将来的教训，所以这书的生命是很长的。书中所写，几乎不过是投机的和盲动的脚色，有几个只是赶热闹而已，但其中也有极坚实者在内（虽然作者未能描写），故也能成功。这大约无论怎样的革命，都是如此，倘以为必得大半都是坚实正确的人们，那就是难以实现的空想，事实是只能此后渐渐正确起来的。所以这书在他本国，新版还很多，可见看的人正不少。

丁事[3]的抗议，是不中用的，当局那里会分心于抗议。现在她的生死还不详。其实，在上海，失踪的人是常有的，只因为无名，所以无人提起。杨杏佛也是热心救丁的人之一，但竟遭了暗杀，我想，这事也必以模胡了之的，什么明令缉凶之类，都是骗人的勾当。听说要用

1　茅稿：指茅盾所作的《"杂志办人"》。

2 《十月》：苏联作家雅柯夫列夫（1886—1953）著，鲁迅译，1933年2月由上海神州国光社出版。

3　丁事：指国民党当局逮捕丁玲一事。丁玲（1904—1986），原名蒋冰之，湖南临澧人，作家，"左联"成员。

同样办法处置的人还有十四个。

《落花集》[1]出版，是托朋友间接交去的，因为我和这书店不熟，所以出版日期，也无从问起。序文我想我还是不做好，这里的叭儿狗没有眼睛，不管内容，只要看见我的名字就狂叫一通，做了怕反于本书有损。

我交际极少，所以职业实难设法。现在是不能出门，终日坐在家里。《两地书》一本，已托书店寄出。

此复，并颂

时绥。

豫 上 六月廿六夜

《年谱》错处不少，有本来错的（如我的祖父只是翰林而已，而作者却说是“翰林院大学士”，就差得远了），也有译错的（凡二三处）。

又及。

1 《落花集》：原为王志之著《血泪英雄》，于1929年出版。后作者将书中的历史剧《血泪英雄》抽去，改名《落花集》。

1933年6月28日　致台静农

静农兄：

顷得六月二十二日函，五月初之信及照相，早已收到，倥偬之际，遂未奉闻也。

上海气候殊不佳，蒙念甚感。时症亦大流行，但仆生长危邦，年逾大衍[1]，天灾人祸，所见多矣，无怨于生，亦无怖于死，即将投我琼瑶，依然弄此笔墨，夙心旧习，不能改也，惟较之春初，固亦颇自摄养耳。

开明第一次款，久已照收，并无纠葛，霁兄曾来函询，因失其通信地址，遂无由复，乞转知；至第二次，则尚无消息。

立人[2]先生大作，曾以一册见惠，读之既哀其梦梦，又觉其凄凄。昔之诗人，本为梦者，今谈世事，遂如狂醒；诗人原宜热中，然神驰宦海，则溺矣，立人已无可救，意者素园若在，或不至于此，然亦难言也。

此复，并颂

时绥。

豫　启上　六月廿八晚

1　大衍：代指“五十”。出自《周易 · 系辞》：“大衍之数五十。”

2　立人：指韦丛芜。

1933年7月6日　致罗清桢[1]

清桢先生：

蒙赐函并惠木刻画集，感谢之至。

倘许有所妄评，则愚意以为《挤兑》与《起卸工人》为最好。但亦有缺点：前者不能确然显出银行，后者的墙根之草与天上之云，皆与全幅不称。最失败的可要算《淞江公园》池中的波纹了。

中国提倡木刻无几时，又没有参考品可看，真是令学习者为难，近与文学社商量，希其每期印现代木刻六幅，但尚未得答复也。

专此布复，并颂

时绥。

鲁迅 启上 七月六夜

1　罗清桢（1905—1942）：广东兴宁人，木刻家。

1933年7月11日　致母亲

母亲大人膝下敬禀者，七月四日的信，已经收到，前一信也收到了。家中既可没有问题，甚好，其实以现在生活之艰难，家中历来之生活法，也还要算是中上，倘还不能相谅，大惊小怪，那真是使人为难了。现既特雇一人，专门伏待[1]，就这样试试再看罢。男一切如常，但因平日多讲话，毫不客气，所以怀恨者颇多，现在不大走出外面去，只在寓里看看书，但也仍做文章，因为这是吃饭所必需，无法停止也，然而因此又会遇到危险，真是无法可想。害马虽忙，但平安如常，可释远念。海婴是更加长大了，下巴已出在桌面之上，因为搬了房子，常在明堂里游戏，或到田野间去，所以身体也比先前好些。能讲之话很多，虽然有时要撒野，但也能听大人的话。许多人都说他太聪明，还欠木一点，男想这大约因为常与大人在一起，没有小朋友之故，耳濡目染，知道的事就多起来，所以一到秋凉，想送他到幼稚园去了。上海近数日大热，屋内亦有九十度，不过数日之后，恐怕还要凉的。专此布达，恭请金安。

男树　叩上　七月十一日

广平及海婴同叩

1　待：当为“侍”字之误。

1933年7月11日　致山本初枝

拜启：

惠函奉悉。上海已热起来，就连室内，寒暑表也上升到九十度以上，但我们都好，孩子也活泼地吵闹着。正路君也放了暑假，颇为顽皮罢？日本风景幽美，常常怀念，但看来很难成行。即使去，恐怕也不会让我上陆。而且我现在也不能离开中国。倘暗杀能够吓倒人的话，暗杀者更会多起来。他们造谣，说我已逃到青岛，我更非住在上海不可，并且写文章骂他们，还要出版，试看最后到底是谁灭亡。然而我在提防着，内山书店不怎么去了。暗杀者大概不会到家里来的，请勿念。最近收到增田君的信，和他自己画的庭院、书斋，以及孩子的画。虽不漫谈，却在漫读，似乎过得还挺悠闲。从画上看去，增田君故乡的景色非常幽美。现在还不要什么书，需要时再拜托你。我这次的住处很好，前面有块空地，雨后蛙声大作，如在乡间，狗也在吠，现在已是午夜二时了。

草草顿首

鲁迅 上 七月十一日

山本夫人

1933年7月14日　致黎烈文

烈文先生：

昨得大札后，匆复一笺，谅已达。《大晚报》[1]与我有夙仇，且勿论，最不该的是我的稿件不能在《自由谈》上发表时，他们欣欣然大加以嘲笑。后来，一面登载柳丝（即杨邨人[2]）之《新儒林外史》，一面崔万秋[3]君又给我信，谓如有辨驳，亦可登载。虽意在振兴《火炬》，情亦可原，但亦未免太视人为低能儿，此次亦同一手段，故仍不欲与其发生关系也。

曾大少[4]真太脆弱，而启事尤可笑，谓文坛污秽，所以退出，简直与《伊索寓言》[5]所记，狐吃不到葡萄，乃诋之为酸同一方法。但恐怕他仍要回来的，中国人健忘，半年六月之后，就依然一个纯正的文学家了。至于张公[6]，则伎俩高出万倍，即使加以猛烈之攻击，也决不会

1 《大晚报》：1932年2月于上海创刊，1935年在国民党当局的政治压力下卖给财阀孔祥熙，成为孔家喉舌。

2 杨邨人（1901—1955）：广东潮州人，1925年加入中国共产党，是文学团体“太阳社”主要创建人之一，曾参加“左联”。1932年9月脱党，之后宣布“揭起小资产阶级革命文学之旗”，要做“第三种人”，时常发文攻击鲁迅。

3 崔万秋（1903—1982）：山东莘县人，《大晚报》文艺副刊《火炬》编辑。

4 曾大少：指曾今可（1901—1971），江西泰和人，在上海创办新时代书局。

5 《伊索寓言》：相传为公元前6世纪被释放的古希腊奴隶伊索（Aísôpos，约前620—前560）所著的寓言集。

6 张公：指张资平（1893—1959），广东梅县人，创造社早期成员。

倒，他方法甚多，变化如意，近四年中，忽而普罗，忽而民主，忽而民族，尚在人记忆中，然此反复，于彼何损。文章的战斗，大家用笔，始有胜负可分，倘一面另用阴谋，即不成为战斗，而况专持粪帚乎？然此公实已道尽途穷，此后非带些吧儿与无赖气息，殊不足以再有刊物上（刊物上耳，非文学上也）的生命。

做编辑一定是受气的，但为“赌气”计，且为于读者有所贡献计，只得忍受。略为平和，本亦一法，然而仍不免攻击，因为攻击之来，与内容其实是无甚关系的。新文人大抵有“天才”气，故脾气甚大，北京上海皆然，但上海者又加以贪滑，认真编辑，必苦于应付，我在北京见一编辑，亦新文人，积稿盈几，未尝一看，骂信蝟集，亦不为奇，久而久之，投稿者无法可想，遂皆大败，怨恨之极，但有时寄一信，内画生殖器，上题此公之名而已。此种战法，虽皆神奇，但我辈恐不能学也。

附上稿一篇，可用与否，仍希

裁夺。专此，顺请

暑安。

干 顿首 七月十四日

1933年7月18日　致罗清桢

清桢先生：

先后两信均收到，后函内并有木刻五幅，谢谢。

高徒的作品，是很有希望的，《晚归》为上，《归途》次之，虽然各有缺点（如负柴人无力而柴束太小，及后一幅按远近比例，屋亦过小，树又太板等），而都很活泼。《挑担者》亦尚佳，惜扁担不弯，下角太黑。《军官的伴侣》中，三人均只见一足，不知何意？《五一纪念》却是失败之作，大约此种繁复图像，尚非初学之力所能及，而颜面软弱，拳头过太[1]，尤为非宜，此种画法，只能用为象征，偶一驱使，而倘一不慎，即容易令人发生畸形之感，非有大本领，不可轻作也。

我以为少年学木刻，题材应听其十分自由选择，风景静物，虫鱼，即一花一叶均可，观察多，手法熟，然后渐作大幅。不可开手即好大喜功，必欲作品中含有深意，于观者发生效力。倘如此，即有勉强制作，画不达意，徒存轮廓，而无力量之弊，结果必会与希望相反的。

专此布复，并颂

时绥

鲁迅　启　七月十八夜

1　太：同“大”。

1933年8月1日　致胡今虚[1]

今虚先生：

你给我的七月三日的信，我是八月一日收到的，我现在就是通信也不大便当。

你说我最近二三年来，沉声而且隐藏，这是不确的，事实也许正相反。不过环境和先前不同，我连改名发表文章，也还受吧儿的告密，倘不是“不痛不痒，痛煞痒煞”的文章，我恐怕你也看不见的。《三闲集》之后，还有一本《二心集》，不知道见过没有，这也许比较好一点。

《三闲集》里所说的骂，是事实，别处我不知道，上海确是的，这当然是一部分，然而连住在我寓里的学生，也因而憎恶我，说因为住在我寓里，他的朋友都看他不起了。我要回避，是决非太过的，我至今还相信并非太过。即使今年竟与曾今可同流，我也毫没有忏悔我的所说的意思。

好的青年，自然有的，我亲见他们遇害，亲见他们受苦，如果没有这些人，我真可以“息息肩”了。现在所做的虽只是些无聊事，但人也只有人的本领，一部分人以为非必要者，一部分人却以为必要的。而且两手也只能做这些事，学术文章要参考书，小说也须能往各

1　胡今虚（1915—2002）：浙江温州人，作家。20世纪30年代初在温州参与成立“动荡文艺社”，自办小报刊。

125

1933年8月1日 致胡今虚

处走动，考察，但现在我所处的境遇，都不能。

我很感谢你对于我的希望，只要能力所及，我自然想做的。不过处境不同。彼此不能知道底细，所以你信中所说，我也很有些地方不能承认。这须身临其境，才可明白，用笔是一时说不清楚的。但也没有说清的必要，就此收场罢。

此复，并颂

进步

迅 上 八月一夜

1933年8月13日　致董永舒[1]

永舒先生：

你给我的信，在前天收到。我是活着的，虽然不知道可以活到什么时候。

《雪朝》我看了一遍，这还不能算短篇小说，因为局面小，描写也还简略，但作为一篇随笔看，是要算好的。此后如要创作，第一须观察，第二是要看别人的作品，但不可专看一个人的作品，以防被他束缚住，必须博采众家，取其所长，这才后来能够独立。我所取法的，大抵是外国的作家。

但看别人的作品，也很有难处，就是经验不同，即不能心心相印。所以常有极要紧，极精采处，而读者不能感到，后来自己经验了类似的事，这才了然起来。例如描写饥饿罢，富人是无论如何都不会懂的，如果饿他几天，他就明白那好处。

《伟大的印象》[2]曾在杂志《北斗》上登载过，这杂志早被禁止，现在已无从搜求。昨天托内山书店寄上七（？）本书，想能和此信先后而至，其中的《铁流》是原版，你所买到的，大约是光华书局的再版

1　董永舒：广西钟山人，生卒年不详。当时在桂林第三高级中学任教，因请求指导创作和代购书籍与鲁迅通信。

2　《伟大的印象》：即《一个伟大的印象》，柔石于1930年5月在上海参加全国苏维埃区域代表大会后写的通讯。

罢，但内容是一样的，不过纸张有些不同罢了。

高尔基的传记，我以为写得还好，并且不枯燥，所以寄上一本。至于他的作品，中国译出的已不少，但我觉得没有一本可靠的，不必购读。今年年底，当有他的《小说选集》和《论文选集》各一本可以出版，是从原文直接翻译出来的好译本，那时我当寄上。

此复，即颂

时绥。

鲁迅 启上 八月十三日

以后如有信，寄“上海北四川路底内山书店”收转，则比较的可以收到得快。 又及。

1933年9月29日　致郑振铎

西谛先生：

惠函收到。元谕[1]用白话，我看大概是出于官意的，然则元曲之杂用白话，恐也与此种风气有关，白话之位忽尊，便大踏步闯入文言营里去了，于是就成了这样一种体制。

笺纸样张尚未到，一到，当加紧选定，寄回。印款我决筹四百，于下月五日以前必可寄出，但乞为我留下书四十部（其中自存及送人二十部，内山书店包销二十部），再除先生留下之书，则须募豫约者，至多不过五十部矣。关于该书：（一）单色笺不知拟加入否？倘有佳作，我以为加入若干亦可。（二）宋元书影笺可不加入，因其与《留真谱》[2]无大差别也。大典笺[3]亦可不要。（三）用纸，我以为不如用宣纸，虽不及夹贡之漂亮，而较耐久，性亦柔软，适于订成较厚之书。（五）每部有四百张，则是八本，我以为豫约十元太廉，定为十二元，尚是很对得起人也。

我当做一点小引，但必短如兔尾巴，字太坏，只好连目录都排印了。然而第一叶及书签，却总得请书家一挥，北平尚多擅长此道者，请先生一找就是。

1　元谕：指元代朝廷发布的诏令。

2 《留真谱》：摹写古抄本及宋元刻本首尾真迹的书，清末学者杨守敬（1839—1915）编。

3　大典笺：以明朝《永乐大典》书影印制的笺纸。

以后印造，我想最好是不要和我商量，因为信札往来，需时间而于进行之速有碍，我是独裁主义信徒也。现在所有的几点私见，是（一）应该每部做一个布套，（二）末后附一页，记明某年某月限定印造一百部，此为第△△部云云，庶几足增声价，至三十世纪，必与唐版媲美矣。

匆复并请

著安。

迅 顿首 九月廿九夜

如赐函件，不如“上海、北四川路底、内山书店转、周豫才收”，尤为便捷。

1933年9月29日　致山本初枝

拜启：

久疏问候。谢谢你日前送给孩子各色礼物。今天又收到《明日》第五期，增田君在上面大发议论，不过对我未免过奖了。也许因为太熟悉了罢。上海连日阴天，大雨、大风，前天才放晴。政情依然是白色恐怖，但并无目的，全是为恐怖而恐怖。内山书店经常去，但不是每天，漫谈的人材也廖若晨星，令人感到寂寞。我依旧被论敌攻击，去年以前说我拿俄国卢布，但现在又有人在杂志上写文章，说我通过内山老板之手，将秘密出卖给日本，拿了很多钱。我不去更正。过一年自然又会消失的。但是，在中国的所谓论敌中有那么卑劣的东西存在，实在无法可说。我们均好。我较前更清闲了，或许比前年胖了些。孩子偶尔还患感冒，但已较前几年结实多了。在家太闹，送进了幼稚园。去了三四天，说先生不好，又不肯去。最近每天让他到野外去。我看那个先生也不好，抹了满脸脂粉，还是很难看。总之上海是寂寞的。本想去北京，但自今年起，北京也在白色恐怖中，据说最近两三个月就捕了三百多人。所以，暂时恐怕还住在上海。

草草顿首

鲁迅　九月廿九夜

山本夫人

1933年10月11日　致郑振铎

西谛先生：

七日信顷收到。名目就是《北平笺谱》罢，因为“北平”两字，可以限定了时代和地方。

印色纸之漂亮与否，与纸质也大有关系，索性都用白地，不要染色罢。

目录的写法，照来信所拟，是好的。作者呢，还是用名罢，因为他的号在笺上可见。但“作”字不如直用“画”字，以与“刻”相对。

因画笺大小不一，而影响于书之大小，不能一律，这真是一个难问题。我想，只能用两法对付：（一）书用五尺纸的三开本（此地五尺宣纸比四尺者贵三分之一），则价贵三分之一，而大小当皆可容得下，体裁较为好看；（二）就只能如来信所说，另印一册，但当题为《北平笺谱别册》，而另有序目，使与小本者若即若离，但我以为纵使用费较昂，倘可能，不如仍用（一）法，因为这是“新古董”，不嫌其阔的。

笺上的直格，索性都不用罢，加框，是不好看的。页码其实本可不用，而于书签上刻明册数。但为切实计，则用用亦可，只能如来示所说，印在第二页的边上，不过不能用黑色印，以免不调和，而且倘每页用同一颜色，则每页须多加上一回印工，所以我以为任择笺上之一种颜色，同时印之，每页不尽同，倒也有趣。总之：对于这一点，我无一定主意，请先生酌定就是。

第一页及序目，能用木刻，自然最好。小引做后，即当寄呈。

此复，即颂

著安。

迅上 十月十一日

1933年10月30日　致山本初枝

拜启：

天已很冷，真有秋末之感了。上海更加寂寞了。我找的书是法国人 Paul Gauguin[1]所著《Noa Noa》，系记他的Tahiti[2]岛之行，《岩波文库》中也有日译本，颇有趣。我想读的却是德译本，增田君曾代我从丸善到旧书店都寻遍了，终于没找到。于是他寄来法文本一册，我却看不懂。我想东京现在未必有，并且也不那么急需，所以不必拜托贵友。自本周起，中国将对全国出版物进行压迫。因这是必然之事，故不必特别吃惊。然而可能会对我们的经济有影响，从而也影响到生活。但这也不必特别吃惊。

草草顿首

鲁迅 上 十月三十日

山本夫人

1　Paul Gauguin：保罗 · 高更（1848—1903），法国后印象派画家、雕塑家。

2　Tahiti：塔希提岛，是法属波利尼西亚向风群岛中的最大岛屿，位于南太平洋。

1933年10月31日　致曹靖华

亚丹兄：

十月廿八日信收到。你的大女儿的病，我看是很难得好的，不过只能医一下，以尽人力。

我也以为兄在平，教一点书好，对学生讲义时，你的朋友的话是对的，他们久居北京，比较的知道情形，有经验。青年思想简单，不知道环境之可怕，只要一时听得畅快，说得畅快，而实际上却是大大的得不偿失。这种情形我亲历了好几回了，事前他们不相信，事后信亦来不及。而很激烈的青年，一遭压迫，即一变而为侦探的也有，我在这里就认识几个，常怕被他们碰见。兄还是不要为热情所驱策的好罢。

《安得伦》[1]我这里有，日内当寄上三四本，兄自看外，可以送人。《四十一》的后记曾在《萌芽》上登过，我本来有，但因搬来搬去，找不到了。《铁流》序早收到，暂时无处可以发表。

日内又要查禁左倾书籍，杭州的开明分店被封了，沪书店吓得像小鬼一样，纷纷匿书。这是一种新政策，我会受经济上的压迫也说不定。不过我有准备，半年总可以支持的，到那时再看。现正在出资印

1 《安得伦》：即苏联作家聂维洛夫（1886—1923）的小说《不走正路的安得伦》，曹靖华译，鲁迅曾为其作《小引》。

《被解放的吉诃德》[1]，这么一来，一定又要折本了。

木刻望即寄下，因为弟亦先睹为快也。可买白纸数张，裁开，将木刻夹入，和报纸及封面之硬纸一同卷实（硬纸当于寄《安得伦》时一并附上，又《两地书》一本，以赠兄），挂号寄书店转弟收，可无虑。关于作者之材料，暇时希译示，因为无论如何，木刻是必当翻印的，中国及日本，皆少见此种木刻也。此复即颂

时绥。

弟豫 顿首 十月卅一夜。

令夫人均此致候。

1 《被解放的吉诃德》：即《解放了的堂吉诃德》，苏联戏剧家卢那察尔斯基（1875—1933）著，瞿秋白译，鲁迅为其作《后记》。

1933年11月3日　致郑振铎

西谛先生：

十，卅一函并笺样均收到，此次大抵可用，明日当另封挂号寄还。十二月可成书，尤好，但以先睹为快，或将我的一份，即由运送局送来，如何？倘以为是，当令内山绍介，写一信，临时并书一同交与，即可矣。

广告因以为未付印，故加入意见，重做了一遍，其实既已印好，大可不必作废而重印，但既已重印，也就无可多说了。

此次《笺谱》成后，倘能通行，甚好，然亦有流弊，即版皆在纸铺，他们可以任意续印多少，虽偷工减料，亦无可制裁。所以第一次我们所监制者，应加以识别。或序跋等等上不刻名，而用墨书，或后附一纸，由我们签名为记（样式另拟附上），此后即不负责。此非意在制造“新古董”，实因鉴于自己看了翻板之《芥子园》[1]而恨及创始之王氏兄弟，不欲自蹈其覆辙也。

序[2]已寄出，想当先此而到。签条托兼士写，甚好。还有第一页（即名“引首”的？）也得觅人写，请先生酌定，但我只不赞成钱玄同，因其议论虽多而高，字却俗媚入骨也。对于文字的新压迫将开始，闻

1 《芥子园》：指清代《芥子园图谱》，系统介绍了中国画的基本技法。

2 序：指《〈北平笺谱〉序》。

杭州禁十人作品，连冰心在内，奇极，但系谣言亦难说，茅兄[1]是会在压迫中的，而且连《国木田独步集》[2]也指为反动书籍，你想怪不怪。开明之被封，我以为也许由于营业较佳之故，这回北新就无恙。前日潘公展[3]朱应鹏[4]辈，召书店老版训话，内容未详，大约又是禁左倾书，宣场民族文学之类，而他们又不做民族文学稿子，在这样的指导下，开书店也真难极了。不过这种情形，我想也不会持久的。

我有苏联原版木刻，东洋颇少见，想用珂罗板绍介于中国，而此地印费贵，每板三元，记得先生言北平一元即可，若然，则四十板可省八十元，未知能拨冗给我代付印否，且即在北平装订成书。倘以为可，他日当将全稿草订成书本样子，奉托。

关于《文学季刊》事，前函已言，兹不赘。此复，即请

著安

迅 上 十一月三夜

1 茅兄：指茅盾。

2 《国木田独步集》：日本作家国木田独步（1871—1908）的短篇小说集。

3 潘公展（1895—1975）：浙江吴兴人，时任国民党上海特别市执行委员会常务委员、上海社会局局长。

4 朱应鹏（1895—1966）：浙江杭州人，时任国民党上海市区党部委员、上海市政府委员。

1933年11月5日　致姚克[1]

Y.K.先生：

十月卅日信昨收到，关于来问及评传[2]的意见，另纸录出附呈，希察。

评传的译文，恐无处登载，关于那本书的评论，亦复如此，但如有暇，译给我们看看，却极欢迎。前几天，这里的官和出版家及书店编辑，开了一个宴会，先由官训示应该不出反动书籍，次由施蛰存[3]说出仿检查新闻例，先检杂志稿，次又由赵景深补足可仿日本例，加以删改，或用××代之。他们也知道禁绝左倾刊物，书店只好关门，所以左翼作家的东西，还是要出的，而拔去其骨格，但以渔利。有些官原是书店股东，所以设了这圈套，这方法我看是要实行的，则此后出板物之情形可以推见。大约施、赵诸君，此外还要联合所谓第三种人，发表一种反对检查出版物的宣言，这是欺骗读者，以掩其献策的秘密的。

我和施蛰存的笔墨官司，真是无聊得很，这种辩论，五四运动时候早已闹过的了，而现在又来这一套，非倒退而何。我看施君也未必真研究过《文选》[4]，不过以此取悦当道，假使真有研究，决不会劝青

1　姚克（1905—1991）：原名姚志伊、姚莘农，笔名姚克，安徽歙县人，翻译家、剧作家，1932年开始与美国记者埃德加·斯诺（Edgar Snow，1905—1972，即后文的S君）合作，将鲁迅的小说翻译成英文。

2　评传：指《鲁迅生平》，埃德加·斯诺著。

3　施蛰存（1905—2003）：名德普，字蛰存，浙江杭州人，文艺工作者，时任《现代》月刊主编。

4　《文选》：即《昭明文选》，由南朝萧统组织文人共同编选，是中国现存最早的诗文总集。萧统（501—531），字德施，小字维摩，南兰陵（今江苏武进）人，南朝梁武帝萧衍长子，文学家。

年到那里面去寻新字汇的。此君盖出自商家，偶见古书，遂视为奇宝，正如暴发户之偏喜摆士人架子一样，试看他的文章，何尝有一些“《庄子》与《文选》”气。

译名应刻画一，那固然倒是急务。还有新的什物名词，也须从口语里采取。譬如要写装电灯，新文学家就有许多名词——花线，扑落，开关——写不出来，有一回我去理发，就觉得好几种器具不知其名。而施君云倘要描写宫殿之类，《文选》就有用，忽然为描写汉晋宫殿着想，真是“身在江湖，心存魏阙”了。

其实，在古书中找活字，是欺人之谈。例如我们翻开《文选》，何以定其字之死活？所谓“活”者，不外是自己一看就懂的字。但何以一看就懂呢？这一定是原已在别处见过，或听过的，既经先已闻见，就可知此等字别处已有，何必《文选》？

我们如常，《自由谈》上仍投稿，但非屡易笔名不可，要印起来，又可以有一本了，但恐无处出版，倘须删改，自己又不愿意，所以只得搁起来。新作小说则不能，这并非没有工夫，却是没有本领，多年和社会隔绝了，自己不在旋涡的中心，所感觉到的总不免肤泛，写出来也不会好的。

现在新出台的作家中，也很有可以注意的作品，倘使有工夫，我以为选择一本，每人一篇，绍介出去，倒也很有意义的。

上海也冷起来了，天常阴雨。文坛上是乌烟瘴气，与“天气”相类，适兄尚存，其夫人曾得一信，但详情则不知。

见S君夫妇，乞代致意，此复即颂

时绥。

豫 顿首 十一月五日

对于《评传》之意见

第一段第二句后，似可添上“九一八后则被诬为将中国之紧要消息卖给日本者”的话。（这是张资平他们造的，我当永世记得他们的卑劣险毒。）

第二段“在孩时”，父死我已十六七岁，恐当说是“少年时”了。

第三段“当教育总长的朋友……”此人是蔡元培先生，他是我的前辈，称为“朋友”，似不可的。

第五段“中国高尔基……”，当时实无此语，这好像是近来不知何人弄出来的。

第六段“《莽原》和《语丝》”，我只编《莽原》；《语丝》是周作人编的，我但投稿而已。

第七段“……交哄的血”，我写那几句的时候，已经清党，而非交哄了。

第八段“他们的贪酷”，似不如改作“一部分反动的青年们的贪酷……”较为明白。

第十段“……突兴并非因为政治上的鼓励，却是对于……”似不如改为“突兴虽然由于大众的需要，但有些作家，却不过对于……”

第十一至十二段　其中有不分明处。突兴之后，革命文学的作家（旧仇创造社，新成立的太阳社）所攻击的却是我，加以旧仇新月社，一同围攻，乃为“众矢之的”，这时所写的文章都在《三闲集》中，到一九三○年，那些“革命文学家”支持不下去了，创，太二社的人们始改变战略，找我及其他先前为他们所反对的作家，组织左联，此后我所写的东西都在《二心集》中。

第十六段成的批评，其实是反话，讥刺我的，因为那时他们所主张的是“天才”，所以所谓“一般人”，意即“庸俗之辈”，是说我的作品不过为俗流所赏的庸俗之作。

第十七段Sato[1]只译了一篇《故乡》，似不必提。《野草》英译，译者买给商务印书馆，恐怕去年已经烧掉了。

《杂感选集》系别人所选，似不必提。

答来问

一、《小说全集》，日本有井上红梅（K.Inoue）这日本姓的腊丁拼法，真特别，共有四个音，即I–no–u–e译。

《阿Q正传》，日本有三种译本：（一）松浦珪三[2]（K.Matsuura）译，（二）林守仁[3]（S.J.Ling，其实是日人，而托名于中国者）译，（三）增田涉（W.Masuda，在《中国幽默全集》中）译。

又俄译本有二种，一种无译者名，后出之一种，为王希礼[4]（B.A.Vasiliev）译。

法文本是敬隐渔[5]译（四川人，不知如何拼法）。

二、说不清楚，恐怕《关于鲁迅及其著作》（台静农编）及《鲁迅论》（李何林[6]编）中会有一点，此二书学校图书馆也许有的。

三、见过日本人的批评，但我想不必用它了。

此信到后，希见复以免念。临封又及

1 Sato：即佐藤春夫（1892—1964），日本诗人，小说家。

2 松浦珪三：生卒年不详，东京第一外国语学校教师。

3 林守仁（1896—1938）：本名山上正义，日本新闻联社记者。

4 王希礼（1899—1937）：苏联汉学家。

5 敬隐渔（1901—约1930）：原名显达，字雪江，四川遂宁人，留学法国。

6 李何林（1904—1988）：安徽霍丘人，文学评论家。

1933年11月12日　致母亲

母亲大人膝下敬禀者，十一月六日信已收到。心梅叔[1]地址，系“绍兴城内大路，元泰纸店”，不必写门牌，即可收到。修坟已择定旧历九月廿八日动工，共需洋三十元，又有亩捐，约需洋二十元，大约连太爷之祭田在内，已由男汇去五十元，倘略有不足，俟细账开来后，当补寄，请勿念。上海天气亦已颇冷，但幸而房子朝南，所以白天尚属温暖。男及害马均安好，但男眼已渐花，看书写字，皆戴眼镜矣。海婴很好，脸已晒黑，身体亦较去年强健，且近来似较为听话，不甚无理取闹，当因年纪渐大之故，惟每晚必须听故事，讲狗熊如何生活，萝卜如何长大等等，颇为费去不少工夫耳。余容续禀，专此，恭请

金安。

男树 叩上

广平及海婴随叩 十一月十二日

1 心梅叔：指鲁迅的堂叔周秉钧。

1933年12月2日　致郑振铎

西谛先生：

顷得惠书，谨悉一切。序文甚好，内函掌故不少，今惟将觉得可以商榷者数处，记出寄还，希酌夺。叶先生[1]处样张终无消息，写信去问，亦无回音，不知何故也，因亦不再写信。

“毛样”请不必寄来，因为内容已经看熟，成书后之状况，可以闭目揣摩而见之，不如加上序目，成为一部完书。否则，“毛样”放在寓中，将永远是“毛样”，又糟蹋了一部书也。

海上“文摊”之状极奇，我生五十余年矣，如此怪像，实是第一次看见，倘使自己不是中国人，倒也有趣，这真是所谓Grotesque[2]，眼福不浅也，但现在则颇不舒服，如身穿一件未曾晒干之小衫，说是苦痛，并不然，然说是没有什么，又并不然也。

此复，即请

著安。

迅 上 十二月二日

1　叶先生：指叶圣陶。

2　Grotesque：英语，意为奇怪的，怪诞的。

1933年12月19日　致姚克

Y先生：

十二夜的信早收到。谭女士[1]至今没有见，大约她不知道我的住址，而能领她找我的人，现又不在上海，或者终于不能遇见也难说。我在这里，已集得木刻数十幅，虽幼稚，却总也是一点成绩，如果竟不相遇，我当直接寄到那边去。

《不是没有笑的》[2]译文，已在《文艺》上登完，是两个人合译的，译者们的英文程度如何，我以为很难说。《生活周刊》已停刊，这就是自缢以免被杀；《文学》遂更加战战兢兢，什么也不敢登，如人之抽去了骨干，怎么站得住。《自由》更被压迫，闻常得恐吓信，萧[3]的作品，我看是不会要的；编者也还偶来索稿，但如做八股然，不得“犯上”，又不可“连下”，教人如何动笔，所以久不投稿了。

台君[4]为人极好，且熟于北平文坛掌故，先生去和他谈谈，是极好的。但是，罗兰[5]的评语，我想将永远找不到。据译者敬隐渔说，那是一封信，他便寄给创造社——他久在法国，不知道这社是很讨厌我的——请他们发表，而从此就永无下落。这事已经太久，无可查考，

1　谭女士：指绮达 · 谭丽德（Lda Treat），生卒年不详，美国人，法国《观察》杂志记者。

2　《不是没有笑的》：美国作家休士（J.L.Hughes，1902—1967）所著小说。

3　萧：指萧伯纳。

4　台君：指台静农。

5　罗兰：即法国作家罗曼 · 罗兰（Romain Rolland，1866—1944）。

我以为索性不必搜寻了。

那一次开展览会，因借地不易，所以会场不大好，绘画也只有百余幅，中国之观者有二百余人。历来所集木刻，颇有不易得者，开年拟选印五十种，当较开会展览为有益。闻此地青年，又颇有往闽者，其实我看他们的办法，与北伐前之粤不异，将来变脸时，当又是杀掉青年，用其血以洗自己的手而已。惜我不能公开作文，加以阻止。

所作小说，极以先睹为快。我自己是无事忙，并不怎样闲游，而一无成绩，盖“打杂”之害也，此种情境，倘在上海，恐不易改，但又无别处可去。幸寓中均平善；天气虽渐冷，已装起火炉矣。

中国寄挂号信件，收受者须盖印，倘寄先生信件，挂号时用英文名，不知备有印章否？便中乞示及。

此上，即颂

时绥。

L 启上 十二月十九夜。

1933年12月24日　致黎烈文

烈文先生：

顷奉到惠函并《医学的胜利》[1]一本，谢谢。这类的书籍，其实是中国还是需要的，虽是古典的作品，也还要。我们要保存清故宫，不过不将它当作皇宫，却是作为历史上的古迹看。然而现在的出版界和读者，却不足以语此。

明年的元旦，我看和今年的十二月卅一日也未必有大差别，要做八股，颇难，恐怕不见得能写什么。《自由谈》上的文字，如侍桁蛰存诸公之说，应加以蒲鞭[2]者不少，但为息事宁人计，不如已耳。此后颇想少作杂感文字，自己再用一点功夫，惟倘有所得而又无大碍者，则当奉呈也。

此复，即请

著安。

迅 上 十二月廿四日

1 《医学的胜利》：即法国剧作家于乐 · 罗曼（Jules Romains，1885—1972）创作的讽刺喜剧《科诺克或医学的胜利》，黎烈文译。

2 蒲鞭：以蒲草为鞭，常用以表示刑罚宽仁。

1933年12月27日　致台静农

静农兄：

下午从书店得所惠书，似有人持来，而来者何人，则不可考。《北平笺谱》竟能卖尽，殊出意外，我所约尚有余，当留下一部，其款亦不必送西三条寓，当于交书时再算账耳。印书小事，而郑君乃作如此风度，似少函养，至于问事不报，则往往有之，盖不独对于靖兄为然也。

写序[1]之事，传说与事实略有不符，郑君来函问托天行或容某[2]（忘其名，能作简字），以谁为宜，我即答以不如托天行，因是相识之故。至于不得托金公[3]执笔，亦诚有其事，但系指书签，盖此公夸而懒，又高自位置，托以小事，能拖延至一年半载不报，而其字实俗媚入骨，无足观，犯不着向悭吝人乞烂铅钱也。关于国家博士[4]，我似未曾提起，因我未能料及此公亦能为人作书，惟平日颇嗤其摆架子，或郑君后来亦有所闻，因不复道耳。

北大堕落至此，殊可叹息，若将标语各增一字，作“五四失精神”，“时代在前面”，则较切矣。兄蛰伏古城，情状自能推度，但我以为此亦不必侘傺，大可以趁此时候，深研一种学问，古学可，新学亦

1　写序：指鲁迅、郑振铎作《〈北平笺谱〉序》，拟请魏建功书写。

2　天行：指魏建功。容某：指容庚。

3　金公：指钱玄同。

4　国家博士：指刘半农。

可，既足自慰，将来亦仍有用也。

投稿于《自由谈》，久已不能，他处颇有函索者，但多别有作用，故不应。《申报月刊》上尚能发表，盖当局对于出版者之交情，非对于我之宽典，但执笔之际，避实就虚，顾彼忌此，实在气闷，早欲不作，而与编者是旧相识，情商理喻，遂至今尚必写出少许。现状为我有生以来所未尝见，三十年来，年相若与年少于我一半者，相识之中，真已所存无几，因悲而愤，遂往往自视亦如轻尘，然亦偶自摄卫，以免为亲者所叹而仇者所快。明年颇欲稍屏琐事不作，专事创作或研究文学史，然能否亦殊未可必耳。

专此布复，并颂

时绥。

豫 顿首 十二月廿七夜

1934年1月6日　致希仁斯基等

亲爱的希仁斯基、亚历克舍夫、波查尔斯基、莫察罗夫、密德罗辛[1]诸同志：

收到你们的作品，高兴之至，谨致谢忱。尽管遇到了一些麻烦，我们终于使这些作品得以在上海展出。参观者有中国年青的木刻家、学习艺术的大学生，而主要的则是上海的革命青年。当然，展览会颇获好评，简直轰动一时！连反动报刊对你们的成就亦不能保持沉默。顷正筹划把这些作品连同其他苏联版画家的作品一并翻印，盖中国革命青年深爱你们的作品，并将从中学习获益。遗憾的是我们对你们所知甚少，可否请你们分别为我们撰写各自的传略，并代为设法找到法复尔斯基和其他苏联著名版画家的传略。在此谨预致谢意。

兹奉上十三世纪及其后刊印的附有版画的中国古籍若干册。这些都出于封建时代的中国“画工”之手。此外还有三本以石版翻印的书，这些作品在中国已很少见，而那三本直接用木版印刷的书则更属珍品。我想，若就研究中国中世纪艺术的角度看，这些可能会使你们感到兴趣。如今此类艺术已濒于灭亡，老一辈艺人正在“消失”，青年学徒则几乎根本没有。在上一世纪的九十年代，这种“版画家”就

1　希仁斯基（L.S.Khizhinsky，1896—1972），亚历克舍夫（N.V.Alekseev，1894—1934），波查尔斯基（S.M.Pozharsky，1900—？），莫察罗夫（S.M.Mocharov，1902—？），密德罗辛（D.I.Mitrokhin，1883—1973），这五人都是苏联木刻家。

已很难找到（顺便说说，他们虽也可称作版画家，实则并不作画，仅只在木板上“复制”名画家的原作）；流传至今的只一种《笺谱》，且只限于华北才有，那里的遗老遗少还常喜欢用它写毛笔字。但自版画角度看，这类作品尚能引起人们的一定兴趣，因为它们是中国古代版画的最后样品。现正纠合同好，拟刊印一部《北平笺谱》，约二月间问世，届时当为你们寄上。

可惜我与苏联艺术家、木刻家协会无直接联系。希望我寄赠的能为苏联全体版画家所共享。

新版画（欧洲版画）在中国尚不大为人所知。前年向中国年轻的左翼艺术家介绍了苏联和德国的版画作品，始有人研究这种艺术。我们请了一位日本版画家讲授技术，但由于当时所有“爱好者”几乎都是“左翼”人物，倾向革命，开始时绘制的一些作品都画着工人、题有“五一”字样的红旗之类，这就不会使那在真理的每一点火星面前都要发抖的白色政府感到高兴。不久，所有研究版画的团体都遭封闭，一些成员被逮捕，迄今仍在狱中。这只是因为他们“模仿俄国人”！学校里也不准举行版画展览，不准建立研究这种新艺术的团体。当然，你们一定明白，这种镇压措施会导致什么后果。难道“贵国”的沙皇能扼杀革命的艺术？中国青年正在这方面坚持自己的事业。

近来我们搜集到五十多幅初学版画创作的青年的作品，应法国《观察》杂志的记者绮达 · 谭丽德（《人道报》主编的夫人）之请，即将寄往巴黎展览，她答应在展览之后即转寄苏联。我想，今年夏天以前你们便可看到。务请你们对这些幼稚的作品提出批评。中国的青年艺术家极需要你们的指导和批评。你们能否借这机会写些文章或写些“致中国友人书”之类？至所盼望！来信（请用俄文或英文）写好后可由萧同志转交（萧同志即萧三，莫斯科国际革命作家联盟的工作人员，莫斯科红色教授学院的学生）。

希望能和你们经常保持联系。致以
革命的敬礼！

鲁迅 一九三四年一月六日

再：我本人不懂俄文，德文略知一二。此信是由我的朋友H[1]（曹亚丹[2]同志不在上海）代译为俄文的。我殷切地盼望着你们的回信，但又担心自己不能阅读，因为代我翻译的这位朋友很难与我晤面，我们见面的机会极少。因此，倘有可能，请用德文或英文，因为比较容易找人翻译。文章则可以用俄文写，我可请曹君翻译。

此外，邮包中还附有几本新出的中国杂志，请连同下面的短简一并转寄给莫斯科的萧同志。

1 H：指瞿秋白。

2 曹亚丹：指曹靖华，化名亚丹。

1934年1月11日　致山本初枝

拜启：

惠函奉悉。我们安然无恙，上海依旧寂寞，天气也冷了。我什么时候都想去日本，然而倘现在去，恐怕不会让我上陆罢。说不定也会派便衣钉梢。身后跟着便衣去看花，实在是离奇的玩笑，因此我觉得暂时还是等等再说为好。记得前次惠函中曾说起想去塔希提岛，其实我想实物决没有书本、绘画和照片上看到的那样秀丽。我为写唐朝的小说在五六年前去长安看过。看后意外的是，连天空也不似唐朝的天空，费尽心思想象出的情景也完全被破坏掉，到如今连一个字也写不出来。还不如凭书本想象来写的好。我不需要什么东西，唯有一件颇麻烦的事相托。我自前年开始订阅版画杂志《白与黑》，不过限定版我又订迟了，一至十一号，又二十号、三十二号，共十三册都没有买到。倘贵友中有常到旧书店走动的，烦他代为留意购买。“白与黑社”的地址是淀桥区西落合一之三七号，但除三十二号，该社也已无余本。但这也不是什么非有不可的东西，倘没有，也不必费力去找。中国恐怕难以安定。上海白色恐怖日益猖獗，青年相继失踪。我仍在家里，不知是因为没有线索呢，还是嫌我老了，不要我，总之我是平安无事。只要是平安无事，就姑且活下去罢。增田二世的照片我也收到了。我回信说，他要比父亲漂亮，想来这对一世有些失敬，然而是事实。

鲁迅 上 一月十一日

山本夫人

1934年1月27日　致山本初枝

拜启：

惠函奉悉，感谢提醒我应注意的事。上海也冷，据闻闽粤交界处四十年来初次下雪，今年似乎到处都冷。塔希提岛究竟怎样，我也怀疑。谢谢芙美子[1]女士的好意，下次遇到务请代为转达。前几天读了《面影》，也想看看那房间，然而现在去日本恐怕会引起麻烦。让便衣钉着去观赏花，固然别有趣味，但到底是不舒服的事，因而目前尚无到日本旅行的决心。关于日本的浮世绘师，我年轻时喜欢北斋[2]，现在则是广重，其次是歌麿的人物。写乐曾备受德国人赞赏，我读了二三本书想了解他，但始终莫名其妙。然而依我看，恐怕还是北斋适合中国一般人的眼光。我虽然想介绍北斋的早期插图，不过像如今读书界的状态还是不行。贵友所藏浮世绘请勿寄下。我也有数十张复制品，愈上年纪人愈忙，现在连拿出来看的机会也几乎没有。况且中国还没有欣赏浮世绘的人，因此我正不知将来该把自己的东西交给谁。增田一世仍孜孜不倦在翻译《小说史略》，遇到不理解之处时常问我，倘无书店可出版，实在遗憾。只要有助于出版，我为他写篇序文也好。

草草顿首

鲁迅　一月二十七日

1　芙美子：指林芙美子（1903—1951），日本女作家，著有小说《面影，我的素描》（即后文《面影》）。

2　北斋，指葛饰北斋（1760—1849）；广重，指安藤广重（1797—1858）；歌麿，指喜多川歌麿（1753—1806）；写乐，指东洲斋写乐（1762？—1835？）。这四人均为日本版画家。

1934年2月20日 致姚克

姚克先生：

第五信收到。来论之关于诗者，是很对的。歌，诗，词，曲，我以为原是民间物，文人取为己有，越做越难懂，弄得变成僵石，他们就又去取一样，又来慢慢的绞死它。譬如《楚辞》罢，《离骚》虽有方言，倒不难懂，到了扬雄，就特地"古奥"，令人莫名其妙，这就离断气不远矣。词，曲之始，也都文从字顺，并不艰难，到后来，可就实在难读了。现在的白话诗，已有人掇用"选"字，或每句字必一定，写成一长方块，也就是这一类。

先生能发表英文，极好，发表之处，是不必太选择的。至于此地报纸，则刊出颇难，观一切文艺栏，无不死样活气，即可推见。我的投稿，自己已十分小心，而刊出后时亦删去一大段，好像尚未完篇一样，因此连拿笔的兴趣也提不起来了。傅公[1]，一孱头耳，不知道他是在怎么想；那刊物，似乎也不过挨满一年，聊以塞责，则不复有朝气也可知。那挨满之由，或因官方不许，以免多禁之讥，或因老版要出，可以不退定款，均说不定。

M.Artzybashev[2]的那篇小说，是《Tales of the Revolution》[3]中之

1 傅公：指傅东华（1893—1971），浙江金华人，时为《文学》月刊编辑。

2 M.Artzybashev：阿尔志跋绥夫（1878—1927），俄国颓废主义文学流派作家。

3 《Tales of the Revolution》：译成中文即《革命的故事》。

一，英文有译本，为tr.Percy Pinkerton，Secker，London；Huebsch，N.Y.；1917. 但此书北平未必能得，买来也可不必。大约照德文转译过来，篇名为《Worker Sheviriov》[1]，亚拉籍夫[2]拼作Aladejev或Aladeev，也就可以了。“无抗抵主义者”我想还是译作“托尔斯泰之徒”（Tolstoian？），较为明白易晓。译本出后，给我三四本，不知太多否？直寄之店名，须写Uchiyama Bookstore[3]，不拼中国音。

送S君[4]夫妇之书，当照来函办理，但未知其住址为何。希见示，以便直寄。又令弟之号亦请示及，因恐行中有同姓者，倘仅写一姓，或致误投也。

前回的信，不是提起过钱君不复来访吗，新近听到他生了大病，群医束手，终于难以治愈，亦未可知的。

武梁祠画像新拓本，已颇模胡，北平大约每套十元上下可得。又有《孝堂山画像》[5]，亦汉刻，似十幅，内有战斗，刑戮，卤簿……等图，价或只四五元，亦颇可供参考，其一部分，亦在《金石索》中。

此布，即颂

时绥。

豫 顿首 二月二十日（第四）

1 《Worker Sheviriov》：即《工人绥惠略夫》。

2 亚拉籍夫：《工人绥惠略夫》中的人物。

3 Uchiyama Bookstore：即内山书店。

4 S君：即埃德加 · 斯诺。

5 《孝堂山画像》：东汉孝堂山祠画像石拓片集。孝堂山祠，在今山东长清县孝里铺。

1934年3月6日　致姚克

Y 先生：

二月廿七日函收到；信的号数，其实是连我自己也记不清楚了，我于信件随到随复，不留底子，而亦不宜留，所以此法也不便当，还是废止，一任恩赐没收，不再究诘，胡里胡涂罢。

汉画象模胡的居多，倘是初拓，可比较的清晰，但不易得。我在北平时，曾陆续搜得一大箱，曾拟摘取其关于生活状况者，印以传世，而为时间与财力所限，至今未能，他日倘有机会，还想做一做。汉画象中，有所谓《朱鲔石室画像》者，我看实是晋石，上绘宴会之状，非常生动，与一般汉石不同，但极难得，我有一点而不全，先生倘能遇到，万不可放过也。

关于中国文艺情形，先生能陆续作文发表，最好。我看外国人对于这些事，非常模胡，而所谓“大师”“学者”之流，则一味自吹自捧，绝不可靠，青年又少有精通外国文者，有话难开口，弄得漆黑一团。日本人读汉文本来较易，而看他们的著作，也还是胡说居多，到上海半月，便做一本书，什么轮盘赌，私门子之类，说得中国好像全盘都是嫖赌的天国。但现在他们也有些露出出[1]马脚，读者颇知其不可信了。上月我做了三则短评，发表于本月《改造》上，对于中、日、满，

1　此处作者误多写一个“出”字。

都加以讽刺，而上海文氓，竟又藉此施行谋害，所谓黑暗，真是至今日而无以复加了。

插画要找画家，怕很难，木刻较好的两三个人，都走散了，因为饥饿。在我的记忆中，现在只有一人或者还能试一试，不过他不会木刻，只能笔画，纵不佳，比西洋人所画总可以真确一点。当于日内去觅，与之一谈，再复。

上月此间禁书百四十九种，我的《自选集》在内。我所选的作品，都是十年以前的，那时今之当局，尚未取得政权，而作品中已有对于现在的"反动"，真是奇事也。

上海还冷，恐怕未必逊于北平。我们都好。

此布，即颂

时绥。

弟豫 顿首 三月六夜

1934年3月15日　致姚克

姚克先生：

顷接十日函，始知天津报上，谓我已生脑炎，致使吾友惊忧，可谓恶作剧；上海小报，则但云我已遁香港，尚未如斯之甚也。其实我脑既未炎，亦未生他病，顽健仍如往日。假使真患此症，则非死即残废，岂辍笔十年所能了事哉。此谣盖文氓所为，由此亦可见此辈之无聊之至，诸希释念为幸。插画家正在物色，稍迟仍当奉报也。专此布复，即请

旅安。

豫　顿首　三月十五夜

1934年3月18日　致增田涉

拜启：

从惠昙村寄来的信，早已奉悉。谅你已抵东京，就给你写上几句。

关于《北平笺谱》的两点意见甚是，但第一点在付印前虽屡与纸店交涉过，说颜料一过浓，就粘到版上，下次印信笺会受影响，终究没有照办。第二点，是我特意这么做的。说实话，自陈衡恪[1]、齐璜[2]（白石）之后，笺画已经衰落，二十人合作的梅花笺已感无力，到了猿画就很庸俗了。从此笺画也会衰亡吧，因为旧式文人逐渐减少。我为显示其虎头蛇尾，故来表彰末流的笺画家。

雕工、印工现在还剩三四人，大都陷于可怜的境遇中，这班人一死，这套技术也就失传了。

从今年开始，我与郑君每月出一点钱以复刻明代的《十竹斋笺谱》，预计一年左右可成。这部东西神致很纤巧，虽稍小，总是明代的东西，不过使它复活而已。

我一九二四年后的译著，全被禁止（《两地书》与《笺谱》除外）。天津报纸还登了我患脑膜炎，其实我头脑冷静，健康如常。倒是海婴这小家伙患了流行感冒，闹了两星期，现已转好。

迅　拜上　三月十八日

增田兄

1　陈衡恪（1876—1923）：字师曾，江西修水人，画家。

2　齐璜：齐白石（1864—1957），祖籍安徽宿州，出生于湖南湘潭，中国绘画大师。

1934年3月24日　致姚克

姚克先生：

二十一函顷奉到。流行感冒愈后，大须休养，希勿过劳为要。力作数日，卧床数日，其成绩逊于每日所作有节而无病，这是我所经验的。

关于我的大病的谣言，顷始知出于奉天之《盛京时报》，而所根据则为“上海函”，然则仍是此地之文氓所为。此辈心凶笔弱，不能文战，便大施诬陷与中伤，又无效，于是就诅咒，真如三姑六婆，可鄙亦可恶也。

敬隐渔君的法文听说是好的，但他对于翻译却未必诚挚，因为他的目的是在卖钱，重译之后，错误当然更加不少。近布克夫人[1]译《水浒》，闻颇好，但其书名，取“皆兄弟也”之意，便不确，因为山泊中人，是并不将一切人们都作兄弟看的。

小说插图已托人去画，条件悉如来信所言。插画技术，与欧美人较，真如班门弄斧，但情形器物，总可以较为正确。大约再有十天，便可寄上了。

S君信已收到，先生想已看过，那末一段的话，是极对的。然而中国环境，与艺术最不利，青年竟无法看见一幅欧美名画的原作，都在摸暗弄堂，要有杰出的作家，恐怕是很难的。至于有力游历外国的

1　布克夫人：即美国作家赛珍珠（Pearl S.Buck，1892—1973）。

“大师”之流，他却只在为自己个人吹打，岂不可叹。

汉唐画象石刻，我历来收得不少，惜是模胡者多，颇欲择其有关风俗者，印成一本，但尚无暇，无力为此。先生见过玻璃版印之李毅士[1]教授之《长恨歌画意》没有？今似已三版，然其中之人物屋宇器物，实乃广东饭馆与“梅郎”[2]之流耳，何怪西洋人画数千年前之中国人，就已有了辫子，而且身穿马蹄袖袍子乎。绍介古代人物画之事，可见也不可缓。

我们都好。但闻钱君病颇危耳。此复，并请
著安。

豫 顿首 三月廿四日

1 李毅士（1886—1942）：名祖鸿，字毅士，江苏武进人，画家。

2 “梅郎”：指梅兰芳（1894—1961），名澜，字畹华，艺名兰芳，生于北京，祖籍江苏泰州，京剧表演艺术家。

1934年3月28日　致陈烟桥[1]

雾城先生：

二十一日信并木刻一幅，早收到了，想写回信，而地址一时竟不知放在那里，所以一直拖到现在。

那一幅图，诚然，刻法，明暗，都比《拉》进步，尤其是主体很分明，能令人一看就明白所要表现的是什么。然而就全体而言，我以为却比《拉》更有缺点。一，背景，想来是割稻，但并无穗子之状；二，主题，那两人的面貌太相像，半跪的人的一足是不对的，当防敌来袭或豫备攻击时，跪法应作ㄣ，这才易于站起。还有一层，《拉》是"动"的，这幅却有些"静"的了，这是因为那主体缺少紧张的状态的缘故。

我看先生的木刻，黑白对比的力量，已经很能运用的了，一面最好是更仔细的观察实状，实物；还有古今的名画，也有可以采取的地方，都要随时留心，不可放过，日积月累，一定很有益的。

至于手法和构图，我的意见是以为不必问是西洋风或中国风，只要看观者能否看懂，而采用其合宜者。先前售卖的旧法花纸，其实乡下人是并不全懂的，他们之买去贴起来，好像了然于心者，一半是因为习惯：这是花纸，好看的。所以例如阴影，是西法，但倘不扰乱一般观众的目光，可用时我以为也还可以用上去。睡着的人的头上放出

1　陈烟桥（1912—1970）：曾用名陈炳奎，笔名李雾城、米启郎，广东宝安人，版画家。1930年10月，陈烟桥参观鲁迅举办的"西洋木刻展览会"，在鲁迅的鼓励与支持下开始从事新木刻运动，并加入左翼美术家联盟。

一道毫光，内画人物，算是做梦，与西法之嘴里放出一道毫光，内写文字，算是说话，也不妨并用的。

中国的木刻，已经像样起来了，我想，最好是募集作品，精选之后，将入选者请作者各印一百份，订成一本，出一种不定期刊，每本以二十至二十四幅为度，这是于大家很有益处的。但可惜我一知半解，又无法公开通信处，不能动。 此复，即颂

时绥。

迅 上 三月廿八日

1934年4月1日 致陶亢德[1]

亢德先生：

日前寄奉芜函后，于晚便得《南腔北调集》印本，次日携往书店，拟托代送，而适有人来投大札，因即乞其持归，想已达览。此书殆皆游词琐语，不足存，而竟以出版者，无非为了彼既禁遏，我偏印行，赌气而已，离著作之道远甚。然由此亦可见“本不能文”云云，实有证据，决非虚恃气之谈也。

《论语》顷收到一本，是三十八期，即读一过。倘蒙谅其直言，则我以为内容实非幽默，文多平平，甚者且堕入油滑。闻莎士比亚时，有人失足仆地，或面沾污黥而不自知，见者便觉大可笑。今已不然，倘有笑者，可笑恐反在此人之笑，时移世迁，情知亦改也。然中国之所谓幽默，往往尚不脱《笑林广记》式，真是无可奈何。小品文前途虑亦未必坦荡，然亦只能姑试之耳。

照相仅有去年所摄者，倘为先生个人所需，而不用于刊物，当奉呈也。

此复，即颂

时绥。

鲁迅 四月一夜。

1 陶亢德（1908—1983）：字哲庵，笔名徒然、哲庵、室暗等，浙江绍兴人，出版家，时任《论语》主编兼《人间世》编辑。《论语》《人世间》以及《宇宙风》均为林语堂创办的小品文幽默杂志。

1934年4月3日　致姚克

姚克先生：

昨寄上书一本，不知已到否？

小说插画已取来，今日另行挂号寄出，内共五幅，两幅大略相似，请择取其一。作者姓魏[1]，名署在图上。上海已少有木刻家，大抵因生活关系而走散；现在我只能找到魏君，总算用毛笔而带中国画风的，但尚幼稚，器具衣服，亦有误处（如衣皆左衽等），不过还不庸俗，而且比欧洲人所作，错误总可较少。不知可用否，希酌定。

上海常雨，否则阴天。我们都如常，希释念。

《北平素描》[2]，已见过三天，大约这里所能发表的，只能写到如此而止。

此布即请

著安。

豫　顿首　四月三日

1　魏：指魏猛克（1911—1984），湖南长沙人，作家，美术家，“左联”成员。

2　《北平素描》：姚克创作的散文。

1934年4月3日　致魏猛克

××先生：

画及信早收到，我看画是不必重画了，虽然衣服等等，偶有小误，但也无关大体，所以今天已经寄出了。《嚓》的两幅，我也决不定那一幅好，就都寄了去，由他们去选择罢。

《列女传》翻刻而又翻刻，刻死了；宋本大约好得多，宋本出于顾凯之[1]，原画已无，有正书局印有唐人临本十来幅，名曰《女史箴图》。你倒买一本比比看（但那图却并非《列女传》，所谓“比”者，比其笔法而已。）

毛笔作画之有趣，我想，在于笔触；而用软笔画得有劲，也算中国画中之一种本领。粗笔写意画有劲易，工细之笔有劲难，所以古有所谓“铁线描”，是细而有劲的画法，早已无人作了，因为一笔也含胡不得。中国旧书上的插画，我以为可以采用之处甚多，但倘非常逛旧书店，不易遇到。又，清朝末年有吴友如[2]，是画上海流氓和妓女的好手，前几年印有《友如墨宝》，不知曾见过否？

此复，即颂

时绥。

迅 上 四月三夜

1　顾凯之：即顾恺之（348—409）：字长康，晋陵无锡（今江苏无锡）人，东晋画家，代表作《洛神赋图》《女史箴图》。

2　吴友如（？—1894）：名嘉猷，字友如，别署猷，江苏吴县人，清末画家。

1934年4月5日　致陈烟桥

雾城先生：

三日的信并木刻一幅，今天收到了。这一幅构图很稳妥，浪费的刀也几乎没有。但我觉得烟囱太多了一点，平常的工厂，恐怕没有这许多；又，《汽笛响了》，那是开工的时候，为什么烟通上没有烟呢？又，刻劳动者而头小臂粗，务须十分留心，勿使看者有“畸形”之感，一有，便成为讽刺他只有暴力而无智识了。但这一幅里还不至此，现在不过偶然想起，顺便说说而已。

美术书总是贵的，个人购置，非常困难，所以必须有一机关，公同[1]购阅，前年曾有一个社，藏书三四十本，战后消失，书也大家拿散了。现在则连画社也不能设立，我的书籍，也不得不和自己分开，看起来很不便，但这种情形，一时也没有好法子想。

中国小说上的插图，除你所说的之外，还多得很，不过都是木刻旧书，个人是无力购买的，说也无益。

鼓吹木刻，我想最好是出一种季刊，不得已，则出半年刊或不定期刊，每期严选木刻二十幅，印一百本。其法先收集木刻印本，加以选择，择定之后，从作者借得原版付印。欧美木刻家，是大抵有印刷的小机器的，但我们只能手印，所以为难，只好付给印刷厂，不过这

1　公同：即“共同”。

么一来，成本就贵，因为印刷厂以五百本起码，即使只印一百，印费也要作五百本算。

其次是纸，倘用宣纸，每本约三角半，抄更纸（一种厚纸，好像宣纸，而其实是用碎纸再做的）则二角，倘用单张，可减半，但不好看。洋纸也不相宜。如是，则用宣纸者，连印订工每本须五角，一百本为五十元。抄更纸约三十元。

每一幅入选，送作者一本，可出售者八十本，每本定价，只好五角，给寄售处打一个八折，倘全数卖出，可收回工本三十二元，折本约二十元，用抄更纸而仍卖五角，则不折本。

照近几年来的刻本看来，选二十幅是可有的了，这一点印工及纸费，我现在也还能设法，或者来试一试看。至于给 M.K.木刻会商量，我自然当俟你来信后再说。

不过通信及募集外来投稿，总须有有[1]一个公开的固定的机关，一面兼带发售，这一点，我还想不出办法。

此复，即颂

时绥。

迅 上 四月五夜

1 此处作者误多写一个“有”字。

1934年4月7日　致陶亢德

亢德先生：

大札与《人间世》两本，顷同时拜领，讽诵一过，诚令人有萧然出尘之想，然此时此境，此作者们，而得此作品等，固亦意中事也。语堂先生及先生盛意，嘱勿藏拙，甚感甚感。惟搏战十年，筋力伤惫，因此颇有所悟，决计自今年起，倘非素有关系之刊物，皆不加入，借得余暇，可袖手倚壁，看大师辈打太极拳，或夭矫如撮空，或团转如摸地，静观自得，虽小品文之危机临于目睫，亦不思动矣。幸谅其懒散为企。

此复，即请

著安。

迅 顿首 四月七日

1934年4月9日　致姚克

姚克先生：

愚人节所发信，顷已收到。中国不但无正确之本国史，亦无世界史，妄人信口开河，青年莫名其妙，知今知古，知外知内，都谈不到。当我年青时，大家以胡须上翘者为洋气，下垂者为国粹，而不知这正是蒙古式，汉唐画像，须皆上翘；今又有一班小英雄，以强水洒洋服，令人改穿袍子马掛而后快，然竟忘此乃满洲服也。此种谬妄，我于短评中已曾屡次道及，然无效，盖此辈本不读者耳。

汉唐画像极拟一选，因为不然，则数年收集之工，亦殊可惜。但上海真是是非蜂起之乡，混迹其间，如在洪炉上面，能躁而不能静，颇欲易地，静养若干时，然竟想不出一个适宜之处，不过无论如何，此事终当了之。

清初学者，是纵论唐宋，搜讨前明遗闻的，文字狱后，乃专事研究错字，争论生日，变了“邻猫生子”的学者，革命以后，本可开展一些了，而还是守着奴才家法，不过这于饭碗，是极有益处的。

此布即请

文安。

豫 顿首 四月九日

1934年4月9日　致魏猛克

× ×先生：

七日信收到。古人之“铁线描”，在人物虽不用器械，但到屋宇之类，是利用器械的，我看是一枝界尺，还有一枝半圆的木杆，将这靠住毛笔，紧紧捏住，换了界尺划过去，便既不弯曲，又无粗细了，这种图，谓之“界画”。

学吴友如画的危险，是在只取了他的油滑，他印《画报》[1]，每月大约要画四五十张，都是用药水画在特种的纸张上，直接上石的，不用照相。因为多画，所以后来就油滑了，但可取的是他观察的精细，不过也只以洋场上的事情为限，对于农村就不行。他的沫流[2]是会文堂[3]所出小说插画的画家。至于叶灵凤[4]先生，倒是自以为中国的Beardsley[5]的，但他们两人都在上海混，都染了流氓气，所以见得有相似之处了。

新的艺术，没有一种是无根无蒂，突然发生的，总承受着先前的遗产，有几位青年以为采用便是投降，那是他们将“采用”与“模仿”并为一谈了。中国及日本画入欧洲，被人采取，便发生了“印象派”，

1 《画报》：即吴友如主编的《点石斋画报》。

2 沫流：流派。

3 会文堂：上海的一家书局，1903年成立，1926年改组为会文堂新记书局。

4 叶灵凤（1904—1975）：江苏南京人，作家、画家。

5 Beardsley：比亚兹莱（1872—1898），英国插画家。

有谁说印象派是中国画的俘虏呢？专学欧洲已有定评的新艺术，那倒不过是模仿。“达达派”是装鬼脸，未来派也只是想以“奇”惊人，虽然新，但我们只要看Mayakovsky[1]的失败（他也画过许多画），便是前车之鉴。既是采用，当然要有条件，例如为流行计，特别取了低级趣味之点，那不消说是不对的，这就是采取了坏处。必须令人能懂，而又有益，也还是艺术，才对。《毛哥哥》虽然失败，但人们是看得懂的；陈静生[2]先生的连环图画，我很用心的看，但老实说起来，却很费思索之力，而往往还不能解。我想，能够一目了然的人，恐怕是不多的。

报上能够讨论，很好，不过我并无什么多意见。

我不能画，但学过两年解剖学，画过许多死尸的图，因此略知身体四肢的比例，这回给他加上皮肤，穿上衣服，结果还是死板板的。脸孔的模样，是从戏剧上看来，而此公的脸相，也实在容易画，况且也没有人能说是像或不像。倘是“人”，我就不能画了。

此复，即颂

时绥。

迅 上 四月九夜

1 Mayakovsky：马雅可夫斯基（1893—1930），苏联诗人。

2 陈静生：四川人，生卒年不详，当时的连环图画作者。

1934年4月12日　致陈烟桥

雾城先生：

十日晚信并木刻均收到；这三幅都平平，《逃难》较好。

印行木刻，倘非印一千部，则不能翻印。譬如你的《赋别》，大约为四十八方时，每方时制版费贵者一角二，便宜者八分，即非四元至五元不可，每本二十幅，单是制版费便要一百元左右了。而且不能单图价廉，因为价廉，则版往往不精，有时连线的粗细，也与原本不合。所以只能就用原版去印。入选之画，倘在外埠，便请作者将原版寄来，用小包，四五角即可，则连寄回之费，共不过一元而已。其中如有无法取得原版者，则加入翻板者数幅亦可。

M.K.社[1]倘能主持此事，最好。但我以为须有恒性而极负责的的[2]人，虽是小事情，也看作大事情做，才是。例如选纸，付印，付订，都须研究调查过。据我所知，则——

抄更纸每刀约九十张，价壹元二三角（九华堂），倘多买，可打八折，其中有破或污者，选后可剩七十张，一开二，即每张需洋一分。

在木版上印，又只百部，则当用手摇机，在中国纸上印，则当用好墨，以油少者为好。

封面的纸，不妨用便宜之洋纸，但须厚的。

1　M.K.社：即M · K木刻研究会，1932年成立。

2　此处作者误多写一个“的”字。

此外还有，都须豫先研究确定，然后进行付印。而内容选择，尤应谨严，与其多而不佳，不如少而好；又须顾及流布，风景，静物，美女，亦应加入若干。

工场情形，我也不明白，但我想，放汽时所用之汽，即由锅炉中出来，倘不烧煤，锅炉中水便不会沸。大约烧煤是昼夜不绝的，不过加煤有多少之别而已，所以即使尚未开工，烟通中大概也还有烟的，但这须问一声确实知道的人，才好。

此复，即颂

时绥。

迅 上 四月十二日

1934年4月12日　致姚克

姚克先生：

顷收到八日来信；一日信亦早到，当即于九日奉复，现想已于恩赐检查之后，寄达左右矣。给杨某信，我不过说了一部分，历来所遇，变化万端，阴险诡随如此辈者甚多，倒也惯而不以为怪，多说又不值得，所以仅略与答复而止，而先生已觉其沈痛，可见向来所遇，尚少此种人，此亦一幸事，但亦不可不小心，大约满口激烈之谈者，其人便须留意。

徐何创作问题之争，其中似尚有曲折，不如表面上之简单，而上海文坛之不干不净，却已于此可见。近二年来，一切无耻无良之事，几乎无所不有，“博士”“学者”诸尊称，早已成为恶名，此后则“作家”之名，亦将为稍知自爱者所不乐受。近颇自憾未习他业，不能改图，否则虽驱车贩米，亦较作家干净，因驱车贩米，不过车夫与小商人而已，而在“作家”一名之中，则可包含无数恶行也。

来信谓好的插画，比一张大油画之力为大，这是极对的。但中国青年画家，却极少有人注意于此。第一，是青年向来有一恶习，即厌恶科学，便作文学家，不能作文，便作美术家，留长头发，放大领结，事情便算了结。较好者则好大喜功，喜看“未来派”“立方派”作品，而不肯作正正经经的画，刻苦用功。人面必歪，脸色多绿，然不能作一不歪之人面，所以其实是能作大幅油画，却不能作“末技”之插画的，譬之孩子，就是只能翻筋斗而不能跨正步。其二，则他们的先生应负责任，因为也是古里古怪的居多，并不对他们讲些什么，中国旧式插画与外国现代插画，青年艺术家知道的极少，尤其奇怪的是美术学校中几乎没有藏书。我曾想出一刊物，专一绍介并不高超而实则有益之末技，但经济，文章，读者，皆不易得，故不成。

上海虽春，而日日风雨，亦不暖。向来索居，近则朋友愈少了，真觉得寂寞。不知先生至迟于何日南来，愿得晤谈为幸耳。

此布，即颂

时绥。

豫 顿首 四月十二夜

1934年4月19日　致陈烟桥

雾城先生：

昨天才寄一函，今日即收到十六日来信，备悉种种。做一件事，无论大小，倘无恒心，是很不好的。而看一切太难，固然能使人无成，但若看得太容易，也能使事情无结果。

我曾经看过MK社的展览会，新近又见了无名木刻社的《木刻集》（那书上有我的序，不过给我看的画，和现在所印者不同），觉得有一种共通的毛病，就是并非因为有了木刻，所以来开会，出书，倒是因为要开会，出书，所以赶紧大家来刻木刻，所以草率，幼稚的作品，也难免都拿来充数。非有耐心，是克服不了这缺点的。

木刻还未大发展，所以我的意见，现在首先是在引起一般读书界的注意，看重，于是得到赏鉴，采用，就是将那条路开拓起来，路开拓了，那活动力也就增大；如果一下子即将它拉到地底下去，只有几个人来称赞阅看，这实在是自杀政策。我的主张杂入静物，风景，各地方的风俗，街头风景，就是为此。现在的文学也一样，有地方色彩的，倒容易成为世界的，即为别国所注意。打出世界上去，即于中国之活动有利。可惜中国的青年艺术家，大抵不以为然。

况且，单是题材好，是没有用的，还是要技术；更不好的是内容并不怎样有力，却只有一个可怕的外表，先将普通的读者吓退。倒如这回无名木刻社的画集，封面上是一张马克思像，有些人就不敢买了。

179

前回说过的印本，或者再由我想一想，印一回试试看，可选之作不多，也许只能作为“年刊”，或不定期刊，数目恐怕也不会在三十幅以上。不过罗君[1]自说要出专集，克白[2]的住址我不知道，能否收集，是一个疑问，那么，一本也只有二十余幅了。

此复即颂

时绥。

迅 上 四月十九日

又前信谓先生有几幅已寄他处发表，我想他们未必用，即用，也一定缩小，这回也仍可收入的。

1 罗君：指罗清桢。

2 克白：指陈铁耕（1908—1969），广东兴宁人，木刻家。

1934年4月22日　致姚克

姚克先生：

十三日函早收到；近来因发胃病，腹痛而无力，躺了几天，以致迟复，甚歉。中国人总只喜欢一个“名”，只要有新鲜的名目，便取来玩一通，不久连这名目也糟蹋了，便放开，另外又取一个。真如黑色的染缸一样，放下去，没有不乌黑的。譬如“伟人”“教授”“学者”“名人”“作家”这些称呼，当初何尝不冠冕，现在却听去好像讽刺了，一切无不如此。

石刻画象印起来，是要加一点说明的，先生肯给我译成英文，更好。但做起来颇不易，青年也未必肯看，聊尽自己的心而已。《朱鲔石室画象》我有两套，凑合起来似乎还不全，倘碑帖店送有数套来，则除先生自己所要的之外，其余的请替我买下，庶几可以凑成全图。这石室，四五年前用泥塞起来了（古怪之至，不知何意），未塞之前，拓了一次，闻张继[1]委员有一套，曾托人转辗去借，而亦不肯借，可笑。此复即请

文安。

豫　顿首　四月二十二夜。

1　张继（1882—1947）：原名溥，字溥泉，河北沧县人，曾任国民党中央监察委员等，兼任教育部古物保管委员会主任委员等。

1934年4月24日　致杨霁云[1]

霁云先生：

惠函读悉。所举的三种青年中，第一种当然是令人景仰的；第三种也情有可原，或者也不过暂时休息一下；只有第二种，除说是投机之外，实在无可解释。至于如戴季陶[2]者，还多得很，他的忽而教忠，忽而讲孝，忽而拜忏，忽而上坟，说是因为忏悔旧事，或籍此逃避良心的责备，我以为还是忠厚之谈，他未必责备自己，其毫无特操者，不过用无聊与无耻，以应付环境的变化而已。

来问太大，我不能答复。自己就至今未能牺牲小我，怎能大言不惭。但总之，即使未能径上战线，一切稍为大家着想，为将来着想，这大约总不会是错了路的。

专此布复，即颂

时绥。

迅 上 四月廿四夜

1　杨霁云（1910—1996）：江苏常州人，曾在上海复旦中学、正风文学院任教。

2　戴季陶（1891—1949）：初名良弼，后名传贤，字季陶，浙江吴兴人。时任国民政府委员、考试院院长等职。

1934年4月25日　致山本初枝

拜启：

惠函拜阅。日前送给孩子衣服，谢谢。正路君已开始绘画了吗？我想那是很有趣的事情。但作父母的当然也得学习一下，否则被问到时就难办。我的孩子虽不绘画，但要我们讲解画册，这也是件很难的事。我以为增田一世多写写就好。这位先生有点“悠闲”，而且太谦虚。只要看看现在的所谓中国通，尽管他们所写的东西穿凿附会，错误百出，竟然也堂哉皇哉付梓问世，那他又何必太谦呢？我想如现在就专心致志做起来，一定能够成功。若采用中国式格言的“慢慢做”的话，那也是误事。上海一带今年特别冷，因此什么都迟了。只是桃花却已开放。我因胃病，麻烦须藤先生一个星期左右，现已痊愈。内人身体健康,孩子有点感冒。我自己觉得，好像确有什么事即将临头，因为在上海，以他人的生命来做买卖的人颇多，他们时时在制造危险的计划。但我也很警惕，想来是不要紧的。

鲁迅　四月二十五日

山本夫人

1934年4月30日　致曹聚仁

聚仁先生：

惠函顷奉到。《南腔北调集》于月初托书局付邮，而近日始寄到，作事之慢，令人咋舌。多伤感情调，乃知识分子之常，我亦大有此病，或此生终不能改；杨邨人却无之，此公实是一无赖子，无真情，亦无真相也。

习西医大须记忆，基础科学等，至少四年，然尚不过一毛胚，此后非多年练习不可。我学理论两年后，持听诊器试听人们之胸，健者病者，其声如一，大不如书上所记之了然。今幸放弃，免于杀人，而不幸又成文氓，或不免被杀。倘当崩溃之际，竟尚幸存，当乞红背心扫上海马路耳。

周作人自寿诗，诚有讽世之意，然此种微辞，已为今之青年所不憭，群公相和，则多近于肉麻，于是火上添油，遽成众矢之的，而不作此等攻击文字，此外近日亦无可言。此亦"古已有之"，文人美女，必负亡国之责，近似亦有人觉国之将亡，已在卸责于清流或舆论矣。

专此布复，即请

道安。

迅 顿首 四月卅日。

1934年5月4日　致林语堂

语堂先生：

来示诵悉。我实非热心人，但关于小品文之议论，或亦随时涉猎。窃谓反对之辈，其别有三。一者别有用意，如登龙君[1]，在此可弗道；二者颇具热心，如《自由谈》上屡用怪名之某君，实即《泥沙杂拾》之作者，虽时有冷语，而殊无恶意；三则先生之所谓“杭育杭育派”，亦非必意在稿费，因环境之异，而思想感觉，遂彼此不同，微词窅[2]论，已不能解，即如不佞，每遭压迫时，辄更粗犷易怒，顾非身历其境，不易推想，故必参商到底，无可如何。但《动向》中有数篇稿，却似为登龙者所利用，近盖已悟，不复有矣。

此复，即请

文安。

迅 顿首 五月四夜

先生自评《人间世》，谓谈花柳春光之文太多，此即作者大抵能作文章，而无话可说之故，亦即空虚也，为一部分人所不满者，或因此欤？闻黎烈文先生将辞职，《自由谈》面目，当一变矣。 又及。

1　登龙君：指章克标（1900—2007），浙江海宁人，作家，著有《文坛登龙术》一书。

2　窅：深远。

1934年5月6日　致杨霁云

霁云先生：

四日惠函已读悉。关于近日小品文的流行，我倒并不心痛，以革新或留学获得名位，生计已渐充裕者，很容易流入这一路。盖先前原着鬼迷，但因环境所迫，不得不新，一旦得志，即不免老病复发，渐玩古董，始见老庄，则惊其粤博，见《文选》，则惊其典赡，见佛经，则服其广大，见宋人语录，又服其平易超脱，惊服之下，率尔宣扬，这其实还是当初沽名的老手段。有一部分青年是要受点害的，但也原是脾气相近之故，于大局却无大关系，例如《人间世》出版后，究竟不满者居多；而第三期已有随感录，虽多温暾话，然已与编辑者所主张的"闲适"相矛盾。此后恐怕还有变化，倘依然一味超然物外，是不会长久存在的。

我们试看撰稿人名单，中国在事实上确有这许多作者存在，现在都网罗在《人间世》中，藉此看看他们的文章，思想，也未尝无用。只三期便已证明，所谓名家，大抵徒有其名，实则空洞，其作品且不及无名小卒，如《申报》"本埠附刊"或"业余周刊"中之作者。至于周作人之诗，其实是还藏些对于现状的不平的，但太隐晦，已为一般读者所不憭，加以吹擂太过，附和不完，致使大家觉得讨厌了。

我的不收在集子里的文章，大约不多，其中有些是遗漏的，有些是故意删掉的，因为自己觉得无甚可取。《浙江潮》中所用笔名，连自已也忘记了，只记得所作的东西，一篇是《说钼》（后来译为雷锭），一篇是《斯巴达之魂》（？）；还有《地底旅行》，也为我所译，虽说译，其实乃是改作，笔名是“索子”，或“索士”，但也许没有完。

三十年前，弄文学的人极少，没有朋友，所以有些事情，是只有自己知道的。现在都说我的第一篇小说是《狂人日记》，其实我的最初排了活字的东西，是一篇文言的短篇小说，登在《小说林》（？）上。那时恐怕还是革命之前，题目和笔名，都忘记了，内容是讲私塾里的事情的，后有恽铁樵[1]的批语，还得了几本小说，算是奖品。那时还有一本《月界旅行》，也是我所编译，以三十元出售，改了别人的名字了。又曾译过世界史，每千字五角，至今不知道曾否出版。张资平式的文贩，其实是三十年前就有的，并不是现在的新花样。攻击我的人物如杨邨人者，也一向就有，只因他的文章，随生随灭，所以令人觉得今之叭儿，远不如昔了，但我看也差不多。

娄如瑛[2]君和我，恐怕未必相识，因为我离开故乡已三十多年，他大约不过二十余，不会有相见的机会。日前曾给我一信，想是问了先生之后所发的，信中有几个问题，即与以答复，以后尚无信来。

“碎割”之说，是一种牢骚，但那时我替人改稿，绍介，校对，却真是起劲，现在是懒得多了，所以写几句回信的工夫倒还有。

此复，即颂

时绥。

鲁迅　五月六夜。

1　恽铁樵（1878—1935）：名树珏，别名冷风，江苏武进人，曾主编《小说月报》。

2　娄如瑛（1914—1980）：又名怀庭，浙江绍兴人，当时是上海正风文学院的学生。

1934年5月15日　致杨霁云

霁云先生：

惠示收到，并剪报，甚感。《小说林》中的旧文章，恐怕是很难找到的了。我因为向学科学，所以喜欢科学小说，但年青时自作聪明，不肯直译，回想起来真是悔之已晚。那时又译过一部《北极探险记》，叙事用文言，对话用白话，托蒋观云[1]先生绍介于商务印书馆，不料不但不收，编辑者还将我大骂一通，说是译法荒谬。后来寄来寄去，终于没有人要，而且稿子也不见了，这一部书，好像至今没有人检去出版过。

张资平式和吕不韦式，我看有些不同，张只为利，吕却为名。名和利当然分不开，但吕氏是为名的成分多一点。近来如哈同[2]之印《艺术丛编》和佛经，刘翰怡[3]之刻古书，养遗老，是近于吕不韦式的。而张式气味，却还要恶劣。

汉奸头衔，是早有人送过我的，大约七八年前，爱罗先珂君从中国到德国，说了些中国的黑暗，北洋军阀的黑暗。那时上海报上就有一篇文章，说是他之宣传，受之于我，而我则因为女人是日本人，所以给日本人出力云云。这些手段，千年以前，百年以前，十年以前，都是这一套。叭儿们何尝知道什么是民族主义，又何尝想到民族，只

1　蒋观云（1865—1929）：名智由，字观云，浙江诸暨人，诗人。

2　哈同（S.A.Hardoon，1847—1931）：英国人，1874年来华，曾任上海公共租界工部局董事，开办哈同洋行。

3　刘翰怡（1881—1963）：名承干，字贞一，号翰怡，浙江吴兴人，藏书家，刻书家。

要一吠有骨头吃，便吠影吠声了，其实，假使我真做了汉奸，则它们的主子就要来握手，它们还敢开口吗？

集一部《围剿十年》，加以考证：一、作者的真姓名和变化史；二、其文章的策略和用意……等，大约于后来的读者，也许不无益处。但恐怕也不多，因为自己或同时人，较知底细，所以容易了然，后人则未曾身历其境，即如隔鞋搔痒。譬如小孩子，未曾被火所灼，你若告诉他火灼是怎样的感觉，他到底莫名其妙。我有时也和外国人谈起，在中国不久的，大约不相信天地间会有这等事，他们以为是在听《天方夜谭》。所以应否编印，竟也未能决定。

二则，这类的文章，向来大约很多，有我曾见过的，也有没有见过的，那见过的一部分，后来也随手散弃，不知所在了。大约这种文章，在身受者，最初是会愤懑的，后来经验一多，就不大措意，也更无愤懑或苦痛。我想，这就是菲洲黑奴虽日受鞭挞，还能活下去的原因。这些（以前的）人身攻击的文字中，有卢冀野[1]作，有郭沫若的化名之作，先生一定又大吃一惊了罢，但是，人们是往往这样的。

烈文先生不做编辑，为他自己设想，倒干净，《自由谈》是难以办好的。梓生[2]原亦相识，但他来接办，真也爱莫能助。我不投稿已经很久了，有一个常用化名，爱引佛经的，常有人疑心就是我，其实是别一人。

此复即颂

时绥。

迅 上 五月十五日

1 卢冀野（1905—1951）：原名卢前，江苏南京人，时任教育部标准教科书审查委员、中央大学教授。

2 梓生：即张梓生（1892—1967），浙江绍兴人，曾任《东方杂志》编辑、《申报年鉴》主编。

1934年5月16日　致郑振铎

西谛先生：

顷得十二日惠函，复印木刻图等一卷，亦同时收到。能有《笺谱补编》，亦大佳，但最好是另有人仿办，倘以一人兼之，未免太烦，且只在一件事中打圈子也。加入王[1]、马[2]两位为编辑及作序，我极赞同，且以为在每书之首叶上，可记明原本之所从来，如《四部丛刊》例，庶几不至掠美。《十竹斋笺谱》刻成印一二批后，以板赠王君，我也赞成的，但此非繁销书，印售若干后，销路恐未必再能怎么盛大，王君又非商人，不善经营，则得之亦何异于骏骨。其实何妨在印售时，即每本增价壹二成，作为原本主人之报酬，买者所费不多，而一面反较有实益也。至于版，则当然仍然赠与耳。《雕版画集》印刷甚好，图则《浣纱》《焚香》最佳，《柳枝》较逊，所惜者纸张不坚，恐难耐久，然亦别无善法。此书无《北平笺谱》之眩目，购者自当较少，但百部或尚可售罄。有图无说，非专心版本者莫名其妙，详细之解说，万不可缺也。

得来函后，始知《桂公塘》为先生作，其先曾读一遍，但以为太为《指南录》所拘束，未能活泼耳，此外亦无他感想。别人批评，亦未留意。《文学》中文，往往得酷评，盖有些人以为此是"老作家"集

1　王：指王孝慈（1883—1936），名立承，字孝慈，河北通县（今北京通州）人，古籍收藏家。

2　马：指马廉（1893—1935），字隅卿，浙江鄞县人，古典小说研究家。

团所办，故必加以打击。至于谓“民族作家”者，大约是《新垒》中语，其意在一面中伤《文学》，侪之民族主义文学，一面又在讥刺所谓民族主义作家，笑其无好作品。此即所谓“左打左派，右打右派”，《铁报》以来之老拳法，而实可见其无“垒”也。《新光》中作者皆少年，往往粗心浮气，傲然陵人，势所难免，如童子初着皮鞋，必故意放重脚步，令其橐橐作声而后快，然亦无大恶意，可以一笑置之。但另有文氓，恶劣无极，近有一些人，联合谓我之《南腔北调集》乃受日人万金而作，意在卖国，称为汉奸；又有不满于语堂者，竟在报上造谣，谓当福建独立时，曾秘密前去接洽。是直欲置我们于死地，这是我有生以来，未尝见此黑暗的。

烈文系他调，其调开之因，与“林”之论战无涉，盖另有有力者，非其去职不可，而暗中发动者，似为待桁[1]。此人在官场中，盖已颇能有作为，且极不愿我在《自由谈》投稿。揭发何家槐[2]偷稿事件，即彼与杨邨人所为，而《自由谈》每有有利于何之文章，遂招彼辈不满，后有署名“宇文宙”者之一文，彼辈疑为我作，因愈怒，去黎之志益坚，然宇文实非我，我亦终未知其文中云何也。梓生忠厚，然胆小，看这几天，投稿者似与以前尚无大不同，但我看文氓将必有稿勒令登载，违之，则运命与烈文同。要之，《自由谈》恐怕是总归难办的。

不动笔诚然最好。我在《野草》中，曾记一男一女，持刀对立旷野中，无聊人竟随而往，以为必有事件，慰其无聊，而二人从此毫无动作，以致无聊人仍然无聊，至于老死，题曰《复仇》，亦是此意。但

1　待桁：疑指韩侍桁。

2　何家槐（1911—1969）：浙江义乌人，“左联”作家。

此亦不过愤激之谈，该二人或相爱，或相杀，还是照所欲而行的为是。因为天下究竟非文氓之天下也。匆复，即请
道安。

迅 顿首 五月十六夜。

短文当作一篇，于月底寄上。 又及

192

1934年5月22日　致杨霁云

霁云先生：

惠示谨悉。刘翰怡听说是到北京去了。前见其所刻书目，真是“杂乱无章”，有用书亦不多，但有些书，则非傻公子如此公者，是不会刻的，所以他还不是毫无益处的人物。

未印之拙作，竟有如此之多，殊出意外，但以别种化名，发表于《语丝》，《新青年》，《晨报副刊》而后来删去未印者，恐怕还不少；记得《语丝》第一年的头几期中，有一篇仿徐志摩诗而骂之的文章，也是我作，此后志摩便怒而不再投稿，盖亦为他人所不知。又，在香港有一篇演说：《老调子已经唱完》，因为失去了稿了，也未收入，但报上是登载过的。

至于《鲁迅在广东》中的讲演，则记得很坏，大抵和原意很不同，我也未加以订正，希先生都不要它。

登了我的第一篇小说之处，恐怕不是《小说月报》，倘恽铁樵未曾办过《小说林》，则批评的老师，也许是包天笑[1]之类。这一个社，曾出过一本《侠女奴》[2]（《天方夜谈》中之一段）及《黄金虫》（A.Poe[3]作），其实是周作人所译，那时他在南京水师学堂做学生，我那一篇也

1　包天笑（1876—1973）：名公毅，字朗孙，江苏吴县人，作家。

2　《侠女奴》：即《阿里巴巴与四十大盗》。

3　A.Poe：即美国作家爱伦 · 坡（1809—1849）。

由他寄去的，时候盖在宣统初。现商务印书馆的书，没有《侠女奴》，则这社大半该是小说林社了。

看看明末的野史，觉得现今之围剿法，也并不更厉害，前几月的《汗血月刊》[1]上有一篇文章，大骂明末士大夫之“矫激卑下”，加以亡国之罪，则手段之相像，他们自己也觉得的。自然，辑印起来，可知也未始不可以作后来者的借鉴。但读者不察，往往以为这些是个人的事情，不加注意，或则反谓我“太凶”。我的杂感集中，《华盖集》及《续编》中文，虽大抵和个人斗争，但实为公仇，决非私怨，而销数独少，足见读者的判断，亦幼稚者居多也。

平生所作事，决不能如来示之誉，但自问数十年来，于自己保存之外，也时时想到中国，想到将来，愿为大家出一点微力，却可以自白的。倘再与叭儿较，则心力更多白费，故《围剿十年》或当于暇日作之。

专此布复，顺颂

时绥。

迅 启上 五月廿二日

再北新似未有叭儿混入，但他们懒散不堪，有版而不印，适有联华要我帮忙，遂移与之，尚非全部也。到内山无定时，如见访，最好于三四日前给我一信，指明日期，时间，我当按时往候，其时间以下午为佳。 又及

1 《汗血月刊》：综合性月刊，1933年4月创刊。

1934年5月26日　致徐懋庸[1]

懋庸先生：

来示谨悉。我因为根据着前五年的经验，对于有几个书店的出版物，是决不投稿的，而光华即是其中之一。

他们善于俟机利用别人，出版刊物，到或一时候，便面目全变，决不为别人略想一想。例如罢，《自由谈半月刊》[2]这名称，是影射和乘机，很不好的，他们既请先生为编辑，不是首先第一步，已经不听编辑者的话了么。则后来可想而知了。

我和先生见面过多次了。至少已经是一个熟人，所以我想进一句忠告：不要去做编辑。先生也许想：已经答应了，不可失信的。但他们是决不讲信用的，讲信用要两面讲，待到他们翻脸不识时，事情就更糟。所以我劝先生坚决的辞掉，不要跳下这泥塘去。

先生想于青年有益，这是极不错的，但我以为还是自己向各处投稿，一面译些有用的书，由可靠的书局出版，于己于人，益处更大。

以上是完全出于诚心的话，请恕其直言。晤谈亦甚愿，但本月没有工夫了，下月初即可。又因失掉了先生的通信住址，乞见示为荷。

1　徐懋庸（1911—1977）：原名茂荣，浙江上虞人，作家，"左联"成员。

2　《自由谈半月刊》：光华书局请徐懋庸主编的文艺半月刊，1934年7月出版时改名《新语林》。

专此布复，即请

著安。

迅 启上 五月廿六日

1934年5月31日　致杨霁云

霁云先生：

顷收到卅日信，并《胡适文选》一本，甚感。

徐先生也已有信来，谓决计不干。这很好。否则，上海之所谓作家，鬼蜮多得很，他决非其敌，一定要上当的。但是“作家”之变幻无穷，一面固觉得是文坛之不幸，一面也使真相更分明，凡有狐狸，尾巴终必露出，而且新进者也在多起来，所以不必悲观的。

《鹦哥故事》我没有见过译本，单知道是一部印度古代的文学作品，是集合许多小故事而成的结集。大约其中也讲起中国事，所以那插图有中国的一幅。不过那时中国还没有辫子，而作者却给我们拖起来了，真可笑。他们以为中国人是一向拖辫子的。二月初我曾寄了几部古装人物的画本给他们，倘能收到，于将来的插画或许可以有点影响。

《引玉集》后记有一页倒印了，相隔太远，无法重订，真是可惜。此书如能售完，我还想印一部德国的。　专此布复，即颂

时绥。

迅　上　五月卅一日晚。

1934年6月3日　致杨霁云

霁云先生：

二日函收到。叭儿无穷之虑，在理论上是对的，正如一人开口发声，空气振动，虽渐远渐微，而凡有空气之处，终必振动下去。然而，究竟渐远渐微了。中国的文坛上，人渣本来多。近十年中，有些青年，不乐科学，便学文学；不会作文，便学美术，而又不肯练画，则留长头发，放大领结完事，真是乌烟瘴气。假使中国全是这类人，实在怕不免于糟。但社会里还有别的方面，会从旁给文坛以影响；试看社会现状，已岌岌不可终日，则叭儿们也正是岌岌不可终日的。它们那里有一点自信心，连做狗也不忠实。一有变化，它们就另换一副面目。但此时倒比现在险，它们一定非常激烈了，不过那时一定有人出而战斗，因为它们的故事，大家是明白的。何以明白，就因为得之现在的经验，所以现在的情形，对于将来并非只是损。至于费去了许多牺牲，那是无可免的，但自然愈少愈好，我的一向主张"壕堑战"，就为此。

记得清朝末年，也一样的有叭儿，但本领没有现在的那么好。可是革命者的本领也大起来了，那时的讲革命，简直像儿戏一样。

《新社会半月刊》[1]曾经看过几期，那缺点是"平庸"，令人看了之

1 《新社会半月刊》：即综合性半月刊《新社会》，1931年7月在上海创刊。

后，觉得并无所得，当然不能引人注意。来信所述的方针，我以为是可以的，要站出来，也只能如此。但有一种可叹的事，是读者的感觉，往往还是叭儿灵。叭儿明白了，他们还不懂，甚而至于连讥刺，反话，也不懂。现在的青年，似乎所注意的范围，大抵很狭小，这却比文坛上之多叭儿更可虑。然而也顾不得许多，只好照自己所定的做。至于碰壁而或休息，那是当然的，也必要的。

办起来的时候，我可以投稿，不过未必能每期都有。我的名字，也还是改换好，否则，无论文章的内容如何，一定立刻要出事情，于刊物未免不合算。

《引玉集》并不如来函所推想的风行，需要这样的书的，是穷学生居多，但那有二百五十个，况且有些人是我都送过了。至于有钱的青年，他不需要这样的东西。但德国版画集，我还想计划出版，那些都是大幅，所以印起来，书必加大，幅数也多，因此资本必须加几倍，现在所踌躇的就是这一层。

我常常坐在内山书店里，看看中国人的买书，觉得可叹的现象也不少。例如罢，倘有大批的关于日本的书（日本人自己做的）买去了，不久便有《日本研究》之类出板；近来，则常有青年在寻关于法西主义的书。制造家来买书的，想寻些记载着秘诀的小册子，其实那有这样的东西。画家呢，凡是资料，必须加以研究，融化，才可以应用的好书，大抵弃而不顾，他们最喜欢可以生吞活剥的绘画，或图案，或广告画，以及只有一本的什么“大观”。一本书，怎么会“大观”呢，他们是不想的。其甚者，则翻书一通之后，书并不买，而将其中的几张彩色画撕去了。

现在我在收集中国青年作家的木刻，想以二十幅印成一本，名曰

《木刻纪程》，留下来，看明年的作品有无进步。这回只印一百本，大约需要者也不过如此而已。

此上，即颂

时绥。

迅 顿首 六月三夜

1934年6月7日　致山本初枝

拜启：

五月廿日惠函早已奉悉，因种种琐事打扰，迟复为歉。《文学》跟我毫无关系，使我成为它的编辑者的，还是那位井上红梅先生。他在改造社的《文艺》上这么写过，《日日新闻》又相信他的文章。当编辑也是了不起的，我并不认为不好，但不符合事实，有些为难。君子闲居为不善。孔夫子漫游一生，且带了许多弟子，除二三可疑之点外，还是好的。但如果闲居下来，又当如何？我实在不敢保证。尤其是男性，基本上是靠不住的，即使在陆上住久了，也还是希罕陆上的女性。至于会不会有厌倦的时候，倒是个问题，但让我说，还是不要多说为好。上海热起来，我家前面又造了新屋，吵得没办法，但我还没有考虑迁居。

鲁迅　拜　六月七日

山本夫人

1934年6月9日　致杨霁云

霁云先生：

六日函收到。杂志原稿既然先须检查，则作文便不易，至多，也只能登《自由谈》那样的文章了。政府帮闲们的大作，既然无人要看，他们便只好压迫别人，使别人也一样的奄奄无生气，这就是自己站不起，就拖倒别人的办法。倘用聚仁先生出面编辑，他们大约会更加注意的。

来信所述的忧虑，当然也有其可能，然而也未必一定实现。因为正如来信所说，中国的事，大抵是由于外铄的，所以世界无大变动，中国也不见得单独全局变动，待到能变动时，帝国主义必已凋落，不复有收买的主人了。然而若干叭儿，忽然转向，又挂新招牌以自利，一面遮掩实情，以欺骗世界的事，却未必会没有。这除却与之战斗以外，更无别法。这样的战斗，是要继续得很久的。所以当今急务之一，是在养成勇敢而明白的斗士，我向来即常常注意于这一点，虽然人微言轻，终无效果。

专此布复，即颂

时绥。

迅　上　六月九夜

1934年6月13日　致母亲

母亲大人膝下，敬禀者：

来信已经收到。海婴这几天不到外面去闹事了，他又到公园和乡下去。而且日见其长，但不胖，议论极多，在家时简直说个不歇。动物是不能给他玩的，他有时优待，有时则要虐待，寓中养着一匹老鼠，前几天他就用蜡烛将后脚烧坏了。至于学校，则今年拟不给他去，因为四近实无好小学，有些是骗钱的，教员虽然打扮得很时髦，却无学问；有些是教会开的，常要讲教，更为讨厌。海婴虽说是六岁，但须到本年九月底，才是十足五岁，所以不如暂且任他玩着，待到足六岁时再看罢。

上海从今天起，已入了梅雨天，虽然比绍兴好，但究竟也颇潮湿。一面则苍蝇蚊子，都出来了。男胃病已愈，害马亦安好，可请勿念。李秉中君在南京办事，家眷即住在南京，他自己则有时出外，因为他是在陆军里做训育事务的，所以有时要跟着走，上月见过一回，比先前胖得多了。

余容续禀，专此布达，恭请

金安。

男树　叩上。广平及海婴同叩　六月十三日

1934年6月21日　致徐懋庸

懋庸先生：

十九日信收到。《新语林》第二期的文章很难说，日前本在草一篇小文，也是关于清代禁书的，后来因发胃病，孩子又伤风，放下了，到月底不知如何，倘能做成，当奉上。闲斋尚无稿来，但有较长之稿一篇在我这里，叫作《攻徐专著》，《自由谈》不要登。其实，对于先生，是没有什么恶意的，我想，就在自己所编的刊物上登出来，倒也有趣，明天当挂号寄上，倘不要，还我就好了。

《动向》[1]近来的态度，是老病复发，五六年前，有些刊物，一向就这样。有些小说家写“身边琐事”，而反对这种小说的批评家，却忘记了自己在攻击身边朋友。有人在称快的。但这病很不容易医。

不过，我看先生的文章（如最近在《人间世》上的），大抵是在作防御战。这事受损很不小。我以为应该对于那些批评，完全放开，而自己看书，自己作论，不必和那些批评针锋相对。否则，终日为此事烦劳，能使自己没有进步。批评者的眼界是小的，所以他不能在大处落墨，如果受其影响，那就是自己的眼界也给他们收小了。假使攻击者多，而一一应付，那真能因此白活一世，于自己，于社会，都无益处。

但这也须自己有正当的主见，如语堂先生，我看他的作品，实在

1 《动向》:《中华日报》的副刊，鲁迅曾为其撰写文章。

好像因反感而在沉沦下去。

《引玉集》的图要采用，那当然是可以的。乔峰的文章，见面时当转达，但他每天的时间，和精力一并都卖给了商务印书馆，我看也未必有多少工夫能写文章。我和闲斋的稿费，托他也不好（他几乎没有精神管理琐事了），还是请先生代收，便中给我，迟些时是不要紧的。

此布，即颂

时绥。

迅 上 六月二十一日

因时间尚早，来得及寄挂号信，故将闲斋（=区区）稿附上了。

又及。

1934年6月29日　致曹靖华

汝珍兄：

二十四日信已收到。前日得霁兄函，言及兄事，我以为季茀已赴校，因作一函，托静兄转交，于今晨寄出。不料他并未走，于午前来寓，云须一星期之后，才能北上，故即将兄事面托，托静兄转交之一函，可以不必交去了，见时乞告知为荷。

我和他极熟，是幼年同窗，他人是极好的，但欠坚硬，倘为人所包围，往往无法摆脱。我看北平学界，是非蜂起，难办之至，所以最先是劝他不要去；后来盖又受另一些人所劝，终于答应了。对于兄之增加钟点，他是满口答应的，我看这没有问题。

印在书内之插图，与作者自印的一比，真有天渊之别，不能再制玻璃版。以后如要求看插画者之人增多，我想可以用锌版复制，作一廉价本，以应需要，只要是线画，则非木刻亦不妨，但中国倘未有译本，则须每种作一该书之概略，俾读者增加兴趣。此事现拟暂不办，所以兄之书可以且勿寄下。《一周间》之画并不佳，且太大，是不能用的。（插画本《水门汀》，我也有。）

《肥料》之插画本，不知兄有否？极想一看。那一篇是从日文重译的，但看别一文中有引用者，多少及语句颇不同，不知那一边错。这样看来，重译真是一种不大稳当的事情。

《粮食》本已编入《文学》七月号中，被检查员抽掉了。

向现代索稿后，仍无回信，真是可恶之至，日内当再去一信，看如何。他们只要无求于人的时候，是一理也不理的，连对于稿费也如此。

我的英文通信地址，如下，但无打字机，只好请兄照抄送去，他们该是能写的罢——

Mr Y.Chow，

Uchiyama Bookstore，

ll Scott Road，

Shanghai，China.

这里近来热极了，我寓的室内九十二度。听说屋外的空中百另二度，地面百三十余度云。但我们都好的。

此布，即请

刻安。

弟豫 上 六月二十九日下午

合府均好！

1934年7月27日　致唐弢[1]

唐弢先生：

来信问我的几件事情之中，关于书籍的，我无法答复，因为向来没有注意过。社会科学书，我是不看中国译本的。但日文的学习书，过几天可以往内山书店去问来，再通知，这几天因为伤风发热，躺在家里。

日本的翻译界，是很丰富的，他们适宜的人才多，读者也不少，所以著名的作品，几乎都找得到译本，我想，除德国外，肯绍介别国作品的，恐怕要算日本了。但对于苏联的文学理论的绍介，近来却有一个大缺点，即常有删节，甚至于“战争”“革命”“杀”（无论谁杀谁）这些字，也都成为××，看起来很不舒服。

所以，单靠日本文，是不够的，倘要研究苏俄文学，总要懂俄文才好。但是，我想，你还是划出三四年工夫来（并且不要间断），先学日本文，其间也带学一点俄文，因为，一者，我们先就没有一部较好的华俄字典，查生字只好用日本书；二者他们有专门研究俄文的杂志，可供参考。

1　唐弢（1913—1992）：原名端毅，笔名风子、晦庵等，浙江镇海人，在鲁迅的影响下开始文学创作。

自修的方法，我想是不大好，因为没有督促，很容易随便放下，不如进夜校之类的稳当。我的自修，是都失败的，但这也许因为我太懒之故罢，姑且写出以备考。

此复，即颂

时绥。

迅 上 七月廿七日

1934年7月29日　致曹聚仁

聚仁先生：

我对于大众语的问题，一向未曾研究，所以即使下问，也说不出什么来。现在但将得来信后，这才想起的意见，略述于下——

一、有划分新阶段，提倡起来的必要的。对于白话和国语，先不要一味“继承”，只是择取。

二、秀才想造反，一中举人，便打官话了。

三、最要紧的是大众至少能够看。倘不然，即使造出一种“大众语文”来，也还是特殊阶级的独占工具。

四、先建设多元的大众语文，然后看着情形，再谋集中，或竟不集中。

五、现在答不出。

我看这事情复杂，艰难得很。一面要研究，推行罗马字拼音；一面要教育大众，先使他们能够看；一面是这班提倡者先来写作一下。逐渐使大众自能写作，这大众语才真的成了大众语。

但现在真是哗啦哗啦。有些论者，简直是狗才，借大众语以打击白话的，因为他们知道大众语的起来还不在目前，所以要趁机会先将为害显然的白话打倒。至于建立大众语，他们是不来的。

中国语拉丁化；到大众中去学习，采用方言；以至要大众自己来写作，都不错。但迫在目前的明后天，怎么办？我想，也必须有一批人，立刻试作浅显的文章，一面是试验，一面看对于将来的大众语有无好处。并且要支持欧化式的文章，但要区别这种文章，是故意胡闹，还是为了立论的精密，不得不如此。

照现在的情形看来，倘不小心，便要弄到大众语无结果，白话文遭毒打，那么，剩下来的是什么呢？

草此布复，顺请

道安。

迅 上 七月二十九日

1934年7月30日　致山本初枝

凉快了两三天，近又转热。也只好再生一次痱子。杨梅已没有了。我很佩服增田一世的悠闲。恐怕你也不知道他下次什么时候再来东京罢。乡间清静，也许舒服一些；但刺激少，也就做不出什么事来。不过这位先生是“哥儿”出身，没有办法的。周作人是位颇有福相的教授先生，乃周建人之兄，并非一人。我赠给增田一世的写真，照的时候也许有些疲乏，并不是由于经济，而是其他环境关系。我有生以来，从未见过近来这样的黑暗，网密犬多，奖励人们去当恶人，真是无法忍受。非反抗不可。遗憾的是，我已年过五十。我们的孩子也很淘气，也是要吃的时候就来了，达到目的以后就出去玩，还发牢骚，说没有弟弟，太寂寞了，是个颇伟大的不平家。两三天前给他照了相，等印好后，送你一枚，此外还有我的。在东京别无要事，神田区神保町二之一三号有一家叫“科学社”的书店，看其广告，似有俄国版画及明信片出售，便中可否去给看一下？倘有《引玉集》中那样的版画，请代为购买一些。如有美术明信片和复制的画片，亦请买一些，但不要风景或建筑物的写真。

草草

鲁迅　上　七月三十日

山本夫人

1934年8月3日　致徐懋庸

懋庸先生：

顷收到一日信。光华忽用算盘，忽用苦求，也就是忽讲买卖，忽讲友情，只要有利于己的，什么方法都肯用，这正是流氓行为的模范标本。我倒并不“动火”，但劝你也不要“苦闷”了，打算一下，如果以发表为重，就明知吃亏，还是给他；否则，斩钉截铁的走开。无论如何苦求，都不理。单是苦闷，是自己更加吃亏的。

我生胃病，没有好，近又加以肚泻，不知是怎么的。现在如果约定日子，临时说不定能出门与否，所以还是等我好一点，再约面谈罢。

生活的条件，这么苛，那么，是办不来的。

我给曹先生信里所说的“狗才”，还不是傅红蓼[1]，傅红蓼还不过无聊而已。我所指的是“谈言”和《火炬》上的有几篇文章的作者，虽然好像很急进，其实是在替敌人缴械，这无须一年半载，就有事实可以证明。至于《动向》中人，主张大抵和我很接近（只有一篇说小说每篇开头的作法不同，就是新八股的，我以为颇可笑），我何至于如此骂他们呢？

辩解，说明之类，我真是弄得疲乏了，我想给曹先生一封信，不要公开就算。

1　傅红蓼（1906—1988）：《新生报》副刊主编，在《火炬》上发文《摇摆：过而能改》笔战鲁迅。

此复，即颂

时绥。

迅 上 八月三日

1934年8月13日　致曹聚仁

聚仁先生：

十一日信，十三才收到。昨天我没有去，虽然并非“兄弟素不吃饭”，但实在有些怕宴会。办小刊物，我的意见是不要帖大广告，却不妨卖好货色；编辑要独裁，“一个和尚挑水吃，两个和尚抬水吃，三个和尚无水吃”，是中国人的老毛病，而这回却有了两种上述的病根，书坊老板代编辑打算盘，道不同，必无是处，将来大约不容易办。但是，我说过做文章，文章当然是做的。

关于大众语问题，我因为素无研究，对个人不妨发表私见，公开则有一点踌躇，因为不豫备公开的，所以信笔乱写，没有顾到各方面，容易引出岔子。我这人又是容易引出岔子的人，后来有一些人会由些[1]改骂鲁迅而忘记了大众语。上海有些这样的“革命”的青年，由此显示其“革命”，而一方面又可以取悦于某方。这并不是我的神经过敏，“如鱼饮水，冷暖自知”，一箭之来，我是明白来意的。但如先生一定要发表，那么，两封都发表也可以，但有一句“狗才”云云，我忘了原文了，请代改为“客观上替敌人缴械”的意思，以免无谓的纠葛。

语堂是我的老朋友，我应以朋友待之，当《人间世》还未出世，《论语》已很无聊时，曾经竭了我的诚意，写一封信，劝他放弃这玩意

1　些：当为“此”字之误。

儿，我并不主张他去革命，拚死，只劝他译些英国文学名作，以他的英文程度，不但译本于今有用，在将来恐怕也有用的。他回我的信是说，这些事等他老了再说。这时我才悟到我的意见，在语堂看来是暮气，但我至今还自信是良言，要他于中国有益，要他在中国存留，并非要他消灭。他能更急进，那当然很好，但我看是决不会的，我决不出难题给别人做。不过另外也无话可说了。

看近来的《论语》之类，语堂在牛角尖里，虽愤愤不平，却更钻得滋滋有味，以我的微力，是拉他不出来的。至于陶徐[1]，那是林门的颜曾[2]，不及夫子远甚远甚，但也更无法可想了。

专复即请

道安。

迅 顿首 八月十三日

1 陶：指陶亢德。徐：指徐讦（1908—1980），浙江慈溪人，作家。

2 颜曾：指孔子的弟子颜回和曾参。

1934年8月14日　致黄源[1]

河清先生：

我想将《果戈理私观》[2]后面译人的名和《后记》里的署名，都改作邓当世。因为检查诸公，虽若“并无成见”，其实是靠不住的，与其以一个署名，引起他们注意，（决定译文社中，必有我在内，）以致挑剔，使办事棘手，不如现在小心点的好。

迅 上 八月十四夜

1 黄源（1906—2003）：字河清，浙江海盐人，翻译家，时任《文学》《译文》编辑。

2 《果戈理私观》：文艺论文，日本小说家立野信之（1903—1971）著，鲁迅译。

1934年8月31日　致母亲

母亲大人膝下，敬禀者，八月廿三及廿八日两信，均已收到。

海婴这人，其实平常总是很顽皮的，这回照相，却显得很老实。现在已去添晒，下星期内可寄出，到时请转交。

小说已于前日买好，即托书店寄出，计程瞻庐[1]作的二种，张恨水[2]作的三种，想现在当已早到了。

何小姐[3]确是男的学生，与害马同班，男在家时，她曾来过两三回，所以母亲觉得面熟。如果到上海来，我们是可以看见的，当向她道谢。

近几天，上海时常下雨，所以颇为凉爽了，不过于旱灾已经无可补救，江浙乡下，确有抢米的事情。上海平安，惟米价已贵至每石十二元六角。男及害马海婴均安好，请勿念。

专此布达，恭请

金安。

男树　叩上　广平及海婴同叩　八月三十一日

1　程瞻庐（？—1943）：字观钦，江苏吴县人，小说家。

2　张恨水（1895—1967）：原名心远，安徽安庆人，小说家。

3　何小姐：指何昭容，生卒年不详，广东人，曾是北京女子师范大学国文系学生。

1934年8月31日　致姚克

Y 先生：

二十二日的信，前天收到了。法文批评等件，却至今没有收到，不知道是什么缘故，一两天内，我想写信去问令弟去。

还有前一回的信，也收到的。S夫人要我找找这里的绘画，毫无结果。因为清醒一点的青年画家，已经被人弄得七零八落，有的是在做苦工，有的是走开了，所以抓不着一点线索。

我在印一本《木刻纪程》，共二十四幅，是中国青年的新作品，大约九月底可以印出，那时当寄上一本。不过这是以能够通行为目的的，所以选入者都是平稳之作，恐怕不能做什么材料。

北平原是帝都，只要有权者一提倡“惰气”，一切就很容易趋于“无聊”的，盖不独报纸为然也。这里也一样。但出版界也真难，别国的检查是删去，这里却是给作者改文章。那些人物，原是做不成作家，这才改行做官的，现在他却来改文章了，你想被改者冤枉不冤枉。所以我现在的办法是倘被改动，就索性不发表。

前一些时，是女游泳家“美人鱼”[1]很给中国热闹了一通；近来热闹完了，代之而兴的是祭孔，但恐怕也不久的。衮衮诸公的脑子，我看实在也想不出什么更好的玩艺来，不过中小学生，跟着他们兜圈

1 “美人鱼”：指广东女游泳运动员杨秀琼（1918—1982）。她在1933年10月的第五届全国运动会上获得女子游泳全部五个项目的冠军。

子，却令人觉得可怜得很。

张天师作法[1]无效，西湖之水已干，这几天却下雨了，对于田禾，已经太迟，不过天气倒因此凉爽了不少。我们都好的，只是我这几天不在家里，大约须看看情形再回去。

先生所认识的贵同宗[2]，听说做了小官了，在南京助编一种杂志，特此报喜。

专此布达，并请

暑安。

L 上 八月卅一日

S君及其夫人前乞代致候。

1 张天师作法：1934年7月，第63代天师张瑞龄在上海大世界作法求雨。张瑞龄（1904—1969），名恩溥，字鹤琴，号瑞龄，道教正一盟威道第63代天师。

2 贵同宗：指姚蓬子（1905—1969），浙江诸暨人，作家。

1934年9月20日　致徐懋庸

懋庸先生：

来信收到。《译文》因为恐怕销路未必好，所以开首的三四期，算是试办，大家白做的，如果看得店里有钱赚了，然后再和他们订定稿费之类，现在还说不上收稿。

如果这杂志能立定了，那么，如 Gide的《D.论》[1]恐怕还太长，因为现在的主意，是想每本不登，或少登“未完”的东西，全篇至多以万余字为度。每一本，一共也只有五万字。

Gide的作家评论，我看短的也不少，有的是评文，有的则只说他的生活状态（如 Wilde[2]），看起来也颇有趣，先生何妨先挑短的来试试呢？

先生去编《新语林》，我原是不赞成的，上海的文场，正如商场，也是你枪我刀的世界，倘不是有流氓手段，除受伤以外，并不会落得什么。但这事情已经过去了，可以不提。不过伤感是不必的，孩子生疮，也是暂时的事。由我想来，一做过编辑，交际是一定多起来的，而无聊的人，也就乘虚而入，此后可以仍旧只与几个老朋友往还，而有些不可靠的新交，便断绝往来，以省无谓的口舌，也可以节省时间，自己看书。至于投稿，则可以做得隐藏一点，或讲中国文学，或讲外

1　Gide的《D.论》：即法国作家纪德（1869—1951）的《陀思妥耶夫斯基论》。

2　Wilde：即英国文学家王尔德（1854—1900）。

国文学，均可。这是专为卖钱而作，算是别一回事，自己的真意，留待他日发表就是了。

专此布复，即请

秋安。

迅 上 九月廿日

1934年10月13日　致杨霁云

霁云先生：

十一日惠函收到。新印的杂感集，尚未校完，也许出版要在先生来沪之后的。

小说《发掘》，见过批评，书未见，但这几天想去买来看一看，近来专门打杂，看书的时间简直没有了，自然，闲逛却不能免。“流火”固然太典雅，但我想，“火流”也太生，不如用什么“大旱”“火海”之类，直截了当。近来有了检查会，好的作品，除自印之外，是不能出版的，如果要书店印，就得先送审查，删改一通，弄得不成样子，像一个人被拆去了骨头一样。

我平常并不做诗，只在有人要我写字时，胡诌几句塞责，并不存稿。自己记得的也不过那一点，再没有什么了。

专此布复，顺颂

时绥。

迅 顿首 十月十三日

1934年10月27日　致许寿裳

季市兄：

二十三日嫂夫人携世玚[1]来，并得惠函，即同赴篠崎医院诊察，而医云扁桃腺确略大，但不到割去之程度，只要敷药约一周间即可，因即回乡，约一周后再来，寓沪求治。如此情形，实不如能割之直捷爽快。因现在虽则治好，而咽喉之弱可知，必须永远摄卫；且身体之弱，亦与扁桃腺无关，当别行诊察医治也。后来细想，前之所以往篠崎医院者，只因其有专科，今既不割，而但敷药，内科又须另求一医诊视，所费颇多，实不如另觅一兼医咽喉及内科者之便当也。弟亦识此种医生，俟嫂夫人来沪时，当进此说，想兄必亦以为是耳。又世玚看书一久，辄眼酸，闻中国医曾云患沙眼，弟以问篠崎医院，托其诊视，则云不然，后当再请另一医一视。或者因近视而不带镜，久看遂疲劳，亦未可知也。舍下如常，可释远念。匆布，即请

道安。

弟飞　顿首　十月二十七日

1　嫂夫人，指陶伯勤（1899—1994），浙江嘉兴人，许寿裳的夫人。世玚，许寿裳的三女。

1934年10月30日　致母亲

母亲大人膝下，敬禀者，十月二十五日信并照相两张，均已收到，老三的一张，当于星期六交给他，因为他只在星期六夜或星期日才有闲空，会来谈天的。这张相照的很好，看起来，与男前年回家的时候，模样并无什么不同，不胜欣慰。海婴已看过，他总算第一回认识娘娘了。现在他日夜顽皮，女仆的话简直不听，但男的话却比较的肯听，道理也讲得通了，不小气，不势利，性质还总算好的。现身体亦好，因为将届冬天，所以遵医生的话，在吃鱼肝油了。上海天气尚未大冷，男及害马亦均好，请勿念。和森之女北来，母亲拟令其住在我家，可以热闹一些，男亦以为是好的。专此布复，恭请
金安。

男树　叩上　广平及海婴同叩。十月三十日。

1934年11月1日　致窦隐夫[1]

隐夫先生：

来信并《新诗歌》[2]第三期已收到，谢谢；第二期也早收到了。

要我论诗，真如要我讲天文一样，苦于不知怎么说才好，实在因为素无研究，空空如也。我只有一个私见，以为剧本虽有放在书卓上的和演在舞台上的两种，但究以后一种为好；诗歌虽有眼看的和嘴唱的两种，也究以后一种为好；可惜中国的新诗大概是前一种。没有节调，没有韵，它唱不来；唱不来，就记不住，记不住，就不能在人们的脑子里将旧诗挤出，占了它的地位。许多人也唱《毛毛雨》，但这是因为黎锦晖[3]唱了的缘故，大家在唱黎锦晖之所唱，并非唱新诗本身，新诗直到现在，还是在交倒楣运。

我以为内容且不说，新诗先要有节调，押大致相近的韵，给大家容易记，又顺口，唱得出来。但白话要押韵而又自然，是颇不容易的，我自己实在不会做，只好发议论。

我不能说穷，但说有钱也不对，别处省一点，捐几块钱在现在还不算难事。不过这几天不行，且等一等罢。

1　窦隐夫：杜谈（1911—1986），原名兴顺，别名英夫，笔名窦隐夫、隐夫、白特、朱彭，河南内乡人，作家，1930年加入北平“左联”。

2 《新诗歌》：1933年2月创刊，上海中国诗歌会编辑出版。

3　黎锦晖（1891—1967）：湖南湘潭人，音乐家。由其填词作曲的《毛毛雨》是中国第一首流行歌曲。

骂我之说，倒没有听人说，那一篇文章是先前看过的，也并不觉得在骂我。上海之文坛消息家，好造谣言，倘使一一注意，正中其计，我是向来不睬的。

专此布复，即颂

时绥。

迅 上 十一月一夜

就是我们的同人中，有些人头脑也太简单，友敌不分，微风社骂我为“文妖”，他就恭恭敬敬的记住：“鲁迅是文妖”。于是此后看见“文妖”二字，便以为就是骂我，互相报告了。这情形颇可叹。但我是不至于连这一点辨别力都没有的，请万勿介意为要。 又及。

1934年11月12日　致萧军、萧红[1]

刘、悄两位先生：

七日信收到。首先是称呼问题。中国的许多话，要推敲起来，不能用的多得很，不过因为用滥了，意义变成含糊，所以也就这么敷衍过去。不错，先生二字，照字面讲，是生在较先的人，但如这么认真，则即使同年的人，叫起来也得先问生日，非常不便了。对于女性的称呼更没有适当的，悄女士在提出抗议，但叫我怎么写呢？悄婶子，悄姊姊，悄妹妹，悄侄女……都并不好，所以我想，还是夫人太太，或女士先生罢。现在也有不用称呼的，因为这是无政府主义者式，所以我不用。

稚气的话，说说并不要紧，稚气能找到真朋友，但也能上人家的当，受害。上海实在不是好地方，固然不必把人们都看成虎狼，但也切不可一下子就推心置腹。

以下是答问——

一、我是赞成大众语的，《太白》[2]二期所录华圉作的《门外文谈》就是我做的。

1 萧军（1907—1988），原名刘鸿霖，笔名三郎、田军等，辽宁凌海人，作家。萧红（1911—1942），原名张迺莹，笔名萧红、悄吟、玲玲、田娣等，黑龙江哈尔滨人，作家。二人于1934年11月流亡上海，得到鲁迅的诸多帮助。

2《太白》：文艺半月刊，1934年9月创刊。

二、中国作家的作品，我不大看，因为我不弄批评；我常看的是外国人的小说或论文，但我看书的工夫也很有限。

三、没有，大约此后一时也不会有，因为不许出版。

四、出过一本《南腔北调集》，早被禁止。

五、蓬子转向；丁玲还活着，政府在养她。

六、压迫的，因为他们自己并不统一，所以办法各处不同，上海较宽，有些地方，有谁寄给我信一被查出，发信人就会危险。书是常常被邮局扣去的，外国寄来的杂志，也常常收不到。

七、难说。我想，最好是抄完后暂且不看，搁起来，搁一两月再看。

八、也难说。青年两字，是不能包括一类人的，好的有，坏的也有。但我觉得虽是青年，稚气和不安定的并不多，我所遇见的倒十之七八是少年老成的，城府也深，我大抵不和这种人来往。

九、没有这种感觉。

我的确当过多年先生和教授，但我并没有忘记我是学生出身，所以并不管什么规矩不规矩。至于字，我不断的写了四十多年了，还不该写得好一些么？但其实，和时间比起来，我是要算写得坏的。

此复，即请

俪安。

↖这两个字抗议不抗议？

迅 上 十一月十二日

1934年11月17日 致萧军、萧红

刘吟先生：

十三日的信，早收到了，到今天才答复。其实是我已经病了十来天，一天中能做事的力气很有限，所以许多事情都拖下来，不过现在大约要好起来了，全体都已请医生查过，他说我要死的样子一点也没有，所以也请你们放心，我还没有到自己死掉的时候。

中野重治[1]的作品，除那一本外，中国没有。他也转向了，日本一切左翼作家，现在没有转向的，只剩了两个（藏原与宫本[2]）。我看你们一定会吃惊，以为他们真不如中国左翼的坚硬。不过事情是要比较而论的，他们那边的压迫法，真也有组织，无微不至，他们是德国式的，精密，周到，中国倘一仿用，那就又是一个情形了。

蓬子的变化，我看是只因为他不愿意坐牢，其实他本来是一个浪漫性的人物。凡有智识分子，性质不好的多，尤其是所谓"文学家"，左翼兴盛的时候，以为这是时髦，立刻左倾，待到压迫来了，他受不住，又即刻变化，甚而至于卖朋友（但蓬子未做这事），作为倒过去的见面礼。这大约是各国都有的事。但我看中国较甚，真不是好现象。

以下，答复来问——

一、不必改的。上海邮件多，他们还没有一一留心的工夫。

1 中野重治（1902—1979）：日本文艺批评家、作家。

2 藏原：指藏原惟人（1902—1991）。宫本：指宫本百合子（1899—1951）。

二、放在那书店里就好，但时候还有十来天，我想还可以临时再接洽别种办法。

三、工作难找，因为我没有和别人交际。

四、我可以预备着的，不成问题。

生长北方的人，住上海真难惯，不但房子像鸽子笼，而且笼子的租价也真贵，真是连吸空气也要钱，古人说，水和空气，大家都有份，这话是不对的。

我的女人在这里，还有一个孩子。我有一本《两地书》，是我们两个人的通信，不知道见过没有？要是没有，我当送给一本。

我的母亲在北京。大蝎虎也在北京，不过喜欢蝎虎的只有我，现在恐怕早给他们赶走了。

专此布复，并请

俪安。

迅 上 十一月十七日

1934年11月18日　致母亲

母亲大人膝下，敬禀者，来信并小包两个，均于昨日下午收到。

这许多东西，海婴高兴得很，他奇怪道：娘娘怎么会认识我的呢?

老三刚在晚间来寓，即将他的一份交给他了，满载而归，他的孩子们一定很高兴的。

给海婴的外套，此刻刚刚可穿，内衬绒线衣及背心各一件；冬天衬衣一多，即太小，但明年春天还可以穿的。他的身材好像比较的高大，昨天量了一量，足有三尺了，而且是上海旧尺，倘是北京尺，就有三尺三寸。不知道底细的人，都猜他是七岁。

男因发热，躺了七八天，医生也看不出什么毛病，现在好起来了。大约是疲劳之故，和在北京与章士钊闹的时候的病一样的。卖文为活，和别的职业不同，工作的时间总不能每天一定，闲起来整天玩，一忙就夜里也不能多睡觉，而且就是不写的时候，也不免在想想，很容易疲劳的。此后也很想少做点事情，不过已有这样的一个局面，恐怕也不容易收缩，正如既是新台门周家[1]，就必须撑这样的空场面相同。至于广平海婴，都很好，并请勿念。

1　新台门周家：指鲁迅在绍兴东昌坊口的故居。

上海还不见很冷，火炉也未装，大约至少还可以迟半个月。专此布达，恭请
金安。

男树 叩上 广平海婴随叩 十一月十八日

1934年11月20日　致萧军、萧红

刘吟先生：

十九日信收到。许多事情，一言难尽，我想我们还是在月底谈一谈好，那时我的病该可以好了，说话总能比写信讲得清楚些。但自然。这之间如有工夫，我还要用笔答复的。

现在我要赶紧通知你的，是霞飞路的那些俄国男女，几乎全是白俄，你万不可以跟他们说俄国话，否则怕他们会疑心你是留学生，招出麻烦来。他们之中，以告密为生的人们很不少。

我的孩子足五岁，男的，淘气得可怕。

此致，即请

俪安。

迅 上 二十日

1934年11月28日　致刘炜明[1]

炜明先生：

十五日惠函收到。一个人处在沈闷的时代，是容易喜欢看古书的，作为研究，看看也不要紧，不过深入之后，就容易受其浸润，和现代离开。

我请先生不要寄钱来。一则，因为我琐事多，容易忘记，疏忽；二则，近来虽也化名作文，但并不多，而且印出来时，常被检查官删削，弄得不成样子，不足观了。倘有单行本印出时，当寄上，不值几个钱，无须还我的。

《二心集》我是将版权卖给书店的，被禁之后，书店便又去请检查，结果是被删去三分之二以上，听说他们还要印，改名《拾零集》，不过其中已无可看的东西，是一定的。

现在当局的做事，只有压迫，破坏，他们那里还想到将来。在文学方面，被压迫的那里只我一人，青年作家，吃苦的多得很，但是没有人知道。上海所出刊物，凡有进步性的，也均被删削摧残，大抵办不去[2]。这种残酷的办法，一面固然出于当局的意志，一面也因检查官的报私仇，因为有些想做“文学家”而不成的人们，现在有许多是做了秘密的检查官了，他们恨不得将他们的敌手一网打尽。

1　刘炜明：生卒年不详，原名始爱，广东大埔人，鲁迅的读者，当时在新加坡经商。

2　办不去：即“办不下去”。

星洲[1]也非言论自由之地，大约报纸上的消息，是不会确于上海的，邮寄费事，还是不必给我罢。

专此布复，即颂
时绥。

鲁迅 十一月二十八夜。

1 星洲：即新加坡。

1934年12月4日　致孟十还[1]

十还先生：

三日信并译稿，今午收到。稿子我也想最好是一期登完，不过须多配短篇，因为每期的目录，必须有八九种才像样。要我修改，我是没有这能力的，不过有几个错字，我可以改正。

插图也很好，但一翻印，缩小，就糟了。原图自当于用后奉还。

以后的《译文》，不能常是绍介Gogol[2]；高尔基已有《童话》[3]，第三期得检查老爷批云：意识欠正确。所以从第五期起，拟停登数期。我看先生以后最好是译《我怎样写作》[4]，检查既不至于怎样出毛病，而读者也有益处。大约是先绍介中国读者比较知道一点的人，如拉甫列涅夫，里别进斯基，斐丁[5]，为合。

赠送《译文》的事，当向书店提议。和商人交涉，真是难极了，他们的算盘之紧而凶，真是出人意外。《译文》已出三期，而一切规约，如稿费之类，尚未商妥。我们要以页计，他们要以字数计，即此

1　孟十还（1908—？）：原名孟显直，又名孟宪智，笔名咸直、斯根等，作家、翻译家，与鲁迅合作翻译《果戈理选集》等书。

2　Gogol：即俄国作家果戈里。

3　《童话》：即《俄罗斯的童话》，鲁迅译。

4　《我怎样写作》：即《我们怎样写作》，苏联作家创作经验文集。

5　拉甫列涅夫（B.Lavrenev，1892—1959），里别进斯基（Y.Libedinsky，1898—1959），斐丁（K.A.Fedin，1892—1977），三人均为苏联作家。

一端，就纠纷了十多天，尚无结果。所以先生的稿费，还要等一下，但年内是总要弄好的。

果戈理虽然古了，他的文才可真不错。日前得到德译的一部全集，看了一下，才知道《鼻子》有着译错的地方。我想，中国其实也该有一部选集1.《Dekanka夜谈》[1]；2.《Mirgorod》[2]；3.短篇小说及Arabeske[3]；4.戏曲；5及六，《死灵魂》[4]。不过现在即使有了不等饭吃的译者，却未必有肯出版的书坊。现在是虽是一个平常的小梦，也很难实现。

专此布复，即颂

时绥。

迅 上 十二月四日

1 《Dekanka夜谈》：即短篇小说集《狄康卡近郊夜话》。

2 《Mirgorod》：即中篇小说集《密尔格拉得》。

3 Arabeske：德语，意为小品集。

4 《死灵魂》：即长篇小说《死魂灵》。

1934年12月6日　致孟十还

孟先生：

五日函奉到。外国的作家，恐怕中国其实等于并没有绍介。每一作家，乱译几本之后，就完结了。屠格涅夫[1]被译得最多，但至今没有人集成一部选集。《战争与和平》[2]我看是不会译完的，我对于郭沫若先生的翻译，不大放心，他太聪明，又大胆。

计划的译选集，在我自己，现在只是一个梦而已。近十来年中，设译社，编丛书的事情，做过四五回，先前比现在还要"年富力强"，真是拚命的做，然而结果不但不好，还弄得焦头烂额。现在的一切书店，比以前更不如，他们除想立刻发财外，什么也不想，即使订了合同，也可以翻脸不算的。我曾在神州国光社上过一次一次[3]大当，《铁流》就是他们先托我去拉，而后来不要了的一种。

《译文》材料的大纲，最好自然是制定，不过事实上很难。没有能制定大纲的元帅，而且也没有许多能够担任分译的译者，所以暂时只能杂一点，取乌合主义，希望由此引出几个我们所不知道的新的译者来——其实志愿也小得很。

稿子是该论页的，但商人的意见，和我们不同，他们觉得与萝卜

1　屠格涅夫（I.Turgenev，1818—1883），俄国作家。

2　《战争与和平》：长篇小说，俄国作家列夫 · 托尔斯泰（Leo Tolstoy，1828—1910）著。

3　此处作者误多写一个"一次"。

白菜无异，诗的株儿小，该便宜，塞满全张的文章株儿大，不妨贵一点；标点，洋文，等于缚白菜的草，要除掉的。脑子像石头，总是说不通。算稿费论页，已由我们自己决定了，这回是他们要插画减少，可惜那几张黄纸了，你看可气不可气？

上海也有原是作家出身的老版，但是比纯粹商人更刻薄，更凶。

办一个小杂志，就这么麻烦，我不会忍耐，幸而茅先生还能够和他们"折冲尊俎"[1]，所以至今还没有闹开。据他们说，现在《译文》还要折本，每本二分，但我不相信。

此布，即颂

时绥。

迅 上 十二月六日

1 "折冲尊俎"：原指在酒席宴会间制敌取胜，后泛指进行外交谈判。出自《战国策 · 齐策五》："拔城于尊俎之间，折冲席上者也。"

1934年12月6日　致萧军、萧红

刘
吟 先生：

两信均收到。我知道我们见面之后，是会使你们悲哀的，我想，你们单看我的文章，不会料到我已这么衰老。但这是自然的法则，无可如何。其实，我的体子并不算坏，十六七岁就单身在外面混，混了三十年，这费力可就不小；但没有生过大病或卧床数十天，不过精力总觉得不及先前了，一个人过了五十岁，总不免如此。

中国是古国，历史长了，花样也多，情形复杂，做人也特别难，我觉得别的国度里，处世法总还要简单，所以每个人可以有工夫做些事，在中国，则单是为生活，就要化去生命的几乎全部。尤其是那些诬陷的方法，真是出人意外，譬如对于我的许多谣言，其实大部分是所谓“文学家”造的，有什么仇呢，至多不过是文章上的冲突，有些是一向毫无关系，他不过造着好玩，去年他们还称我为“汉奸”，说我替日本政府做侦探。我骂他时，他们又说我器量小。

单是一些无聊事，就会化去许多力气。但，敌人是不足惧的，最可怕的是自己营垒里的蛀虫，许多事都败在他们手里。因此，就有时会使我感到寂寞。但我是还要照先前那样做事的，虽然现在精力不及先前了，也因学问所限，不能慰青年们的渴望，然而我毫无退缩之意。

《两地书》其实并不像所谓“情书”，一者因为我们通信之初，实在并未有什么关于后来的豫料的；二则年龄，境遇，都已倾向了沉静方面，所以决不会显出什么热烈。冷静，在两人之间，是有缺点的，但打闹，也有弊病，不过，倘能立刻互相谅解，那也不妨。至于孩子，偶然看看是有趣的，但养起来，整天在一起，却真是麻烦得很。

你们目下不能工作，就是静不下，一个人离开故土，到一处生地方，还不发生关系，就是还没有在这土里下根，很容易有这一种情境。一个作者，离开本国后，即永不会写文章了，是常有的事。我到上海后，即做不出小说来，而上海这地方，真也不能叫人和他亲热。我看你们的现在的这种焦躁的心情，不可使它发展起来，最好是常到外面去走走，看看社会上的情形，以及各种人们的脸。

以下答问——

1.我的孩子叫海婴，但他大起来，自己要改的，他的爸爸，就连姓都改掉了。阿菩是我的第三个兄弟的女儿。

2.会[1]是开成的，费了许多力；各种消息，报上都不肯登，所以在中国很少人知道。结果并不算坏，各代表回国后都有报告，使世界上更明瞭了中国的实情。我加入的。

3.《君山》[2]我这里没有。

4.《母亲》[3]也没有。这书是被禁止的，但我可以托人去找一找。《没落》我未见过。

5.《两地书》我想东北是有的，北新书局在寄去。

6.我其实是不喝酒的；只在疲劳或愤慨的时候，有时喝一点，现在是绝对不喝了，不过会客的时候，是例外。说我怎样爱喝酒，也是

1　会：指世界反对帝国主义战争委员会组织的远东反战会议。

2　《君山》：韦丛芜的诗集。

3　《母亲》与《没落》（即《阿尔达莫诺夫家的事业》）均为高尔基的长篇小说。

“文学家”造的谣。

7.关于脑膜炎的事，日子已经经过许久了，我看不必去更正了罢。

我们有了孩子以后，景宋几乎和笔绝交了，要她改稿子，她是不敢当的。但倘能出版，则错字和不妥处，我当负责改正。

你说文化团体，都在停滞——无政府状态中……，一点不错。议论是有的，但大抵是唱高调，其实唱高调就是官僚主义。我的确常常感到焦烦，但力所能做的，就做，而又常常有“独战”的悲哀。不料有些朋友们，却斥责我懒，不做事；他们昂头天外，评论之后，不知那里去了。

来信上说到用我这里拿去的钱时，觉得刺痛，这是不必要的。我固然不收一个俄国的卢布，日本的金圆，但因出版界上的资格关系，稿费总比青年作家来得容易，里面并没有青年作家的稿费那样的汗水的——用用毫不要紧。而且这些小事，万不可放在心上，否则，人就容易神经衰弱，陷入忧郁了。

来信又愤怒于他们之迫害我。这是不足为奇的，他们还能做什么别的？我究竟还要说话。你看老百姓一声不响，将汗血贡献出来，自己弄到无衣无食，他们不是还要老百姓的性命吗？

此复，即请

俪安。

迅 上 十二月六日

再：有《桃色的云》及《小约翰》，是我十年前所译，现在再版印出来了，你们两位要看吗？望告诉我。 又及

1934年12月10日　致萧军、萧红

刘
吟先生：

八夜信收到。我的病倒是好起来了，胃口已略开，大约可以渐渐恢复。童话两本，已托书店寄上，内附译文两本，大约你们两位也没有看过，顺便带上。《竖琴》[1]上的序文，后来被检查官删掉了，这是初版，所以还有着。你看，他们连这几句话也不准我们说。

如果那边还有官力以外的报，那么，关于"脑膜炎"的话，用"文艺通信"的形式去说明，也是好的。为了这谣言，我记得我曾写过几十封正误信，化掉邮费两块多。

中华书局译世界文学的事，早已过去了，没有实行。其实，他们是本不想实行的，即使开首会译几部，也早已暗中定着某人包办，没有陌生人的份儿。现在蒋[2]死了，说本想托蒋译，假如活着，也不会托他译的，因为一托他，真的译出来，岂不大糟？那时他们到我这里来打听靖华的通信地址，说要托他，我知道他们不过玩把戏，拒绝了。现在呢，所谓"世界文学名著"，简直不提了。

名人，阔人，商人……常常玩这一种把戏，开出一个大题目来，热闹热闹，以见他们之热心。未经世故的青年，不知底细，就常常上他们的当；碰顶子还是小事，有时简直连性命也会送掉，我就知道不

1 《竖琴》：鲁迅编译的苏联短篇小说集，共十篇。

2 蒋：指蒋光慈（1901—1931），原名侠僧，笔名光赤，安徽霍邱人，作家。

少这种卖血的名人的姓名。我自己现在虽然说得好像深通世故，但近年就上了神州国光社的当，他们与我订立合同，托我找十二个人，各译苏联名作一种，出了几本，不要了，有合同也无用，我只好又磕头礼拜，各去回断，靖华住得远，不及回复，已经译成，只好我自己付版税，又设法付印，这就是《铁流》，但这书的印本一大半和纸版，后来又被别一书局骗去了。

那时的会，是在陆上开的，不是船里，出席的大约二三十人，会开完，人是不缺一个的都走出的，但似乎也有人后来给他们弄去了，因为近来的捕，杀，秘密的居多，别人无从知道。爱罗先珂却没有死，听说是在做翻译，但有人寄信去，却又没有回信来。

义军[1]的记载看过了，这样的才可以称为战士，真叫我似的弄笔的人惭愧。我觉得文人的性质，是颇不好的，因为他智识思想，都较为复杂，而且处在可以东倒西歪的地位，所以坚定的人是不多的。现在文坛的无政府情形，当然很不好，而且坏于此的恐怕也还有，但我看这情形是不至于长久的。分裂，高谈，故作激烈等等，四五年前也曾有过这现象，左联起来，将这压下去了，但病根未除，又添了新分子，于是现在老病就复发。但空谈之类，是谈不久，也谈不出什么来的，它终必被事实的镜子照出原形，拖出尾巴而去。倘用文章来斗争，当然更好，但这种刊物不能出版，所以只好慢慢的用事实来克服。

其实，左联开始的基础就不大好，因为那时没有现在似的压迫，所以有些人以为一经加入，就可以称为前进，而又并无大危险的，不料压迫来了，就逃走了一批。这还不算坏，有的竟至于反而卖消息去

1　义军：指东北抗日义勇军。

了。人少倒不要紧，只要质地好，而现在连这也做不到。好的也常有，但不是经验少，就是身体不强健（因为生活大抵是苦的），这于战斗是有妨碍的。但是，被压迫的时候，大抵有这现象，我看是不足悲观的。

卖性的事，我无所闻，但想起来是能有的；对付女性，南方官大约也比北方残酷，血债多得很。

此复，即请

俪安。

迅 上 十二月十夜。

1934年12月13日　致山本初枝

拜启：

惠函拜阅。自上个月起三个星期左右的时间里，每天晚上都发烧，一直在休息。现在虽已好起来了，但不知是流行感冒还是疲劳的原因。以致久疏问候。内人和孩子均健康。已按须藤先生的嘱咐，给孩子吃鱼肝油，体重增加不少，也胖了一些。我原有旧的《古东多万》，今天找了一下，却没找到。我一度把不想读的书寄去北京，可能那一次寄走了。佐保神的语源，中国好像没有。中国有花、雪、风、月、雷、电、雨、霜等神的名字，但春神之名至今不知。或许中国没有春神。《万叶集》[1]里有不少从中国传去的语汇罢？但因此就学汉文，我却不以为然。《万叶集》时代的诗人用汉文就让他用去罢，但现在的日本诗人应该使用当代的日语。不然，就永远也跳不出古人的窠臼。我是排斥汉文和贩卖日货的专家，关于这一点，无论如何也是跟你不同的。最近我们提倡废止汉字，颇受到各方的叱骂。上海尚未下雪，但不景气依然如故，然而有些人似乎依旧很快活。我对面的房子里，留声机从早到晚像被掐住了嗓子的猫似地嘶叫着。跟那样的人作邻居，呆上一年就得发疯，实在不好受。最近东京又成立了限定版的团体。三四年前也曾有过同样的事情，我也参加了，但终于垮台，毫无

1 《万叶集》：日本最早的诗歌总集，约公元8世纪成书。

结果。因此这一次我就不这么热心了。

迅　拜　十二月十三日

山本夫人

1934年12月14日　致杨霁云

霁云先生：

十三日函收到。来函所开各篇，我并无异议。那么，还记得了两篇：

一、《〈爱罗先珂童话集〉序》（商务版）

二、《红笑》跋[1]（《红笑》是商务版，梅川[2]译，但我的文章，也许曾登《语丝》。）

各种讲演，除《老调子已经唱完》之外，我想，还是都不登罢，因为有许多实在记得太不行了，有时候简直我并没有说或是相反的，改起来非重写一遍不可，当时就因为没有这勇气，只好放下，现在更没有这勇气了。

《监狱，火……》是今年做的，还不能算集外文。

关于检查的事，先生的话是不错的，不过我有时也为出版者打算，即如《南腔北调》，也自已抽去了三篇，然结果也还是似禁非禁。这回曹先生来信，谓群众公司想出版，我回信说我是无所不可的，现在怎么办好呢，我是毫无成见，请你们二位商量一下就好。

那抽下的三篇和《选本》原稿，今都寄上，以备参考，用后仍希

1 《红笑》，即俄国作家安德列夫的中篇小说《红的笑》。《红笑》跋，即鲁迅所作的《关于〈关于红笑〉》，1929年4月29日发表于《语丝》第五卷第八期。

2 梅川：即王方仁（1905—1946），原名以芳，笔名梅川，浙江镇海人，鲁迅在厦门大学任教时的学生。

掷还。

乾雍禁书，现在每部数十元，但偶然入手，看起来，却并没有什么，可笑甚矣。现正在看《闲渔闲闲录》[1]，是作者因此杀头的，内容却恭顺者居多，大约那时的事情，也如现在一样，因于私仇为多也。

专此布复，即请

旅安。

迅 顿首 十二月十四日

1 《闲渔闲闲录》：杂录朝典、时事、诗句的杂记，清代蔡显著。蔡显（1697—1767），字景真，号闲渔，江苏松江（今属上海）人。

1934年12月16日　致杨霁云

霁云先生：

十四十五两函，顷同时收到。在北平共讲五次，手头存有记录者只有二篇，都记得很不确，不能用，今姑寄上一阅。还有两回是上车之前讲的，一为《文艺与武力》，其一，则连题目也忘记了。其时官员已深恶我，所以也许报上不再登载讲演大略。

帮闲文学实在是一种紧要的研究，那时烦忙，原想回上海后再记一遍的，不料回沪后也一直没有做，现在是情随事迁，做的意思都不起来了，所以那《五讲三嘘集》也许将永远不过一个名目。

来函所说的印法，纸张，我都同意；稿子似乎只要新加的给我看一看就好，前回已经看过的一部分，可以不必寄我了。如有版税，给我一半，我也同意，大约我如不取其半，先生也一定不肯干休的。至于我因此费力，却并无其事，不必用心的事情，比较的不会令人疲劳。但近来却又休息了几天，那是因为在一天里写了四五千字，自己真也觉得精神体力，大不如前了，很想到乡下去，连报章都不看，玩它一年半载，然而新近已有国民服役条例，倘捉我去修公路，那就未免比作文更费力了，这真叫作踢天踏地。

前信提出了一篇《〈爱罗先珂童话集〉序》，后来一想，是不应当收的，因为那童话也几乎全是我的翻译。

东北文风，确在非常恭顺而且献媚，听说报上论文，十之九是以

“王道政治”作结的。又曾见官厅给编辑的通知，谓凡有挑剔贫富，说述斗争的文章，皆与“王道”不合，此后无须送检云云，不过官气倒不及我们这里的霸道政治之十足。但有一件事，好像我们这里的智识者们确是明白起来了，这是可以乐观的。对于什么言论自由的通电，不是除胡适之外，没有人来附和或补充么？这真真好极妙极。

专此布复，顺颂

旅安。

迅 顿首 十二月十六日

1934年12月18日 致杨霁云

霁云先生：

十七日信收到。那两篇讲演，我决计不要它，因为离实际太远。大约记者不甚懂我的话，而且意见也不同，所以我以为要紧的，他却不记或者当作笑话。《革命文学……》则有几句简直和我的话相反，更其要不得了。这两个题目，确是紧要，我还想改作一遍。

《关于红的笑》我手头有，今寄奉，似乎不必重抄，只要用印本付排就好了，这种口角文字，犯不上为它费工夫。但这次重看了一遍，觉得这位鹤西[1]先生，真也太不光明磊落。

叭儿之类，是不足惧的，最可怕的确是口是心非的所谓“战友”，因为防不胜防。例如绍伯[2]之流，我至今还不明白他是什么意思。为了防后方，我就得横站，不能正对敌人，而且瞻前顾后，格外费力。身体不好，倒是年龄关系，和他们不相干，不过我有时确也愤慨，觉得枉费许多气力，用在正经事上，成绩可以好得多。

中国乡村和小城市，现在恐无可去之处，我还是喜欢北京，单是那一个图书馆，就可以给我许多便利。但这也只是一个梦想，安分守己如冯友兰[3]，且要被逮，可以推知其它了。所以暂时大约也不能移动。

1 鹤西：即程侃声（1908—1999），湖北安陆人，当时经常在报刊上发表诗文和译稿。

2 绍伯：即田汉（1898—1968），本名田寿昌，湖南长沙人，剧作家、词作家，《义勇军进行曲》词作者。

3 冯友兰（1895—1990）：字芝生，河南唐河人，哲学家，时任清华大学文学院院长兼哲学系主任。

先生前信说回家要略迟；我的序拟于二十四为止寄出，想来是来得及的罢。

专此布达，即请

旅安。

迅 上 十二月十八日

1934年12月20日　致杨霁云

霁云先生：

昨得来信后，匆匆奉复，忘了一事未答，即悼柔石诗，我以为不必收入了，因为这篇文章已在《南腔北调集》中，不能再算“集外”，《哭范爱农》诗虽曾在《朝花夕拾》中说过，但非全篇，故当又作别论。

来信于我的诗，奖誉太过。其实我于旧诗素未研究，胡说八道而已。我以为一切好诗，到唐已被做完，此后倘非能翻出如来掌心之“齐天太圣”，大可不必动手，然而言行不能一致，有时也诌几句，自省殊亦可笑。玉谿生[1]清词丽句，何敢比肩，而用典太多，则为我所不满，林公庚白[2]之论，亦非知言；惟《晨报》上之一切讥嘲，则正与彼辈伎俩相合耳。

此布，即请

旅安。

迅 上 二十日

1　玉谿生：即唐代诗人李商隐（约813—约858），号玉谿生。

2　林庚白（1891—1941）：字濬南，号愚公，福建闽侯人，诗人。

1934年12月20日　致萧军、萧红

刘
吟先生：

代表海婴，谢谢你们送的小木棒，这我也是第一次看见。但他对于我，确是一个小棒喝团员。他去年还问："爸爸可以吃么？"我的答复是："吃也可以吃，不过还是不吃罢。"今年就不再问，大约决定不吃了。

田[1]的直接通信处，我不知道。但如外面的信封上，写"本埠河南路三〇三号、中华日报馆、《戏》周刊编辑部收"，里面再用一个信封，写"陈瑜先生启"，他该可以收到的。不过我想，他即使收到，也未必有回信，剧本稿子是否还在，也是一个问题。试写一信，去问问他也可以，但恐怕百分之九十九是没有结果的。此公是有名的模模糊糊。

小说稿我当看一看，看后再答复。吟太太的稿子，生活书店[2]愿意出版，送给官僚检查去了，倘通过，就可发排。

专此布达，并颂

俪安。

迅 上 十二月二十日

1 田：指田汉，曾用笔名陈瑜。

2 生活书店：1932年7月，邹韬奋在其任主编的《生活》周刊社的基础上成立"生活出版合作社"，对外称"生活书店"。在鲁迅的支持和帮助下，书店陆续创办了《文学》《译文》《太白》《世界文库》四种文学杂志。邹韬奋（1895—1944），江西余江人，出版家。

1934年12月25日　致赵家璧[1]

家璧先生：

早上寄奉一函，想已达览。我曾为《文学》明年第一号作随笔一篇，约六千字，所讲是明末故事，引些古书，其中感慨之词，自不能免。今晚才知道被检查官删去四分之三，只存开首一千余字。由此看来，我即使讲盘古开天辟地神话，也必不能满他们之意，而我也确不能作使他们满意的文章。

我因此想到《中国新文学大系》。当送检所选小说时，因为不知何人所选，大约是决无问题的，但在送序论去时，便可发生问题。五四时代比明末近，我又不能做四平八稳，“今天天气，哈哈哈”到一万多字的文章，而且真也和群官的意见不能相同，那时想来就必要发生纠葛。我是不善于照他们的意见，改正文章，或另作一篇的，这时如另请他人，则小说系我所选，别人的意见，决不相同，一定要弄得无可措手。非书店白折费用，即我白费工夫，两者之一中，必伤其一。所以我决计不干这事了，索性开初就由一个不被他们所憎恶者出手，实在稳妥得多。检查官们虽宣言不论作者，只看内容，但这种心口如一的君子，恐不常有，即有，亦必不在检查官之中，他们要开一点玩笑是极容易的，我不想来中他们的诡计，我仍然要用硬功对付他们。

1　赵家璧（1908—1997）：上海松江人，编辑出版家、作家。时任良友图书公司文艺书出版部主编，筹划出版《中国新文学大系》。

这并非我三翻四覆，看实情实在也并不是杞忧，这是要请你谅察的。我还想，还有几个编辑者，恐怕那序文的通过也在可虑之列。

专此布达，即请

撰安。

迅 上 十二月廿五夜。

1934年12月26日　致萧军、萧红

刘吟先生：

廿四日信收到，二十日信也收到的。我没有生病，只因为这几天忙一点，所以没有就写回信。

周女士[1]她们所弄的戏剧组，我并不知道底细，但我看是没什么的，不打紧。不过此后所遇的人们多起来，彼此都难以明白真相，说话不如小心些，最好是多听人们说，自己少说话，要说，就多说些闲谈。

《准风月谈》尚未公开发卖，也不再公开，但他必要成为禁书。所谓上海的文学家们，也很有些可怕的，他们会因一点小利，要别人的性命。但自然是无聊的，并不可怕的居多，但却讨厌得很，恰如虱子跳蚤一样，常常会暗中咬你几个疙瘩，虽然不算大事，你总得搔一下了。这种人物，还是不和他们认识好。我最讨厌江南才子，扭扭捏捏，没有人气，不像人样，现在虽然大抵改穿洋服了，内容也并不两样。其实上海本地人倒并不坏的，只是各处坏种，多跑到上海来作恶，所以上海便成为下流之地了。

《母亲》久被禁止，这一部是托书坊里的伙计寻来的，不知道他是怎么一个线索。日前做了一篇随笔到文学社去卖钱，七千字，检查官给我删掉了四分之三，只剩一个脑袋，不值钱了。吟太太的小说，我

1　周女士：指周颖（1909—1991），原名之芹，河北南宫人。1933年创办中国艺术供应社，专为一些小剧团提供化妆、道具、灯光之类的服务。

想不至于此，如果删掉几段，那么，就任它删掉几段，第一步是只要印出来。

这几天真有点闷气。检查官吏们公开的说，他们只看内容，不问作者是谁，即不和个人为难的意思。有些出版家知道了这话，以为“公平”真是出现了，就要我用旧名子[1]做文章，推也推不掉。其实他们是阴谋，遇见我的文章，就删削一通，使你不成样子，印出去时，读者不知底细，以为我发了昏了。如果只是些无关痛痒的话，那是通得过的，不过，这有什么意思呢？

今年不再写信了，等着搬后的新地址。

专此布复，即颂

俪安。

豫 上 十二月二十六夜

1 名子：即“名字”。

1934年12月28日　致王志之

思远兄：

日前刚上一函，想已到。顷又得二十四信，具悉一切。小说放在一家书店里，但销去不多，大约上海读者，还是看名字的，作者姓名陌生，他们即不大卖[1]了。兄离上海远，大约不知道此地书店情形，他们都有壁垒，开明苛酷，我一向不与往来，北新则一榻胡涂，我给他们信，他们早已连回信也不给了，我又蛰居，无可如何。介绍稿子，亦复如此，一样的是渺无消息，莫名其妙，我夹在中间，真是吃苦不少，自去年以来，均已陆续闹开，所以在这一方面，我是一筹莫展的。

《译文》我担任投稿每期数千字，但别人的稿子，我希望直接寄去，因为我既事烦，照顾不转，而编辑好像不大愿意间接绍介，所以我所绍介者，一向是碰钉子居多。和龚君[2]通信，我希望从缓，我并无株连门生之心，但一通信而为老师所知，我即有从中作祟之嫌疑，而且又大有人会因此兴风作浪，非常麻烦。为耳根清静计，我一向是极谨慎的。

此复，即颂

时绥。

豫 上 十二月廿八日

1　卖：当为“买”字之误。

2　龚君：指龚梅生，湖南人，生卒年不详，当时在北京大学求学，周作人的学生。王志之曾请鲁迅介绍发表他的译作。

1934年12月29日　致增田涉

十二月二十日惠函到手。你寄给吴君[1]的信，其中有费解之处，我略为改动一下，这样也许通顺些，但仍然是日本式文字。实在说来，中国的白话文，至今尚无一定形式，让外国人写起来，是非常困难的。

《十竹斋笺谱》第一册，即可开始付印，预计明年一二月间可完成，出版后当即奉上。现先寄样张一枚呈览。实物的纸张较此略大，当然要比样张美观些。

上海尚暖和，我时常为报刊写点文章，然经检查官删削之后，都已支离破碎。在中国，与日本不同，检查之后才能付印。我拟从明年起和检查官们一战。

洛文　上　十二月二十九日

1　吴君：指吴组缃（1908—1994），原名祖襄，字仲华，安徽泾县人，小说家。

1934年12月31日　致刘炜明

炜明先生：

十二日的信，早收到了；《星洲日报》也收到了一期，内容也并不比上海的报章减色，谢谢。《二心集》总算找到了一本，是杭州的书店卖剩在那里的，下午已托书店和我新印的一本短评，一同挂号寄上，但不知能收到否。此种书籍，请先生万不要寄书款来，因为我从书店拿来，以作者的缘故，是并不化钱的。

中国的事情，说起来真是一言难尽。从明年起，我想不再在期刊上投稿了。上半年曾在《自由谈》(《申报》)上作文，后来编辑换掉了，便不再投稿；改寄《动向》(《中华日报》)，而这副刊明年一月一日起就停刊。大约凡是主张改革的文章，现在几乎不能发表，甚至于还带累刊物。所以在日报上，我已经没有发表的地方。至于期刊，我给写稿的是《文学》，《太白》，《读书生活》，《漫画生活》等，有时用真名，有时用公汗，但这些刊物，就是常受压迫的刊物，能出到几期，很说不定的。出版的那几本，也大抵被删削得不成样子。

今年设立的书报检查处，很有些"文学家"在那里面做官，他们虽然不会做文章，却会禁文章，真禁得什么话也不能说。现在我如果用真名，那是不要紧的，他们只将文章大删一通，删得连骨子也没有；我新近给明年的《文学》写了一篇随笔，约七八千字，但给他们只删剩了一千余字，不能用了。而且办事也不一律，就如那一本《拾零集》，是中央删剩，准许发卖的，但运到杭州去，却仍被没收，他们的理由是：这里特别禁止。

黑暗之极，无理可说，我自有生以来，第一次遇见。但我是还要反抗的。从明年起，我想用点功，索性来做整本的书，压迫禁止，当然仍不能免，但总可以不给他们删削了。

专此布复，并颂

时绥。

迅 上 十二月三十一夜。

1935年1月4日　致萧军、萧红

刘
吟先生：

二日的信，四日收到了，知道已经搬了房子，好极好极，但搬来搬去，不出拉都路，正如我总在北四川路兜圈子一样。有大草地可看，在上海要算新年幸福，我生在乡下，住了北京，看惯广大的土地了，初到上海，真如被装进鸽子笼一样，两三年才习惯。新年三天，译了六千字童话，想不用难字，话也比较的容易懂，不料竟比做古文还难，每天弄到半夜，睡了还做乱梦，那里还会记得妈妈，跑到北平去呢？

删改文章的事，是必须给它发表开去的，但也犯不上制成锌板。他们的丑史多得很，他们那里有一点羞。怕羞，也不去干这样的勾当了，他们自己也并不当人看。吟太太究竟是太太，观察没有咱们爷们的精确仔细。少说话或多说闲谈，怎么会是耗子躲猫的方法呢？我就没有见过猫整天的在咪咪的叫的，除了春天的或一时期之外。猫比老鼠还要沈默。春天又作别论，因为它们另有目的。平日，它总是静静的听着声音，伺机搏击，这是猛兽的方法。自然，它决不和耗子讲闲话的，但耗子也不和猫讲闲话。

你所遇见的人，是不会说我怎样坏的，敌对或侮蔑的意思，我相信也没有。不过“太不留情面”的批评是绝对的不足为训的。如果已经开始笔战了，为什么要留情面？留情面是中国文人最大的毛病。他以为自己笔下留情，将来失败了，敌人也会留情面。殊不知那时他是决不留情面的。做几句不痛不痒的文章，还是不做好。

而且现在的批评家，对于“骂”字也用得非常之模胡。由我说起来，倘说良家女子是婊子，这是“骂”，说婊子是婊子，就不是骂。我指明了有些人的本相，或是婊子，或是叭儿，它们却真的是婊子或叭儿，所以也决不是“骂”。但论者却一概谓之“骂”，岂不哀哉。

至于检查官现在这副本领，是毫不足怪的，他们也只有这种本领。但想到所谓文学家者，原是应该自己会做文章的，他们却只会禁别人的文章，真不免好笑。但现在正是这样的时候，不是救国的非英雄，而卖国的倒是英雄吗？

考察上海一下，是很好的事，但我举不出相宜的同伴，恐怕还是自己看看好罢，大约通过一两回，是没有什么的。不过工人区域里却不宜去，那里狗多，有点情形不同的人走过，恐怕它就会注意。

近来文字的压迫更严，短文也几乎无处发表了。看看去年所作的东西，又有了短评和杂论各一本，想在今年内印它出来，而新的文章，就不再做，这几年真也够吃力了。近几时我想看看古书，再来做点什么书，把那些坏种的祖坟刨一下。

过了一年，孩子大了一岁，但我也大了一岁，这么下去，恐怕我就要打不过他，革命也就要临头了。这真是叫作怎么好。

专此布达，并请

俪安

迅 上 广附笔问候 一月四日

1935年1月8日　致郑振铎

西谛先生：

四夜信收到。记得去年年底，生活书店曾将排好之校样一张送给我，问有无误字，即日为之改正二处，寄还了他。此即《十竹斋》广告，计算起来，该是来得及印上的，而竟无有，真不知何故。和商人交涉，常有此等事，有时是因为模模胡胡，有时却别有用意，而其意殊不可测（《译文》在同一书店所出的别种刊物上去登广告，亦常被抽去），只得听之，而另行延长豫约期间，或卖特价耳。

在同一版上，涂以各种颜色，我想是两种颜色接合之处总不免有些混合的，因为两面俱湿，必至于交沁。倘若界限分明，那就恐怕还是印好几回，不过板却不妨只有一块，只是用笔分涂几回罢了。我有一张贵州的花纸（新年卖给人玩的），看它的设色法，乃是用纸版数块，各将应有某色之处镂空，压在纸上，再用某色在空处乱搽，数次而毕。又曾见E.Munch[1]之两色木版，乃此版本可以挖成两块，分别涂色之后，拼起来再印的。大约所谓采色版画之印法，恐怕还不止这几种。

营植排挤，本是三根惟一之特长，我曾领教过两回，令人如穿湿布衫，虽不至于气绝，却浑身不舒服，所以避之惟恐不速。但他先前的历史，是排尽异己之后，特长无可施之处，即又以施之他们之同人，

1　E.Munch：蒙克（1863—1944），挪威油画家和版画家。

所以当他统一之时，亦即倒败之始。但现在既为月光所照，则情形又当不同，大约当更绵长，更恶辣，而三根究非其族类，事成后也非藏则烹的。此公在厦门趋奉校长，颜膝可怜，迨异己去后，而校长又薄其为人，终于不安于位，殊可笑也。现在尚有若干明白学生，固然尚可小住，但与月孽争，学生是一定失败的，他们孜孜不倦，无所不为，我亦曾在北京领教过，觉得他们之凶悍阴险，远在三根先生之上。和此辈相处一两年，即能幸存，也还是有损无益的，因为所见所闻，决不会有有益身心之事。犹之专读《论语》或《人间世》一两年，而欲不变为废料，亦殊不可得也。但萌退志是可以不必的，我亦尚在看看人间世，不过总有一天，是终于要“一走了之”的，现在是这样的世界。

偶看明末野史，觉现在的士大夫和那时之相像，真令人不得不惊。年底做了一篇关于明末的随笔，去登《文学》（第一期），并无放肆之处，然而竟被删去了五分之四，只剩了一个头，我要求将这头在第二期登出，聊以示众而已。上海情形，发狂正不下于北平。青年好游戏，请游戏罢。其实中国何尝有真正的党徒，随风转舵，二十余年矣，可曾见有人为他的首领拚命？将来的狂热的扮别的伟人者，什九正是现在的扮Herr Hitler[1]的人。穆公木天[2]也反正了，他与另三人作一献上之报告，毁左翼惟恐不至，和先前之激昂慷慨，判若两人，但我深怕他有一天又会激烈起来，判我辈之印古董以重罪也。（穆公们之献文，是登在秘密刊物里的，不知怎的为日本人所得，译载在《支那研究资料》上了，遂使我们局外人亦得欣赏。他说，某翼中有两个太上皇，亦即傀儡，乃我与仲方。其实这种意见，他大约蓄之已久，不

1 Herr Hitler：德语，意为希特勒先生。

2 穆木天（1900—1971）：原名敬熙，吉林伊通人，诗人。

过不到时候，没有说出来。然则尚未显出原形之所谓“朋友”也者，岂不可怕？）

S君是明白的。有几个外国人之爱中国，远胜于有些同胞自己，这真足叫人伤心。我们自己也还有好青年，但不知在此世界，究竟可以剩下几个？我正在译童话，拟付《译文》，亦尚存希望于将来耳，呜呼！

专此布达，即请

著安。

迅 顿首 一月八夜。

1935年1月9日　致郑振铎

西谛先生：

昨复一函，想已达。顷得六日信，备悉种种。长于营植排挤者，必大嫉妒，如果不是他们的一伙，则虽闭门不问外事，也还是要遭嫉视的。阮大铖[1]还会作《燕子笺》，而此辈则并无此种伎俩，退化之状，彰彰明矣。

先生如离开北平，亦大可惜，因北平究为文化旧都，继古开今之事，尚大有可为者在也。许君[2]处已去函问，得复后，当即转达。许君人甚诚实，而缺机变，我看他现在所付以重任之人物，亦即将来翻脸不相识之敌人。大约将来非被彼辈所侵入，则亦当被排去，不过现在尚非其时耳。

南方当然不会不黑暗，但状态颇与北方不同。我不明教育界情形，至于文坛，则龌龊琐鄙，真足令人失笑。有救人之英雄，亦有杀人之英雄，世上通例，但有作文之文学家，而又有禁人作文之"文学家"，则似中国所独有也。脸皮之厚，世上无两，尚足与之理论乎。

顷见《文学季刊》，以为先生所揭士大夫与商人之争，真是洞见隐密，记得元人曲中，刺商人之貌为风雅之作，似尚多也，皆士人败后之扯淡耳。

专此布达，即请

著安。

迅 顿首 一月九夜

1　阮大铖（约1587—约1646）：安徽怀宁人，明末奸臣。《燕子笺》是他写的传奇。

2　许君：指许寿裳。

1935年1月15日　致曹靖华

汝珍兄：

十一日信昨收到；小包收据，今日亦已送来，明日当可取得，谢谢。

农兄病已愈[1]，甚可喜，此后当可健康矣。霁兄来信，亦略言及。

此地文艺界前年至去年上半之情形，弟在后记中已言其大略。近更不行了，新书无可观者。拉甫列涅夫之一篇，已排入《译文》第五本中，被检查者抽去，此一本中，共被抽去四篇之多（删去一点者不算），稿遂不够，只得我们赶译补足。此为他们虐待异己法之一。使之疲于奔命，一也；使内无佳作，二也；使出版延期，因失读者信用，三也；……这真是出版界之大厄，我看是世界上所没有的。

但兄之译稿，仍可寄来，有便当随时探问，因为检查官对于出版者有私人之爱憎，所以此店不能出，彼店或能出的。或者索性加入更紧要之作，让我们来设法自行出版，因为现在官许之印本，必经检查，抽去紧要处，恰如无骨之人，毫无生气了。

这回《译文》中有一篇是讲德国一个小学堂，不肯挂希氏照相的，不准登；有一篇是十九世纪初之法人所作，内有说西班牙之多盗，是政府之故的，被删掉了。今之德国和昔之西班牙都不准提，还有什么可说呢？

1　农兄病已愈：喻指台静农获释。

近两年来，弟作短文不少。去年的有六十篇，想在今年印出，而今年则不做了。一固由于无处可登，即登，亦不能畅所欲言，最奇的是竟有同人而匿名加以攻击者。子弹从背后来，真足令人悲愤，我想玩他一年了。

此地至昨天始较冷，但室内亦尚有五十余度。寓中大小均安，请释念。此布，即请

冬安。

弟豫 顿首 一月十五夜。

1935年1月17日　致山本初枝

拜启：

惠函收到了。我是散文式的人，任何中国诗人的诗，都不喜欢。只是年轻时较爱读唐朝李贺的诗。他的诗晦涩难懂，正因为难懂，才钦佩的。现在连对这位李君也不钦佩了。中国诗中，病雁难得见到，病鹤有很多。《清六家诗钞》中一定也有的。鹤是人饲养，一病就知道；雁则为野生，病了也没人知道。棠棣花是从中国传去的名词，《诗经》中即已出现。至于那是怎样的花，说法颇多。普通所谓棠棣花，即现在叫作“郁李”；日本名不详，总之是像李一样的东西。开花期与花形也跟李一样，花为白色，只是略小而已。果实犹如小樱桃，孩子们是吃的，但一般不认为是水果。然而也有人说棠棣花就是棣棠花。上海已冷，室外三十度（左右）。内山老板依然在埋头写漫谈，已成三十篇。

我们均平安。

草草顿首

鲁迅　一月十七夜

山本夫人

1935年1月17日　致徐懋庸

懋庸先生：

今天得信，才知道先生尚在上海，先前我以为是到乡下去了。暂时“消沉”一下，也好的，算是休息休息，有了力气，自然会不“消沉”的，疲劳了还是做，必至于乏力而后已，我憎恶那些拿了鞭子，专门鞭扑别人的人们。

笔记恐怕也不见得稳当，因为无论做什么东西，气息总不会改的。见闻也有，但想起来也大抵无聊的居多，自以为可写的，又一定通不过，一时真也决不下，看将来再说罢。

《春牛图》[1]我没有，也不知道何处可买，现今在禁用阴历，恐怕未必有买处罢。

此复，即颂

冬安。

迅　顿首　一月十七夜

1 《春牛图》：中国古时用来预知当年天气、降水、干支、五行、农作物收成等的图鉴。

1935年1月18日　致王志之

思远兄：

十二日信收到。所说的稿子，我看是做不来的，这些条件，就等于不许跑，却要走的快。现在上海出版界所要求的，也是这一种文章，我长久不作了。茅先生函已转寄，但恐无结果。其实，投稿难，到了拉稿，则拉稿亦难，两者都很苦，我就是立誓不做编辑者之一人。当投稿时，要看编辑者的脸色，但一做编辑，又就要看投稿者，书坊老版，读者的脸色了。脸色世界。

我的稿子，已函托生活书店，请其从速寄还，此外亦更无办法。

《准风月谈》日内即寄上。

此复，即颂

时绥。

豫 上 一月十八日

1935年1月25日　致增田涉

十八日惠函奉悉。《十竹斋笺谱》第一册二月底可成，预约价每册四元五角。余三册拟于今年完成，但如遇到动乱，则延期或休刊。

写字事，倘不嫌拙劣，并不费事，请将那位八十岁老先生的雅号及纸张大小（宽、长；横写还是直写）见告，自当写奉。

《四部丛刊》早已成书，并未中断。《续编》第一年部分已于去年十二月完成。《二十四史》稍为缓慢，但每年亦在出书。四分之三既已寄出，想必书款已全部支付了。不知道为何没有寄送余下的四分之一。请将预约者姓名、住址示知，以便向书店查询。

《文学》是我托书店寄的。由我自办，就怕懒散而常有迟误，故托了书店。二月号本应刊登我的《病后杂谈》，那仅是原文的五分之一，其余五分之四都被检查官删掉，即是拙作的头一节。

检查官中颇有些摩登女郎，彼女流辈（这是明治时代的写法），对我的文章看不懂就动手（看不懂我的文章就插手），删得叫人不舒服。高明的勇士，一刀便击中要害，置敌于死地，然彼女流辈手持小刀，对着后背啦屁股等处的皮肤乱刺，鲜血直流，样子也难看，但被刺者也不倒下，虽不倒下，总使人厌恶难受。

木实君那么喜欢小姐画像吗？那些小姐是无聊的人。日内将我写的字和浓装艳饰令人难受的画像一并寄奉。

上海不大冷，又流行着流行感冒了。

276

答问：——

活咳。活该之误，意为“当然”，其中又含有“自作自受”、“不足惜”。天津话。

蹩扭＝纠葛、意见不合、合不来。天津话。

老闆＝老板＝商店主人，但对户主也可这么称呼。上海话。

瘪。最难译。最初的意思是形容压扁的气球泄气四分之三的样子时，使用此字。引伸到形容精神的萎靡、郁闷的表情、饥饿的肚子等。上海话。又有“小瘪三”这个词，这是指无能而流浪，进一步则成为乞丐，但成了乞丐就获得正式的乞丐的称号便从小瘪三一类中开除。

洛文　上　一月二十五夜

增田学兄

277

1935年1月26日　致曹靖华

汝珍兄：

二十二日信，顷已收到。红枣早取来，煮粥，做糕，已经吃得不少了，还分给舍弟。南边也有红枣买，不知是从那里运来的，但肉很薄，没有兄寄给我的好。

这里的朋友的行为，我真不知道是什么意思，出过一种刊物，将去年为止的我们的事情，听说批评得不值一钱，但又秘密起来，不寄给我看，而且不给看的还不止我一个，我恐怕三兄[1]那里也未必会寄去。所以我现在避开一点，且看看究竟是怎么一回事再说。

检查也糟到极顶，我自去年底以来，被删削，被不准登，甚至于被扣住原稿，接连的遇到。听说，检查的人，有些是高跟鞋，电烫发的小姐，则我辈之倒运可想矣。兄原稿未取来，但可以取来，因为杂志是用排印了的稿子送检的。我的原稿之被扣，系在一种画报上，故和一般之杂志稍不同。译本抄成后，仍希寄来，当随时设法。我的那一本，是几个书店小伙计私印的，现一千本已将卖完，不会折本。这样的还有一本，并杂文（稍长的）一本，想在今年内印它出来。至于新作，现在可是难了，较好的简直无处发表，但若做得吞吞吐吐，自己又觉无聊。这样下去，著作界是可以被摧残到什么也没有的。

1　三兄：指萧三。

木刻除了冈氏，克氏[1]两个人的之外，什么也没有。寄《引玉集》是去年秋天，此后并不得一封回信；去年正月，我曾寄中国古书三包，内多图画，并一信（它兄写的）与V[2]，请他公之那边的木刻家，也至今并无一句回信，我疑心V是有点官派的。

捷克的一种德文报上，有《引玉集》绍介，里面说，去世的是Aleksejev[3]。他还有《城与年》二十余幅在我这里未印，今年想并克氏、冈氏的都印它出来。但如有那小说的一篇大略，约两千字，就更好，兄不知能为一作否？冈氏的是伊凡诺夫[4]短篇的插图，我只知道有二幅是《孩子》，兄译过的，此外如将题目描上，兄也许有的曾经读过。

《木刻纪程》如果找不到，那只好拉倒了。

这里天气并不算冷，只有时结一点薄冰。我们都好的，但我总觉得力气不如从前了，记性也坏起来，很想玩他一年半载，不过大抵是不能够的，现除为《译文》寄稿外，又给一个书局在选一本别人的短篇小说，以三月半交卷，这只是为了吃饭问题而已。因为查作品，看了《豫报副刊》，在里面发见了兄的著作，兄自己恐怕倒已忘记了罢。

农已回平，甚可喜，但不知他饭碗尚存否？这也是紧要的。

专此布达，即请

冬安。

嫂夫人前均此问候不另。

弟豫 顿首 一月廿六日

1 冈氏：指冈察洛夫（A.Goncharov，1903—1979。克氏：指克拉甫钦科（A.Kravchenk，1889—1940）。二人均为苏联木刻家。

2 V：即VOKS，苏联对外文化协会。

3 Aleksejev：亚历克舍夫（1894—1934），苏联版画家。

4 伊凡诺夫（V.Ivanov，1895—1963）：苏联作家。

1935年1月29日　致杨霁云

霁云先生：

顷收到二十七日惠函；承寄《发掘》[1]一本，亦早收到，在忙懒中，致未早复，甚歉，见著者时，尚希转达谢忱为幸。

《集外集》既送审查，被删本意中事，但开封事亦犯忌却不可解，大约他们决计要包庇中外古今一切黑暗了。而古诗竟没有一首删去，却亦不可解，其实有几首是颇为“不妥”的。至于引言被删，则易了然，盖他们不许有人为我作序或我为人作序而已。颠倒书名，则以显其权威，此亦叭儿脾气，并不足异。

尤奇的是今年我有两篇小文，一论脸谱并非象征，一记娘姨吵架，与国政世变，毫不相关，但皆不准登载。又为《文学》作一文，计七千字，谈明末事，竟被删去五分之四（此文当在二月号刊出）；我乃续作一文，谈清朝之禁汉人著作，这回他们自己不删了，只令生活书局中人动手删削，但所存较多（大约三月号可刊出）。这一点责任，也不肯负，可谓全无骨气，实不及叭儿之尚能露脸狂吠也。三月以后，拟编去年一年中杂文，自行付印，而将《集外集》之被删者附之，并作后记，略开玩笑，点缀升平耳。

上海天气已冷，我亦时有小病，此年纪关系，亦无奈何，但小病

1 《发掘》：历史小说集，圣旦著，1934年5月上海天马书店出版。圣旦，姓刘，江苏常州人，生卒年不详。

而已，无大害也，医言心肺脑俱强，此差足以慰锦注者也。

专此布复，即请

文安

迅 顿首 一月廿九夜

1935年1月29日　致曹聚仁

聚仁先生：

廿六信今天才收到。《笔端》[1]早收到，且已读完，我以为内容很充实，是好的。大约各人所知，彼此不同，所以在作者以为平常的东西，也还是有益于别的读者。

《集外集》之被捣乱，原是意中事。那十篇原非妙文，可有可无，但一经被删，却大有偏要发表之意了，我当于今年印出来给他们看。“鲁迅著”三字，请用普通铅字排。

《芒种》[2]开始，来不及投稿了，因为又在伤风咳嗽，消化不良。我的一个坏脾气是有病不等医好，便即起床，近来又为了吃饭问题，在选一部小说，日日读名作及非名作，忙而苦痛，此事不了，实不能顾及别的了。并希转达徐先生为托。

专此布复，即请

撰安。

迅　顿首　一月廿九日

1 《笔端》：曹聚仁著散文集，1935年1月上海天马书店出版。

2 《芒种》：曹聚仁、徐懋庸筹划创办的文艺半月刊，1935年3月创刊。

1935年1月29日　致萧军、萧红

萧、吟两兄：

二十及二十四日信都收到了。运动原是很好的，但这是我在少年时候的事，现在怕难了。我是南边人，但我不会弄船，却能骑马，先前是每天总要跑它一两点钟的。然而自从升为“先生”以来，就再没有工夫干这些事，二十年前曾经试了一试，不过架式还在，不至于掉下去，或拔住马鬃而已。现在如果试起来，大约会跌死也难说了。

而且自从弄笔以来，有一种坏习气，就是一样事情开手，不做完就不舒服，也不能同时做两件事，所以每作一文，不写完就不放手，倘若一天弄不完，则必须做到没有力气了，才可以放下，但躺着也还要想到。生活就因此没有规则，而一有规则，即于译作有害，这是很难两全的。还有二层，一是琐事太多，忽而管家务，忽而陪同乡，忽而印书，忽而讨版税；二是著作太杂，忽而做序文，忽而作评论，忽而译外国文。脑子就永是乱七八糟，我恐怕不放笔，就无药可救。

所谓“还有一篇”，是指萧兄的一篇，但后来方法变换了，先都交给《文学》，看他们要那一篇，然后再将退回的向别处设法。但至今尚无回信。吟太太的小说送检查处后，亦尚无回信，我看这是和原稿的不容易看相关的，因为用复写纸写，看起来较为费力，他们便搁下了。

您们所要的书，我都没有。《零露集》[1]如果可以寄来，我是想看一看的。

《滑稽故事》[2]容易办，大约会有书店肯印。至于《前夜》[3]，那是没法想的，《熔铁炉》[4]中国并无译本，好像别国也无译本，我曾见良士果[5]短篇的日译本，此人的文章似乎不大容易译。您的朋友要译，我想不如鼓励他译，一面却要老实告诉他能出版否很难豫定，不可用“空城计”。因为一个人遇了几回空城计后，就会灰心，或者从此怀疑朋友的。

我不想用鞭子去打吟太太，文章是打不出来的，从前的塾师，学生背不出书就打手心，但愈打愈背不出，我以为还是不要催促好。如果胖得象蝈蝈了，那就会有蝈蝈样的文章。

此复，即请

俪安。

豫 上 一月廿九夜

1 《零露集》：俄汉对照诗歌散文选，内收普希金、高尔基等18人的34篇作品，温佩筠译注。温佩筠（1902—1967），原名之新，笔名温涛等，辽宁辽阳人。

2 《滑稽故事》：金人拟编译的苏联幽默讽刺作家左琴科（M.Zoshchenko，1894—1958）的短篇小说集。金人，即张君悌（1910—1971），河北南宫人，从事文学创作和翻译工作。

3 《前夜》：屠格涅夫著长篇小说。

4 《熔铁炉》：苏联作家里亚希柯（M.M.Lyashko，1884—1953）著中篇小说。

5 良士果：即里亚希柯。

1935年2月3日 致黄源

河清先生：

一夜信今日收到。那本散文诗能有一部分用好纸印，就可以对付译者了，经手别人的稿子，真是不容易。

当靖的那一篇拉甫列涅夫文抽去时，我曾通知他，并托他为《译文》译些短篇。那回信说，拉氏那样的不关紧要的文章尚且登不出，也没有东西可译了。他大约不高兴译旧作品，而且也没有原本，听说他本来很多，都存在河南的家里，后来不知道为了一种什么谣言，他家里人就都烧掉，烧得一本不剩了；还有一部分是放在静农家的，去年都被没收。在那边买书，似乎也很不容易，我代人买一本木刻法，已经一年多了，终于还没有买到。

杜衡[1]之类，总要说那些话的，倘不说，就不成其为杜衡了。我们即使一动不动，他也要攻击的，一动，自然更攻击。最好是选取他曾经译过的作品，再译它一回，只可惜没有这种闲工夫。还是让他去说去罢。

译文社出起书来，我想译果戈理的选集，当与孟十还君商量一下，大家动手。有许多是有人译过的，但只好不管。

今天爆竹声好像比去年多，可见复古之盛。十多年前，我看见人

1 杜衡：即戴克崇（1907—1964），笔名苏汶、杜衡等，浙江余杭人，作家。

家过旧历年，是反对的，现在却心平气和，觉得倒还热闹，还买了一批花炮，明夜要放了。

专此布复，并请

春安。

迅 上 二月三夜

1935年2月4日　致杨霁云

霁云先生：

顷收到二月二日大札。《集外集》止抽去十篇，诚为“天恩高厚”，但旧诗如此明白，却一首也不删，则终不免“呆鸟”之讥。阮大铖虽奸佞，还能作《燕子笺》之类，而今之叭儿及其主人，则连小才也没有，“一代不如一代”，盖不独人类为然也。

文字请此辈去检查，本是犯不上的事情，但商店为营业起见，也不能深责，只好一面听其检查，不如意，则自行重印耳。《启事》及《来信》，自己可以检得，但《革命文学……》改正稿，希于便中寄下。近又在《新潮》上发见通信一则，此外当还有，拟索性在印杂文时补入。

被删去五分之四的，即《病后杂谈》，文学社因为只存一头，遂不登，但我是不以悬头为耻的，即去要求登载，现已在二月号《文学》上登出来了。后来又做了一篇，系讲清初删禁中国人文章的事情，其手段大抵和现在相同。这回审查诸公，却自己不删削了，加了许多记号，要作者或编辑改定，我即删了一点，仍不满足，不说抽去，也不说可登，吞吞吐吐，可笑之至。终于由徐伯诉[1]手执铅笔，照官意改正，总算通过了，大约三月号之《文学》上可以登出来。禁止，则禁止耳，但此辈竟连这一点骨气也没有，事实上还是删改，而自己竟不肯负删

1　徐伯诉：当为“徐伯昕”。徐伯昕（1905—1984），编辑、出版家。

改的责任，要算是作者或编辑改的。俟此文发表及《集外集》出版后，资料已足，我就可以作杂文后记了。

今年上海爆竹声特别旺盛，足见复古之一斑。舍间是向不过年的，不问新旧，但今年却亦借口新年，烹酒煮肉，且买花炮，夜则放之，盖终年被迫被困，苦得够了，人亦何苦不暂时吃一通乎。况且新生活自有有力之政府主持，我辈小百姓，大可不必凑趣，自寻枯槁之道也，想先生当亦以为然的。

专此布复，并颂

龢禧。

迅 启上 二月四夜

1935年2月4日　致李桦[1]

李桦先生：

先生十二月九日的信和两本木刻集，是早经收到了的，但因为接连的生病，没有能够早日奉复，真是抱歉得很。我看先生的作品，总觉得《春郊小景集》和《罗浮集》最好，恐怕是为宋元以来的文人的山水画所函养的结果罢。我以为宋末以后，除了山水，实在没有什么绘画，山水画的发达也到了绝顶，后人无以胜之，即使用了别的手法和工具，虽然可以见得新颖，却难于更加伟大，因为一方面也被题材所限制了。彩色木刻也是好的，但在中国，大约难以发达，因为没有鉴赏者。

来信说技巧修养是最大的问题，这是不错的，现在的许多青年艺术家，往往忽略了这一点。所以他的作品，表现不出所要表现的内容来。正如作文的人，因为不能修辞，于是也就不能达意。但是，如果内容的充实，不与技巧并进，是很容易陷入徒然玩弄技巧的深坑里去的。

这就到了先生所说的关于题材的问题。现在有许多人，以为应该表现国民的艰苦，国民的战斗，这自然并不错的，但如自己并不在这样的旋涡中，实在无法表现，假使以意为之，那就决不能真切，深刻，也就不成为艺术。所以我的意见，以为一个艺术家，只要表现他所经

1　李桦（1907—1994）：广东番禺人，版画家，1934年在广州组织现代版画会，从事新兴木刻运动。

验的就好了，当然，书斋外面是应该走出去的，倘不在什么旋涡中，那么，只表现些所见的平常的社会状态也好。日本的浮世绘，何尝有什么大题目，但它的艺术价值却在的。如果社会状态不同了，那自然也就不固定在一点上。

至于怎样的是中国精神，我实在不知道。就绘画而论，六朝以来，就大受印度美术的影响，无所谓国画了；元人的水墨山水，或者可以说是国粹，但这是不必复兴，而且即使复兴起来，也不会发展的。所以我的意思，是以为倘参酌汉代的石刻画像，明清的书籍插画，并且留心民间所赏玩的所谓“年画”，和欧洲的新法融合起来，许能够创出一种更好的版画。

专此布复，并颂

时绥。

迅 上 二月四夜。

1935年2月6日　致增田涉

一月三十日信拜阅。木实女士的杰作，决非“一笑的东西”。它已脱离从头上长出四根棍以当手脚的境界，成为颇写实的东西。脸的画法也端正。唐美人画已经找到，我的字写好后一并寄上。

但我这里的海婴男士，却是个不努力的懒汉，不想读书，总爱模仿士兵。我以为让他看看残酷的战争影片，因害怕而会稍稍变安静的吧，不料上星期带他看了以后，闹得更起劲了。真使我哑口无言，希特拉有这么多党徒，盖亦不足怪矣。

读过白话信了，虽多处是日式句子，但基本明白。只有两三句还费解。实际上中国的白话文尚未成形，外国人的议论看来，我以为此人是颇不足道的（实际上中国的白话文是还未成型之东西，不用说外国人是书写困难的。虽说吴君[1]我不太熟悉，但看所回信中所引之处的议论，我想是颇不足道之人）。第一，我不赞成“幽默属于城市”的说法。中国农民之间使用幽默的时候比城市的小市民还要多。第二，把日本的切腹、投身等看做幽默，不知是何道理？严肃地观察或描写事物，当然是非常好的。但决不能将眼光置于狭小的范围内。第三，俄国文学没有幽默，这与事实相反。即在目前也有幽默作家。吴君好像是自满的，如果那样，就停留在一个小资作家的地位了。依我看，

1　吴君：指吴组缃。

同他通信也不会有什么好结果。

但最近，红军进入此君的故乡（安徽），据说他家的人逃到上海来了。

《台湾文艺》[1]我觉得乏味。郭君[2]要说些什么罢？这位先生是尽力保卫自己光荣的旧旗的豪杰。

昨日立春，初次下雪，但随即融化。我为糊口，应某书店之托，编选别人的小说，三月中旬左右可成。去年年底出版了一册短评集，已别封寄上一册。今年还有两册的材料（都是去年写的），看来至少还可以出两本。

洛文　上　二月六夜

增田兄

1 《台湾文艺》：中日文合刊，1934年11月创刊，台中台湾文艺联盟出版。

2 郭君：指郭沫若。

1935年2月7日　致曹靖华

汝珍兄：

二月一日信收到。那一种刊物，原是我们自己出版的，名《文学生活》，原是每人各赠一本，但这回印出来，却或赠或不赠，店里自然没有买，我也没有得到。我看以后是不印的了，因为有人以文字抗议那批评，倘续出，即非登此抗议不可，惟一的方法是不再出版——到处是用手段。

《准风月谈》一定是翻印的，只要错字少，于流通上倒也好；《南腔北调集》也有翻板。但这书我不想看，可不必寄来。今年我还想印杂文两本，都是去年做的，今年大约不能写的这么多了，就是极平常的文章，也常被抽去或删削，不痛快得很。又有暗箭，更是不痛快得很。

《城与年》的概略，是说明内容（书中事迹）的，拟用在木刻之前，使读者对于木刻插画更加了解。木刻画想在四五月间付印，在五月以前写好，就好了。

农兄如位置还在，为什么不回去教书呢？我想去年的事情，至今总算告一段落，此后大约不再会有什么问题的了（我虽然不明详情）。如果另找事情，即又换一新环境，又遇一批新的抢饭碗的人，不是更麻烦吗？碑帖单子已将留下的圈出，共十种，今将原单寄回。又霁兄也曾寄来拓片一次，留下一种，即“汉画象残石”四幅，价四元，这单子上没有。

这里的出版，一榻胡涂，有些“文学家”做了检查官，简直是胡闹。去年年底，有一个朋友收集我的旧文字，在印出的集子里所遗漏或删去的，钞了一本，名《集外集》，送去审查。结果有十篇不准印。最奇怪的是其中几篇系十年前的通信，那时不但并无现在之“国民政府”，而且文字和政治也毫不相关。但有几首颇激烈的旧诗，他们却并不删去。

现在连译文也常被抽去或删削；连插画也常被抽去；连现在的希忒拉，十九世纪的西班牙政府也骂不得，否则——删去。

从去年以来，所谓“第三种人”的，竟露出了本相，他们帮着它的主人来压迫我们了，然而我们中的有几个人，却道是因为我攻击他们太厉害了，以至逼得他们如此。去年春天，有人在《大晚报》上作文，说我的短评是买办意识，后来知道这文章其实是朋友做的，经许多人的质问，他答说已寄信给我解释，但这信我至今没有收到。到秋天，有人把我的一封信，在《社会月报》上发表了，同报上又登有杨邨人的文章，于是又有一个朋友（即田君，兄见过的），化名绍伯，说我已与杨邨人合作，是调和派。被人诘问，他说这文章不是他做的。但经我公开的诘责时，他只得承认是自己所作。不过他说；这篇文章，是故意冤枉我的，为的是想我愤怒起来，去攻击杨邨人，不料竟回转来攻击他，真出于意料之外云云。这种战法，我真是想不到。他从背后打我一鞭，是要我生气，去打别人一鞭，现在我竟夺住了他的鞭子，他就“出于意料之外”了。从去年下半年来，我总觉有几个人倒和“第三种人”一气，恶意的在拿我做玩具。

我终于莫名其妙，所以从今年起，我决计避开一点，我实在忍耐不住了。此外古怪事情还多。现在我在选一部别人的小说，这是应一个书店之托，解决吃饭问题的，三月间可完工。至于绍介文学和美术，我仍照旧的做。

但短评，恐怕不见得做了，虽然我明知道这是要紧的，我如不写，也未必另有人写。但怕不能了。一者，检查严，不容易登出；二则我实在憎恶那暗地里中伤我的人，我不如休息休息，看看他们的非买办的战斗。

我们大家都好的。

专此布复，即请

春安。

弟豫 上 二月七日

1935年2月9日　致萧军、萧红

刘军
悄吟 先生：

来信早收到；小说稿已看过了，都做得好的——不是客气话——充满着热情，和只玩些技巧的所谓“作家”的作品大两样。今天已将悄吟太太的那一篇寄给《太白》。余两篇让我想一想，择一个相宜的地方，文学社暂不能寄了，因为先前的两篇，我就寄给他们的，现在还没有回信。

至于你要给《火炬》的那篇，我看不必寄去，一定登不出来的，不如暂留在我处，看有无什么机会发表；不过即使发表，我恐怕中国人也很难看见的。虽然隔一道关，但情形也未必会两样。前几天大家过年，报纸停刊，从袁世凯那时起，卖国就在这时候，这方法留传至今，我看是关内也在爆竹声中葬送了。你记得去年各报上登过一篇《敌乎，友乎？》的文章吗？做的是徐树铮[1]的儿子，现代阔人的代言人，他竟连日本是友是敌都怀疑起来了，怀疑的结果，才决定是“友”。将来恐怕还会有一篇“友乎，主乎？”要登出来。今年就要将“一二八”“九一八”的纪念取消，报上登载的减少学校假期，就是这件事，不过他们说话改头换面，使大家不觉得。“友”之敌，就是自己之敌，要代“友”讨伐的，所以我看此后的中国报，将不准对日本说一

1　徐树铮（1880—1925）：安徽萧县人，北洋军阀皖系将领。

句什么话。

中国向来的历史上，凡一朝要完的时候，总是自己动手，先前本国的较好的人，物，都打扫干净，给新主子可以不费力量的进来。现在也毫不两样，本国的狗，比洋狗更清楚中国的情形，手段更加巧妙。

来信说近来觉得落寞，这心情是能有的，原因就在在上海还是一个陌生人，没有生下根去。但这样的社会里，怎么生根呢，除非和他们一同腐败；如果和较好的朋友在一起，那么，他们也正是落寞的人，被缚住了手脚的。文界的腐败，和武界也并不两样，你如果较清楚上海以至北京的情形，就知道有一群蛆虫，在怎样挂着好看的招牌，在帮助权力者暗杀青年的心，使中国完结得无声无臭。

我也时时感到寂寞，常常想改掉文学买卖，不做了，并且离开上海。不过这是暂时的愤慨，结果大约还是这样的干下去，到真的干不来了的时候。

海婴是好的，但捣乱得可以，现在是专门在打仗，可见世界是一时不会平和的。请客大约尚无把握，因为要请，就要吃得好，否则，不如不请，这是我和悄吟太太主张不同的地方。但是，什么时候来请罢。

此请

俪安。

豫 上 二月九日

再：那两篇小说的署名，要改一下，因为在俄有一个萧三，在文学上很活动，现在即使多一个“郎”字，狗们也即刻以为就是他的。改什么呢？等来信照办。 又及。

1935年2月14日　致吴渤[1]

吴渤先生：

惠函奉到。现在的读书界，确是比较的退步，但出版界也不大能出好书。上海有官立的书报审查处，凡较好的作品，一定不准出版，所以出版界都是死气沈沈。

杂志上也很难说话，现惟《太白》，《读书生活》，《新生》三种，尚可观，而被压迫也最甚。至于《人间世》之类，则本是麻醉品，其流行亦意中事，与中国人之好吸雅片相同也。

我的近作三本，已托书店挂号寄上。至于先生所要的两本，当托友人去打听，倘有，当邮寄。

此复，即颂

时绥

迅 上 二月十四日

1　吴渤（1911—1984）：笔名白危，广东兴宁人，木刻家，作家。

1935年2月18日　致曹靖华

汝珍兄：

十三日信收到。《文学生活》是并不发售的，所以很难看见，但有时会寄来。现在这一期，却不给我，沈兄[1]也没有，这办法颇特别。我们所知道的一点，是从别人嘴里先听到，后来设法借来看的。

静兄[2]因讲师之不同，而不再往教，我看未免太迂。半年的准备，算得什么，一下子就吃完了，而要找一饭碗，却怕未必有这么快。现在的学校，大抵教员一有事，便把别人补上，今静兄离开了半年，却还给留下四点钟，不可谓非中国少见的好学校，恐怕在那里教书，还比别处容易吧。

中国已经快要大家“无业”，而不是“失业”，因为根本就没有什么所谓“业”了。上海去年[3]的出版界，景象比去年坏。学生是去年大学生减少，今年中学生减少了。

郑君[4]现在上海，闻不久又回北平，他对于版税，是有些模模胡胡的，不过不给回信，却更不好。我曾见了他，但因为交情还没有可以说给他这些事的程度，所以没有提及。

1　沈兄：指沈雁冰（茅盾）。

2　静兄：指台静农。

3　去年：当为“今年”。

4　郑君：指郑振铎。

P.Ettinger[1]并没有描错，看这姓，他大约原是德国人。我曾重寄冈氏《引玉集》一本，托E.转的。至H.氏，则向来毫不知道，不知道为什么冈氏说我可以先写一封信给他。我也没有什么东西托他转。

因为有便人，我已带去宣纸三百大张了，托E.氏分赠。我想托兄写一回信，将来当将信稿拟好寄上。兄写好后，仍寄来，由上海发出。

今天寄上《作家会纪事》[2]一本，《译文》二本，《文学报》数张，是由学校转的。

专此布达，即请

秋安。

弟豫 上 二月十八日

1 P.Ettinger：巴惠尔 · 艾丁格尔，生卒年不详，德国美术家，当时寓居苏联。

2 《作家会纪事》：即1934年8月在莫斯科召开的全苏第一次作家代表大会文件汇编。

1935年2月24日　致杨霁云

霁云先生：

二十二日信收到；十二日信并序稿，也早收到了。近因经济上的关系，在给一个书坊选一本短篇小说——别人的，时日迫促，以致终日匆匆，未能奉复，甚歉。《集外集》中重出之文，已即致函曹先生，托其删去，但未知尚来得及否。

我前次所举尹嘉铨[1]的应禁书目，是钞《清代文字狱档》中之奏折的，大约后来又陆续的查出他种，所以自当以见于《禁毁书目》中者为完全。尹氏之拚命著书，其实不过想做一个道学家——至多是一个贤人，而皇帝竟与他如此过不去，真也出乎意外。大约杀犬警猴，固是大原因之一，而尹之以道学家自命，因而开罪于许多同僚，并且连对主子也多说话，致招厌恶，总也不无关系的。

中山[2]革命一世，虽只往来于外国或中国之通商口岸，足不履危地，但究竟是革命一世，至死无大变化，在中国总还算是好人。假使活在此刻，大约必如来函所言，其实在那时，就已经给陈炯明[3]的大炮击过了。

“第九”不必读粤音，只要明白出典，盖指“八仙”之名次而言，

1　尹嘉铨（？—1781）：河北博野人，乾隆朝举人，官至大理寺卿。

2　中山：即孙中山。

3　陈炯明（1875—1933）：字竞存，广东海丰人，军阀。1922年6月16日曾炮轰广州总统府，逼孙中山出逃。

一到第九，就不在班列之内了。

专此布复，即请

撰安。

迅 顿首 二月廿四夜。

1935年3月1日　致萧军、萧红

刘军
悄吟 兄：

一日信收到。我的选小说，昨夜交卷了，还欠一篇序，期限还宽，已约叶[1]定一个日期，我们可以谈谈。他定出后，会来通知你们的。

悄吟太太的一个短篇，我寄给《太白》去了，回信说就可以登出来。那篇《搭客》，其实比《职业》做得好（活泼而不单调），上月送到《东方杂志》，还是托熟人拿去的，不久却就给我一封官式的信，今附上，可以看看大书店的派势。现在是连金人的译文，都寄到良友公司的小说报去了，尚无回信。

到各种杂志社去跑跑，我看是很好的，惯了就不怕了。一者可以认识些人；二者可以知道点上海之所谓文坛的情形，总比寂寞好。

那篇在检查的稿子，催怕不行。官们对于文学社的感情坏，这是故意留难的。在那里面的都是坏种或低能儿，他们除任意催残外，一无所能，其实文章也看不懂。

说起"某翁"[2]的称呼来，这是很奇怪的。这称呼开始于《十日谈》及《人言》，这是时时攻击我的刊物，他们特地这样叫，以表示轻蔑之意，犹言"老了，不中用了"的意思，但不知怎的却影响到我的熟人的笔上去了。现在是很有些人，信上都这么写的。

1　叶：指叶紫（1910—1939），原名俞鹤林，笔名叶紫、叶芷等，湖南益阳人，作家，"左联"成员。

2　"某翁"：即"鲁迅翁"。

《文学新闻》我想也用不着看它，不必寄来了。

专此布复，即请

俪安。

豫 上。三月一日

孩子很淘气，昨天给他种了痘，是生后第二回。

1935年3月13日　致萧军、萧红

刘军
悄吟 兄：

十日信十三才收到，不知道怎的这么慢。你所发见的两点，我看是对的；至于说我的话可对呢，我决不定。使我自己说起来，我大约是“姑息”的一方面，但我知道若在战斗的时候，非常有害，所以应该改正。不过这和“判断力”大有关系，力强，所做便不错，力一弱，即容易陷于怀疑，什么也不能做了。“父爱”也一样的，倘不加判断，一味从严，也可以冤死了好子弟。

所谓“野气”，大约即是指和上海一般人的言动不同之点，黄[1]大约看惯了上海的“作家”，所以觉得你有些特别。其实，中国的人们，不但南北，每省也有些不同的：你大约还看不出江苏和浙江人的不同来，但江浙人自己能看出，我还能看出浙西人和浙东人的不同。普通大抵以和自己不同的人为古怪，这成见，必须跑过许多路，见过许多人，才能够消除。由我看来，大约北人爽直，而失之粗，南人文雅，而失之伪。粗自然比伪好。但习惯成自然，南边人总以像自己家乡那样的曲曲折折为合乎道理。你还没有见过所谓大家子弟，那真是要讨厌死人的。

这“野气”要不要故意改它呢？我看不要故意改。但如上海住得

1　黄：指黄源。

久了，受环境的影响，是略略会有些变化的，除非不和社会接触。但是，装假固然不好，处处坦白，也不成，这要看是什么时候。和朋友谈心，不必留心，但和敌人对面，却必须刻刻防备。我们和朋友在一起，可以脱掉衣服，但上阵要穿甲。您记得《三国志演义》上的许褚赤膊上阵么？中了好几箭。金圣叹[1]批道：谁叫你赤膊？

所谓文坛，其实也如此（因为文人也是中国人，不见得就和商人之类两样），鬼魅多得很，不过这些人，你还没有遇见。如果遇见，是要提防，不能赤膊的。好在现在已经认识几个人了，以后关于不知道其底细的人，可以问问叶他们，比较的便当。

《八月》我还没有看，要到二十边，一定有工夫来看了。近来还是为了许多琐事，加以小说选好，又弄翻译。《死魂灵》很难译，我轻率的答应了下来，每天译不多，又非如期交卷不可，真好像做苦工，日子不好过，幸而明天可完了，只有二万字，却足足化了十二天。

虽是江南，雪水也应该融流的，但不知怎的，去年竟没有下雪，这也并不是常有的事。许是去年阴历年底就想来的，因寓中走不开而止。现在孩子更捣乱了，本月内母亲又要到上海，一个担子，挑的是一老一小，怎么办呢？

金人的译文看过了，文笔很不差，一篇寄给了良友，一篇想交给《译文》。

专此布复，并请

俪安。

豫 上 三月十三夜。

1 金圣叹（1608—1661）：江苏吴县人，明末清初文学批评家。

1935年3月19日　致萧军

萧军兄：

十八日信收到。那一篇译稿，是很流畅的，不过这故事先就是流畅的故事，不及上一回的那篇沉闷。那一篇我已经寄给《译文》了。

这回孩子给沸水烫伤，其实倒是太阔气了的缘故，并非没有人管，是有人而不管他。寓里原有一个管领他的老妈子，她这几天因为要去求神拜佛，访友探亲，便找了一个替工。那天是她们俩都在的，不过她以为有替工在，替工以为有她在，就两个都不管，任凭孩子奔进厨房去捣乱，弄伤了脚。孩子也太淘气，一不留意，他就乱钻，跑得很快，人家有时也实在追不上。痛一下子也好，我实在看得麻烦极了，痛的经验是应该有一点的，但我立刻给敷了药，恐怕也不怎么痛，现在肿已退，再有十天总可以走得路，只要好后没有疤痕，我的责任算是尽了。

这孩子也不受委屈，虽然还没有发明“屁股温冰法”（上海也无冰可温），但不肯吃饭之类的消极抵抗法，却已经有了的。这时我也往往只好对他说几句好话，以息事宁人。我对别人就从来没有这样屈服过。如果我对父母能够这样，那就是一个孝子，可上“二十五孝”的了。

《准风月谈》已经卖完了，再版三四天内可以印好；《集外集》我还没有见过，大约还未出版罢，等我都有了，当通知你，并《南腔北调集》一并交付。先前还有一本《伪自由书》，您可有吗？

这几天在给《译文》译东西，不久，我的母亲大约要来了，会令我连静静的写字的地方也没有。中国的家族制度，真是麻烦，就是一个人关系太多，许多时间都不是自己的。

因为静不下，就更不能写东西，至多，只好译一点什么，我的今年，大约也要成为“翻译年”的了。

专此布复，即请

俪安。

豫 上 三月十九夜

1935年3月22日　致徐懋庸

懋庸先生：

二十日信收到。《表》[1]的原本，的确做得好的，但那肾脏病的警察的最初的举动，我究竟莫名其妙，真想他逃呢？还是不？还有，是误把盆塞子当表，放在嘴里这一点，也有些不自然。此外都不差。

至于那些流浪儿，实在都不坏——连毕塔珂夫[2]。我觉得外国孩子，实在比中国的纯朴，简单，中国的总有些破落户子弟气味。

“不够格”我记得是北方的通行话，但南方人不懂，“弗入调”则北边人不懂的，在南边，恐怕也只有绍兴人深知其意，否则，是可以用的。

序文我可以做，不过倘是公开发卖的书，只能做得死样活气，阴阳搭戤，而仍要被抽去也说不定。做起来，还是给我看一看稿子，较为切实，只要便中放在书店里就好了。

此复，即颂

春绥。

迅 上 三月二十二日

1 《表》：童话，苏联儿童文学作家班台莱耶夫（L.Panteleev，1908—1987）著，鲁迅译。

2 毕塔珂夫：《表》中的人物。

1935年3月23日　致曹靖华

汝珍兄：

十九日来信收到。我们都好的，但想起来，的确久不寄信了，惟一的原因是忙。从一月起，给一个书坊选一本小说，连序于二月十五交卷，接着是译《死灵》[1]，到上月底，译了两章，这书很难译，弄得一身大汗，恐怕还是出力不讨好。这是为生计，然而钱却至今一个也不到手，不过我还有准备，不要紧的，请勿念。其次，是孩子大了起来，会闹了；别的琐事又多，会客，看稿子，绍介稿子，还得做些短文，真弄得一点闲工夫也没有，要到半夜里，才可以叹一口气，睡觉。但同人里，仍然有些婆婆妈妈，有些青年则写信骂我，说我毫不肯费神帮别人的忙。其实是照现在的情形，大约体力也就不能持久的了，况且还要用鞭子抽我不止，惟一的结果，只有倒毙。很想离开上海，但无处可去。

寄E[2]的信，还来不及起稿子，过几天罢。苇[3]的信我没有收到，当直接通知他。插画本《死灵》，如不费事，望借我看一看。

今天托书店寄出杂志一包，是寄学校的。还有几本，日后再寄。

专此布复，并颂

春绥。

弟豫 上 三月二十三日

1 《死灵》：即《死魂灵》。

2 E：指巴惠尔·艾丁格尔。

3 苇：指许寿裳。

1935年3月30日　致郑振铎

西谛先生：

二十七日信顷已收到。《死魂灵》的续译，且俟《世界文库》新办法发表后再定罢。至于《古小说钩沉》，我想可以不必排印，因为一则放弃已久，重行整理，又须费一番新工夫；二则此种书籍，大约未必有多少人看，不如暂且放下，待将来有闲工夫时再说。

书店股东若是商人，其弊在胡涂，若是智识者，又苦于太精明，这两者都于进行有损。我看开明书店即太精明的标本，也许可以保守，但很难有大发展；生活书店目下还不至此，不过将来是难说的，这时候，他们的译作者，就止好用雇员。至于不登广告，大约是爱惜纸张之故，纸张现在确也值钱，但他们没有悟到白纸买卖，乃是纸店，倘是书店，有时是只能牺牲点纸张的。

商务的《小说月报》事，我看不过一种谣言（现在又无所闻了），达夫[1]是未必肯干的，而且他和四角号码王公[2]，也一定合不来。至于施杜[3]二公，或者有此野心，但二公大名，却很难号召读者；廉卖自然是一种好竞争法，然究竟和内容相关，一折八扣书，乃另是一批读者也。假如此事实现的话，我想，《文学》还大有斗争的可能，但必须书

1　达夫：即郁达夫。

2　四角号码王公：指王云五，他以刊行四角号码字典闻名。

3　施：指施蛰存。杜：指杜衡。

店方店[1]也有这决心，如果书店仍然掣肘，那是要失败的。

《笺谱》附条添了几句，今寄回。闻先生仍可在北平教书，不知确否？倘确，则好极。今年似不如以全力完成《十竹斋笺谱》，然后再图其他。《北平笺谱》如此迅速的成为“新董”，真为始料所不及。今在中国之售卖品，大约只有内山的五部而已——但不久也就要售去的。

二十八日寄奉一函，并附商务汇款百五十元，信封上据前函所示，写了“北总布胡同一号”，今看此次信面所写，乃是“小羊宜宾胡同”，不知系改了地方，还是异名同地？前信倘能收到，则更好，否则大约会退回来（因系挂号），不过印费又迟延了。专此布复，并请

著安。

迅 顿首 三月三十日。

1 方店：当为“方面”之误。

1935年4月4日　致李桦

李桦先生：

三月十七及廿八两函，均先后收到。《现代木刻》六集亦已拜领，谢谢。寄内山书店者尚未到，今日往问代售办法，据云售出后以七折计；并且已嘱其直接通信了。

作绍介文字，颇不易为，一者因为我虽爱版画，却究竟无根本智识，不过一个“素人”[1]，在信中发表个人意见不要紧，倘一公开，深恐贻误大局；二则中国无宜于发表此项文字之杂志，上海虽有挂艺术招牌者，实则不清不白，倘去发表，反于艺术有伤。其实，以中国之大，当有美术杂志固不俟言，即版画亦应有专门杂志，然而这是决不能实现的。现在京沪木刻运动，仍然销沉，而且颇散漫，几有人自为政之概，然亦无人能够使之集中，成一坚实的团体，大势如此，无可如何。我实亦无好方法，但以为只要有人做，总比无人做的好，即使只凭热情，自亦当有成效。德国的Action，Brücke[2]各派，虽并不久续，但对于后来的影响是大的。我们也只能这么做下去。

日本的黑白社，比先前沈寂了，他们早就退入风景及静物中，连古时候的“浮世绘”的精神，亦已消失。目下出版的，只有玩具集，范围更加缩小了，他们对于中国木刻，恐怕不能有所补益。外国中的

1 “素人”：日语，意为业余爱好者。

2 Action，行动派。Brücke，桥梁派。二者均为20世纪初流行于德国的表现主义画派。

欧美人，我无相识者，只有苏联之一美术批评家[1]，曾经通信，他也很留心中国美术，研究会似可寄一点作品给他看看，地址附上，通信的文字，用英文或德文都可以的。

中国古时候的木刻，对于现在也许有可采用之点，所以我们有几个人，正在企图翻印（玻璃板）明清书籍中之插画，今年想出它一两种。有一种陈老莲[2]的人物，已在制版了。

专此布复，并颂

春绥。

迅 上 四月四夜。

1 美术批评家：指巴惠尔 · 艾丁格尔。

2 陈老莲：即陈洪绶（1599—1652），字章侯，号老莲，浙江诸暨人，明末清初书画家。“人物”指其画册《博古叶子》，以历史人物故事为内容，一页一事，共48幅。

1935年4月9日　致山本初枝

拜启：

四月一号信已拜阅。日前承赐珍品多种，谢谢。因为忙而懒，吃了有平糖，也未致谢，请原谅。上海变成讨厌的地方了，去年不曾下雪，今年至今未转暖。龙华的桃花虽已开，但警备司令部占据了那里，大杀风景，好像去游玩的人也少了。倘在上野盖了监狱，即使再热衷于赏花的人，怕也不敢问津了罢。增田一世到东京之后，曾有信来。知道《中国文学》月报二号上登出演讲预告而活跃着。但是文章卖不出去实是难办。在中国也如此。现在好像哪里都不是文章的时代。上海的几个所谓“文学家”，出卖了灵魂，每月也只能拿到六十元，似乎是萝卜或鳗鱼的价钱。我仍在写作，但不能付印的时候多。没用的东西倒允许出版，但自己都觉得讨厌。因此，今年大抵只做翻译。

鲁迅　上　四月九日

山本夫人

1935年4月9日　致增田涉

三月三十日惠函奉悉。前几天曾寄上《小品文和漫画》[1]一册，其中有吴组缃君的短文，觉得这次态度好了。

我忘记已寄过《文学季刊》四期到惠昙村，就请将后寄的送给别人罢。其中郑君的论文，有关元代商人与士大夫在妓院竞争的记载，很有意思。

中国、日本之外，还有西洋学者对《四库全书》如此珍视，实为不解。这次所记的，只是一鳞半爪，如再详细研究，还可以发现很多不妥之处。并且取舍也不公平，清初反满派的文集被舍弃，可以说是因清朝之故还可以，但是明末公安、竟陵两派的作品也大受排斥，其实这两派作者，当时在文学上影响是很大的。

《文学》三月号刊出的拙作，也大被删削。现在国民党的做法，实在与满清时无甚差别，也许当时满洲人的这种作法，也是汉人教的。自从去年六月以来，对出版物的压迫步步加紧，出版社大感困难。对于新的青年作家的作品，压迫特别厉害，常常把有关紧要之处全部删掉，只留下空壳。在日本研究"中国文学"，若对此现状没有详细了解，在日本研究"中国文学"，就难免很隔膜了罢。就是说，我们都是带着锁链在跳舞。

1 《小品文和漫画》：1935年3月出版，为"《太白》一卷纪念特辑"，陈望道编，收录五十余位当时文艺界著名人士的作品。陈望道（1891—1977），浙江义乌人，时任《太白》主编。

但我最近在收集去年所写的杂文，拟将被删削的，被禁止的，全补加进去，另行出版。

《十竹斋笺谱》第一册，日内将出版，只印了两百部，等北平送来后当即奉寄。其他三册如何，现尚不得而知。《北平笺谱》已成珍本，作为售品，只有内山老板还有五部。

今年打算用珂罗版复制的，有陈老莲《博古牌子》（用于酒令的）和明刻宋人《耕织图》。

洛文　上　四月九日

增田学兄

1935年4月10日　致曹聚仁

聚仁先生：

三日八日的信，都已收到；《芒种》三期也读过了，我觉得这回比第二期活泼些。广收外稿，可以打破单调，是很好的，但看稿却是苦事，有些也许要动笔校改一点，那么，仍得有许多工夫化费在那上面，于编者是有损的。

那一篇文章，因为不能一直写下去，又难以逞心而谈，真弄得虎头蛇尾，开初原想大发议论，但几天以后，竟急急的结束了。那些维持现状的先生们，貌似平和，实乃进步的大害。最可笑的是他们对于已经错定的，无可如何，毫无改革之意，只在防患未然，不许"新错"，而又保护"旧错"，这岂不可笑。

老先生们保存现状，连在黑屋子开一个窗也不肯，还有种种不可开的理由，但倘有人要来连屋顶也掀掉它，他这才魂飞魄散，设法调解，折中之后，许开一个窗，但总在觑机想把它塞起来。

《集外集》二校还没有到，但我想可以不必等我看过，这才打纸板了，还是快点印出的好，否则，邮件往来，又是许多日子。我在再版《引玉集》，因为重排序文，往往来来，从去年底到现在，才算办妥，足足四个月。一个人活五六十岁，在中国实在做不出什么事来（但，英雄除外），古人之想成仙，或者也是不得已的。

《集外集》付装订时，可否给我留十本不切边的。我是十年前的毛边党，至今脾气还没有改。但如麻烦，那就算了，而且装订作也未必肯听，他们是反对毛边的。

陈先生[1]的漫画，望寄给我。他日印杂感集时，也许可以把它印出来，所流转的四个编辑室，并希见示为幸。

专此布复，并请

著安。

迅上 四月十日

1　陈先生：指陈光宗（1915—1991），浙江瑞安人。他于1934年秋画鲁迅漫画像一幅，曾由胡今虚先后寄给《文学》《太白》《漫画与生活》《芒种》，均被国民党当局禁止刊用。

1935年4月12日　致萧军

刘军兄：

七日信早到；我们常想来看你们，孩子的脚也好了，但结果总是我打发了许多琐事之后，就没有力气，一天一天的拖，到后来，又不过是写信。

《二心集》中的那一篇，是针对那时的弊病而发的，但这些老病，现在并没有好，而且我有时还觉得加重了。现在是连说这些话的意思，我也没有了，真是倒退得可以。

我的原稿的境遇，许知道了似乎有点悲哀；我是满足的，居然还可以包油条，可见还有一些用处。我自己是在擦桌子的，因为我用的是中国纸，比洋纸能吸水。

金人译的左士陈阔[1]的小短篇，打听了几处，似乎不大欢迎，那么，我前一信说的可以出一本书，怕是不成的了，望通知他。这回我想把那一篇Novikov-Priboi[2]的短篇寄到《译文》去。

《搭客》及《樱花》上，都有署名的。《搭客》不知如何；《樱花》已送检查，且经通过，不便改了，以后的投稿再用新名罢。听说《樱

1　左士陈阔：即左琴科。

2　Novikov-Priboi：苏联作家诺维柯夫-普里波依（1877—1944）。

花》后面，也许附几句对于李[1]的答复。

一个作者，“自卑”固然不好，“自负”也不好的，容易停滞。我想，顶好是不要自馁，总是干；但也不可自满，仍旧总是用功。要不然，输出多而输入少，后来要空虚的。

《八月》上我主张删去的，是说明而非描写的地方，作者的说明，以少为是，尤其是狗的心思之类。怎么能知道呢。

前信说张君[2]要和您谈谈，我想是很好的，他是研究文学批评的人，我和他很熟识。

此复，即请

俪安。

豫 上 四月十二夜

1 李：疑指李筱峰（1915—2003），笔名李三郎，广东台山人。萧军当时的笔名为“三郎”，鲁迅建议他更换笔名并发表声明，撇清与李三郎的关系。

2 张君：指胡风（1902—1985），原名张光人，湖北蕲春人，现代文艺理论家，诗人。

1935年4月19日　致唐弢

唐弢先生：

初学外国语，教师的中国话或中国文不高明，于学生是很吃亏的。学生如果要像小孩一样，自然而然的学起来，那当然不要紧，但倘是要知道外国的那一句，就是中国的那一句，则教师愈会比较，就愈有益处。否则，发音即使准确，所得的每每不过一点皮毛。

日本的语文是不合一的，学了语，看不懂文。但实际上，现在的出版物，用“文”写的几乎已经没有了，所以除了要研究日本古文学以外，只学语就够。

言语上阶级色采，更重于日本的，世界上大约未必有了。但那些最大敬语，普通也用不著，因为我们决不会去和日本贵族交际；不过对于女性，话却还是说得客气一点的。至于书籍，则用的语法都简单，很少有“御座リマス”[1]之类。

清朝的史书，我没有留心，说不出什么好。大约萧一山[2]的那一种，是说了一个大略的。还有夏曾佑[3]做过一部历史教科书，我年青时看过，觉得还好，现在改名《中国古代史》了，两种皆商务印书版。

1 “御座リマス”：表示敬重的语尾词。

2 萧一山（1902—1978）：江苏铜山人，历史学家，曾任北京大学等校教授。1932年9月商务印书馆出版其著作《清代通史》上、中册。

3 夏曾佑（1863—1924）：字遂卿，浙江杭州人，历史学家，曾任北洋政府教育部普通教育司司长、京师图书馆馆长。

《清代文字狱档》系北平故宫博物院分册出版，每册五角，已出八册，但不知上海可有代售处。

肯印杂感一类文字的书，现在只有两处。一是芒种社，但他们是一个钱也没有的。一是生活书店，前天恰巧遇见傅东华先生，和他谈起，他说给他看一看。所以先生的稿子，请直接寄给他罢（环龙路新明邨六号文学社）。

专此布复，即颂

时绥。

迅 上 四月十九日

1935年4月23日　致曹靖华

汝珍兄：

十一日信早收到。《文学百科全书》[1]一本，也接着收到了，其中的GOGOL[2]像，曾经撕下过，但未缺少，不知原系如此，抑途中有人胡闹？此书好极，要用文学家画像，是极为便当的。现想找Afinogenov[3]像，不知第一本上有否？倘有，仍希寄下一用。

前日托书店寄上期刊两包，但邮局中好像有着认识我的笔迹的人，凡是我开信面的，他就常常特别拆开来看，这两包也许又被他拆得一塌胡涂了。这种东西，也不必一定负有任务，不过凡有可以欺凌的，他总想欺凌一下；也带些能够发见什么，可以献功得利的野心。但我的信件，却至今还不能对于他有什么益处。

现在的医白喉，只要打针就好，不知怎么要化这许多日子？上海也总是常有流行病，我自去年生了西班牙感冒[4]以来，身体即大不如前；近来天气不好，又有感冒流行，我的寓里，不病的只有许一个人了，但今天也说没有力气。不过这回的病，没有去年底那么麻烦，再过一礼拜，大约就可以全好了。

1 《文学百科全书》：即《苏联文学百科全书》，1929年起陆续出版。

2 GOGOL：即果戈里。

3 Afinogenov：阿菲诺干诺夫（1904—1941），苏联剧作家。

4 西班牙感冒：当时人们对流行性感冒的称呼。

专此布达，并颂

春祺

弟豫 上 四月二十三日

1935年4月23日　致萧军、萧红

刘军
悄吟 兄：

十六日信早收到。今年北四川路是流行感冒特别的多，从上星期以来，寓中不病的只有许一个人了，但她今天说没有气力；我最先病，但也最先好，今天是同平常一样了。

帮朋友的忙，帮到后来，只忙了自己，这是常常要遇到的。您的朋友既入大学，必是智识分子，那他一定有道理，如"情面说"之类。我的经验，是人来要我帮忙的，他用"互助论"，一到不用，或要攻击我了，就用"进化论的生存竞争说"；取去我的衣服，倘向他索还，他就说我是"个人主义"，自私自利，吝啬得很。前后一对照，真令人要笑起来，但他却一本正经，说得一点也不自愧。

我看中国有许多智识分子，嘴里用各种学说和道理，来粉饰自己的行为，其实却只顾自己一个的便利和舒服，凡有被他遇见的，都用作生活的材料，一路吃过去，像白蚁一样，而遗留下来的，却只是一条排泄的粪。社会上这样的东西一多，社会是要糟的。

我的文章，也许是《二心集》中比较锋利，因为后来又有了新经验，不高兴做了。敌人不足惧，最令人寒心而且灰心的，是友军中的从背后来的暗箭；受伤之后，同一营垒中的快意的笑脸。因此，倘受了伤，就得躲入深林，自己舐干，扎好，给谁也不知道。我以为这境遇，是可怕的。我倒没有什么灰心，大抵休息一会，就仍然站起来，然而好像终竟也有影响，不但显于文章上，连自己也觉得近来还是“冷”的时候多了。

《樱花》闻已蒙检查老爷通过，署名不能改了。前天看见《太白》广告，有两篇一同发表，不知道去拿了稿费没有？

《集外集》好像还没有出。

匆复并颂

俪祉。

豫 上。

近来北四川路邮局有了一个认识我的笔迹的人，凡有寄出书籍，倘是我写封面的，他就特别拆开来看，弄得一塌胡涂，但对于信札，好像还不这还[1]。呜呼，人面的狗，何其多乎！？　又及。

1　还：当为“样”字之误。

1935年4月30日　致增田涉

十三、二十六日信均拜阅。明信片与美术明信片也收到。关于贯休和尚的罗汉像，我认为倒是石拓的好，亲笔画似乎过于怪异，到极乐世界去时，如老遇到这种面孔的人，开始也许希奇，但不久就会感到不舒服了。

石恪[1]的画我觉得不错。

《小说史略》有出版的机会，总算令人满意。对你的尽力，极为感谢。“合译”没有意思，还是单用你的名字好。序文日后写罢。

写真是前年的，算是最新版，现一并寄上。

我的字居然值价五元，真太滑稽。的确，我虽是其字的持有者，但对花装表费，不胜抱歉。但已经拿到铁研[2]先生的了，就算告一段落，并且想永久借用。再：如得到《选集》版税，请勿给我送任何东西，否则，东西一多，搬家大不方便。

因检查讨厌，《文学季刊》只好多用译作，那也就没有活气。近来上海刊物，大抵如此。

在上海文坛失败的所谓作家多去了日本，这里称为“溷浴”或“镀金”。最近上海出现与秋田雨雀[3]先生合影的三四个人的写真，那

1　石恪：生卒年不详，字子专，四川郫县人，五代、宋初画家。

2　铁研：今村铁研，生卒年不详，增田涉的表舅。

3　秋田雨雀（1883—1962）：日本戏剧家。

也是复活运动之一。

洛文　上　四月三十日

增田兄

我原以为你上京后，会东奔西跑，难以伏案。得书信后，才知你还呆在屋里。此后就解除伏案之疑。

1935年5月14日　致曹靖华

汝珍兄：

三日信并译稿一篇，收到了好几天了，因为琐事多，似乎以前竟未回信，甚歉。昨托书店寄上碑帖一包，不知已到否？如到，请并现在附上之信转交。又寄学校杂志一包，是同时寄出的，想亦不致失落。

北平大风事，沪报所记似比事实夸张，所以当时颇担心，及得来信，乃始释然。上海亦至今时冷时暖，伤风者甚多，惟寓中俱安，可请勿念。闻它兄大病[1]，且甚确，恐怕很难医好的了；闻它嫂却尚健。

现在的生活，真像拉车一样，卖文为活，亦大不易，连印翻译杂志，也常被检禁，且招谣言；嫉妒者又乘机攻击，因此非常难办。但他们也弄不好，因为译作根本就没有人要看，不过我们却多些麻烦了。

闻现代书局大有关门之势，兄稿已辗转托人去索回，但尚无回信。

小说译稿，日内当交给译文社。

专此布达，即请

时安。

弟豫　顿首　五月十四夜

1　它兄大病：隐指瞿秋白于1935年2月23日在福建被国民党逮捕。

1935年5月22日　致邵文熔[1]

铭之吾兄足下：

顷奉到二十日函，知特以干菜笋干见惠，甚感甚感。

中国普通所谓肝胃病，实即胃肠病。药房所售之现成药，种类颇多，弟向来所偶服者为“黑儿补”，然实不佳，盖胃病性质，亦有种种，颇难以成药疗之也。鄙意不如首慎饮食，即勿多食不消化物，一面觅一可靠之西医，令开一方，病不过初起，一二月当能全愈。但不知杭州有可信之医生否，此不在于有名而在于诚实也。在沪则弟识一二人，倘有意来沪一诊，当绍介也。且可确保其不敲竹杠，亦不以江湖诀欺人。

弟一切如常，惟琐事太多，颇以为苦，借笔墨为生活，亦非乐事，然亦别无可为。书无新出者，惟有《集外集》一本，乃友人所编，系搜集一切未曾收入总集及自所刊落之作，合为一编，原系糟粕，而又经官审阅，故稍有精采者，悉被删去，遂更无足观，日内当托书坊寄奉一册，以博一粲耳。对于《太白》，时亦投稿，但署名时时不同，新出之第五期内，有“掂斤簸两”三则，及《论人言可畏》一篇，实皆拙作也。

专此布复，并请

道安

弟树　顿首　廿四年五月二十二日

1　邵文熔：疑为邵文镕（1877—1942），字铭之，浙江绍兴人。鲁迅的好友，早年与鲁迅同在日本留学。

1935年5月22日　致曹靖华

汝珍兄：

十八信收到。它事极确，上月弟曾得确信，然何能为。这在文化上的损失，真是无可比喻。许君[1]已南来，详情或当托其面谈。

许君人甚老实，但他对于人之贤不肖，却不甚了然。李某[2]卑鄙势利，弟深知之，不知何以授以重柄，但他对上司是别一种面目，亦不可知，故易为所欺也。许曾访我一次，未言钟点当有更动事，大约四五日后还当见面，当更嘱之。

弟一切如常，惟琐事太多，颇以为苦，所遇所闻，多非乐事，故心绪亦颇不舒服。上海之所谓“文人”，有些真是坏到出于意料之外，即人面狗心，恐亦不至于此，而居然摇笔作文，大发议论，不以为耻，社会上亦往往视为平常，真大怪事也。

三弟来信一纸，附上，希转交。

专此布达，即请

道安。

弟豫　上　五月二十二夜。

1　许君：指许寿裳。

2　李某：指李季谷（1895—1968），原名宗武，浙江绍兴人，时任北平大学女子文理学院文史系主任。

1935年6月10日　致增田涉

三日惠函拜阅。《中国小说史》序文呈上，由于忙和懒，

写得芜杂，祈大加斧正，使成佳作，面目一新。结尾部分，请将社长名字放进去。

近来不知是由于压迫加剧，生活困难之故，还是年岁增长，体力衰退之故，总觉得比过去烦忙而无趣。四五年前的悠闲生活，回忆起来，有如梦境，这种心情，在序言中也有所流露。

《译者的话》多蒙费心赞扬，无再加改动的必要，只有三处误排，已代为订正。

《孔夫子》也承夸奖，据说还有赞同的文章，闻之颇为安慰。《文学月刊》还是不登好，为了它的安全。读它近来几期，觉得没有什么泼辣气。

《中国小说史》豪华的装帧，是我有生以来，著作第一次穿上漂亮服装。我喜欢豪华版，也许毕竟是小资之故罢。

郑振铎君在中国的教授中是学习和工作都很勤谨的人，但今年被燕京大学撵出来了，原因不明。纯学术的著作出版不少，但最近并不好。因为没有出版著作的教授们生气了。他在收集古今中外（文学上的）古典著作，出《世界文库》，每月一册。日内拟将一年的寄到惠云村，其中有《金瓶梅词话》（连载），但已删削所谓“猥亵”之处，据说否则不准出版。

上海禁止女人赤足。道学先生好像看见女人的光脚也会兴奋起来，如此敏感，诚可佩服。

《十竹斋生谱》第一册，不久前出版，当时拟即寄奉，因你寄来的某个信封上写着什么旅馆名字，就“彷徨”起来了。这次随即托老板寄到东京。其余三册，预计明春可成，但不知结果如何。

洛文　上　六月十日

增田兄

10-140

1935年6月10日　致增田涉

1935年6月16日　致李桦

李桦先生：

五月廿四日信早收到；每次给我的《现代版画》，也都收到的。但这几年来，非病即忙，连回信也到今天才写，真是抱歉之至。

所说的北国的朋友对于木刻的意见和选刊的作品，我偶然也从日报副刊上看见过，但意见并不尽同。所说的《现代版画》的内容小资产阶级的气分太重，固然不错，但这是意识如此，所以有此气分，并非因此而有“意识堕落之危险”，不过非革命的而已。但要消除此气分，必先改变这意识，这须由经验，观察，思索而来，非空言所能转变，如果硬装前进，其实比直抒他所固有的情绪还要坏。因为前者我们还可以看见社会中一部分人的心情的反映，后者便成为虚伪了。

木刻是一种作某用的工具，是不错的，但**万不要忘记它是艺术**。它之所以是工具，就因为它是艺术的缘故。斧是木匠的工具，但也要它锋利，如果不锋利，则斧形虽存，即非工具，但有人仍称之为斧，看作工具，那是因为他自己并非木匠，不知作工之故。五六年前，在文学上曾有此类争论，现在却移到木刻上去了。

由上说推开来，我以为木刻是要手印本的。木刻的美，半在纸质和印法，这是一种，是母胎；由此制成锌版，或者简直直接镀铜，用于多数印刷，这又是一种，是苗裔。但后者的艺术价值，总和前者不同。所以无论那里，油画的名作，虽有缩印的铜板，原画却仍是美术馆里的宝贝。自然，中国也许有再也没有手印的余裕的时候，不过这还不是目前，待那时再说。

不过就是锌板，也与印刷术有关，我看中国的制版术和印刷术，时常把原画变相到可悲的状态，时常使我连看也不敢看了。

"连环木刻"也并不一定能负普及的使命，现在所出的几种，大众是看不懂的。现在的木刻运动，因为观者有许多层——有智识者，有文盲——也须分许多种，首先决定这回的对象，是那一种人，然后来动手，这才有效。这与一幅或多幅无关。

《现代木刻》的缺点，我以为选得欠精，但这或者和出得太多有关系。还有，是题材的范围太狭。譬如静物，现在有些作家也反对的，但其实是那"物"就大可以变革。枪刀锄斧，都可以作静物刻，草根树皮，也可以作静物刻，则神采就和古之静物，大不相同了。

其次，是关于外国木刻的事。这时候已经过去了，但即使来得及，也还是不行。因为我的住所不安定，书籍绘画，都放在别处，不能要取就取的。但存着可惜，我正在计画像《引玉集》似的翻印一下。前两月，曾将K.Kollwitz[1]的板画（铜和石）二十余幅，寄到北平去复印，但将来的结果，不知如何。

我爱版画，但自己不是行家，所以对于理论，没有全盘的话好说。至于零星的意见，则大略如上。中国自然最需要刻人物或故事，但我看木刻成绩，这一门却最坏，这就因为蔑视技术，缺少基础工夫之故，这样下去，木刻的发展倒要受害的。

1 K.Kollwitz：凯绥·珂勒惠支（1867—1945），德国版画家。

还有一层，《现代版画》中时有利用彩色纸的作品，我以为这是可暂而而[1]不可常的，一常，要流于纤巧，因为木刻究以黑白为正宗。

专此布复，即颂

时绥。

迅 顿首 六月十六日

1 此处作者误多写一个“而”字。

1935年6月24日　致曹靖华

汝珍兄：

十四日信早到，近因忙于译书，所以今日才复。

它兄文稿，很有几个人要把它集起来，但我们尚未商量。现代有他的两部，须赎回，因为是豫支过板税的，此事我在单独进行。

中国事其实早在意中，热心人或杀或囚，早替他们收拾了，和宋明之末极像。但我以为哭是无益的，只好仍是有一分力，尽一分力，不必一时特别愤激，事后却又悠悠然。我看中国青年，大都有愤激一时的缺点，其实现在秉政的，就都是昔日所谓革命的青年也。

此地出板仍极困难，连译文也费事，中国是对内特别凶恶的。

E.君信非由VOKS转。他的信头有地址，今抄在此纸后面。记得他有一个地址，还多几字，但现不在手头。兄看现在之地址如果不像会寄不到，就请代发，否则不如将信寄来，由我自发。

寄辰兄[1]一笺并稿费单，乞便中转交。我们都好，勿念。

此祝

平安。

豫 上 六月廿四日

1 辰兄：指台静农。

1935年6月27日　致萧军

刘军兄：

廿三信收到。昨天看见《新小说》的编辑者，他说，金人的译稿，已送去审查了。我想，这是不见得有问题的。悄太太的稿子，当于日内寄去。但那第三期，因为第一篇是我译的，不许登广告。

译文社的事，久不过问了。金人译稿的事，当于便中提及。

《死魂灵》第三次稿，前天才交的，近来没有气力多译。身体还是不行，日见衰弱，医生要我不看书写字，并停止抽烟；有几个个[1]朋友劝我到乡下去，但为了种种缘故，一时也做不到。

近来警告倒没有了，这是因为我们自己戒了严，但真也吃力。

黑面包可以不必买给我们了。近地就要开一个白俄点心铺，倘要吃，容易买到了。

此复，即请

俪安。

豫 上 六月二十七日

刚要发信，就收到廿五来信了。出刊物而终于不出的事情，我是

1　此处作者误多写一个“个”字。

看惯的了，并不为奇。所以我的决心是如果有力，自己来做一点，虽然一点，究竟是一点。这是很坏的现象，但在目前，我以为总比说空话而一点不做好。

中国人先在自己把好人杀完，秋[1]即其一。萧参是他用过的笔名，此外还很多。他有一本《高尔基短篇小说集》，在生活书店出版，后来被禁止了。另外还有，不过笔名不同。他又译过革拉特珂夫的小说《新土地》，稿子后来在商务印书馆被烧掉，真可惜。中文俄文都好，像他那样的，我看中国现在少有。你说做小说的方法，那是可以的。刚才看《大连丸》，做得好的，但怕登不出去，《新生》因为“有碍邦交”被禁止了。我看你可以留起各种稿子，将来按时代——在家——入伍——出走——编一本集子，是很有意义的。

我并未为自己所写人物感动过。各种事情刺戟我，早经麻木了，时时像一块木头，虽然有时会发火，但我自己也并不觉痛。

豫 又及 六，二七，下午

1 秋：指瞿秋白。

1935年6月27日　致山本初枝

拜启：惠函奉悉。得悉你的先生康复，可喜之至。但若动手术的话会更快恢复罢。增田一世翻译的《选集》已寄到二册，译得极出色。藤野先生是三十多年前仙台医学专门学校的解剖学教授，是真名实姓。该校现在已成为大学了，三四年前曾托友人去打听过，他已不在那里了。是否还在世，也不得而知。倘仍健在，已七十左右了。董康氏在日本讲演的事已见报。十年前他是司法部长，现在在上海当律师。因印制豪华书籍（复刻古本）而颇有名，但在中国算不得学者。老板因母亲病危归国，但闻病已痊愈，估计即将返沪。上海已进入梅雨期，天气恶劣不堪。我们仍健康，只是我年年瘦下去。没有办法，年纪大了且紧张地生活着。朋友中有许多人也劝我休息一二年，疗养一下，但也做不到。反正还不至于死罢，目前是放心的。前次惠函中曾提及天国一事，其实我是讨厌天国的。我大抵厌恶中国的善人们，如果将来与这样的人们居于一处，实在很难。增田一世译我的《中国小说史略》也已排字，是由“赛棱社”出版，估计是豪华版的本子罢。我写的书如此装饰而行于世之事，这是第一次。

鲁迅　上　六月二十七日

山本夫人

1935年6月28日　致胡风

来信收到。《铁流》之令人觉得有点空，我看是因为作者那时并未在场的缘故，虽然后来调查了一通，究竟和亲历不同，记得有人称之为“诗”，其故可想。左勤克[1]那样的创作法（见《译文》），是只能创作他那样的创作的。曹[2]的译笔固然力薄，但大约不至就根本的使它变成欠切实。看看德译本，虽然句子较为精练，大体上也还是差不多。

译果戈理，颇以为苦，每译两章，好像生一场病。德译本很清楚，有趣，但变成中文，而且还省去一点形容词，却仍旧累坠，无聊，连自己也要摇头，不愿再看。翻译也非易事。上田进的译本，现在才知道错误不少，而且往往将一句译成几句，近于解释，这办法，不错尚可，一错，可令人看得生气了。我这回的译本，虽然也蹩脚，却可以比日译本好一点。但德文译者大约是犹太人，凡骂犹太人的地方，他总译得隐藏一点，可笑。

《静静的顿河》我看该是好的，虽然还未做完。日译本已有外村的，现上田的也要出版了。

检易嘉[3]的一包稿子，有译出的高尔基《四十年》的四五页，这真令人看得悲哀。

猛克来信，有关于韩侍桁的，今剪出附上。韩不但会打破人的饭

1　左勤克：即左琴科。

2　曹：指曹靖华。

3　易嘉：指瞿秋白。

碗，也许会更做出更大的事业来的罢。但我觉得我们的有些人，阵线其实倒和他及第三种人一致的，虽然并无连络，而精神实相通。猛又来逼我关于文学遗产的意见，我答以可就近看日本文的译作，比请教“前辈”好得多。其实在《文学》上，这问题还是附带的，现在丢开了当面的紧要的敌人，却专一要讨论枪的亮不亮（此说如果发表，一定又有人来辩文学遗产和枪之不同的），我觉得实在可以说是打岔。我觉得现在以袭击敌人为第一火，但此说似颇孤立。大约只要有几个人倒掉，文坛也统一了。

叶君[1]曾以私事约我谈过几次，这回是以公事约我谈话了，已连来两信，尚未复，因为我实在有些不愿意出门。我本是常常出门的，不过近来知道了我们的元帅[2]深居简出，只令别人出外奔跑，所以我也不如只在家里坐了。记得托尔斯泰的什么小说说过，小兵打仗，是不想到危险的，但一看见大将面前防弹的铁板，却就也想到了自己，心跳得不敢上前了。但如元帅以为生命价值，彼此不同，那我也无话可说，只好被打军棍。

消化不良，人总在瘦下去，医生要我不看书，不写字，不吸烟——三不主义，如何办得到呢？

《新文学大系》中的《小说二集》出版了，便中当奉送一本。

此布，即请

夏安

豫 上 六月二十八日

此信是自己拆过的。 又及

1 叶君：指叶紫。

2 元帅：指周扬（1908—1989），原名运宜，字起应，作家，时任“左联”党团书记。

1935年6月29日　致赖少其[1]

少麒先生：

五月二八日的信早收到。文稿，并木刻七幅，后来也收到了。

太伟大的变动，我们会无力表现的，不过这也无须悲观，我们即使不能表现他的全盘，我们可以表现它的一角，巨大的建筑，总是一木一石叠起来的，我们何妨做做这一木一石呢？我时常做些另碎事，就是为此。

“连环图画”确能于大众有益，但首先要看是怎样的图画。也就是先要看定这画是给那一种人看的，而构图，刻法，因而不同。现在的木刻，还是对于智识者而作的居多，所以倘用这刻法于“连环图画”，一般的民众还是看不懂。

看画也要训练。十九世纪末的那些画派，不必说了。就是极平常的动植物图，我曾经给向来没有见过图画的村人看，他们也不懂。立体的东西变成平面，他们就万想不到会有这等事。所以我主张刻连环图画，要多采用旧画法。

文章应该怎样做，我说不出来，因为自己的作文，是由于多看和练习，此外并无心得或方法的。

那篇《刨烟工人》，写得也并不坏，只是太悲哀点，然而这是实

1　赖少其（1915—2000）：原名少麒，广东普宁市人，1934年起致力于木刻创作。

际所有，也没法子。这几天我想转寄给良友公司的《新小说》，看能否登出，因为近来上海的官府检查，真是严厉之极。还有《失恋》及《阿Q正传》各一幅，是寄给《文学》去了，倘检查官不认识墨水瓶上的是我的脸，那该是可以登出的。

专此布复，并颂

时绥。

迅 上 六月二十九日。

再：附上给唐英伟[1]先生的信，因为把他的通信地址遗失了，乞转寄为感。又及。

1 唐英伟（1915—？）：广东潮安人，1934年与李桦、赖少其等共同发起组织广州现代版画会。

1935年7月16日　致萧军

刘军兄：

十二日信并以前的一信，书，都收到的。关于出纪念册[1]的事，先前已有几个人提议过了，我不同意，也不愿意说明理由；不过如有一团要出，那自然是另一回事，只是我个[2]不加入。

对于书，并无什么意见。

月初因为见了几回一个老朋友，又出席于他女儿的结婚，把译作搁起起[3]了，后来须赶译，所以弄得没有工夫。今年也热，我们也都生痱子。我的房里不能装电扇，即能装也无用，因为会把纸张吹动，弄得不能写字，所以我译书的时候，如果有风，还得关起窗户来，这怎能不生痱子。对于痱子的药水，有Watson’s Lotion for Prickly Heat[4]，颇灵，大马路屈臣氏大药出售，我们近地是二元四角钱一瓶，我们三人大约一年用两瓶就够，你身体大，我怕搽一次就要1/4瓶，那可不得了了。

那书的装饰还不算坏，不过几条黑条乱一点。團写作团，难识，但再版时也无须改，看下去会知道的。

1　纪念册：指瞿秋白纪念册。

2　此处作者漏写一“人”字。

3　搁起起：即“搁起来”。

4　Watson’s Lotion for Prickly Heat：即屈臣氏去痱水。

近来真太没闲空了，《死魂灵》还只翻译了一章，今天放下，在做《文学》上的“论坛”，刚做完。其实《文学》和我并无关系，不过因为有些人要它灭亡，所以偏去支持一下，其实这也是自讨苦吃。《文坛三户》也是我做的，似乎很有些作家看了不高兴，但我觉得我说的是真话。这回做的是比较的无聊了，不会种下祸根。

贺贺你们的同居三年纪念。我们是相识十多年，同居七八年了，但何年何月何日是开始同居的呢，我可已经忘记了，只记得确是已经同居了而已。

许谢谢你送给她的小说，她正在看，说是好的。切光的都送了人，省得他们裁，我们自己是在裁着看。我喜欢毛边书，宁可裁，光边书像没有头发的人——和尚或尼姑。

此布，即请

俪安。

豫 上 七月十六日

附笺乞便中交芷[1]，不急。 又及。

1 芷：指叶紫。

1935年8月1日　致增田涉

八月二十二日信早已拜阅。想来你现在已盘坐在黄元工房了，因此将此信径寄惠昙村。

所赠《中国小说史》尚未收到，但内山书店则已有五册。我先买一册读过。引文中有原文、有注释，而且用了两种字体，校对想必是困难的，很感谢。我买的那一册，已经送给山本太太，否则她一定又要破费五元，那是不值当的事。今天到书店一看，只剩一册，都是和我相熟的人买去的。其实是老板要他们买的，似乎在大做宣传。

读了正宗氏[1]的短文，颇有同感。在这之前，还有乌丸求女[2]的文章，朋友剪送给我，我转给你。但其中引用长与氏[3]所写的“想进棺材去”云云，其实仅是我所说的一部分。当时我谈到中国有许多极好的材料都被糟蹋掉了。我举例说了这样的话：“例如把黑檀或阴沉木（类似日本的埋木，仙台有）做成馆材，陈列在上海大马路的玻璃橱窗里，用蜡擦得发亮，造得十分美观，我经过那里一看，对那种巧妙的做法颇感惊奇，就想钻进去了。”然而那时候长与氏不知是正同别人谈话，还是想别的事情，只摘用我末尾的话，就断定“阴黯、阴黯”。假如突然就讲那样的话，那就实在太愚蠢，并不仅仅是什么“凶险，阴

1　正宗氏：指正宗白鸟（1879—1962），日本作家。

2　乌丸求女：未详。

3　长与氏：指长与善郎（1888—1961），日本作家。

黯”的问题。总之，我和长与氏的会见，彼此都不愉快。

《十竹斋笺谱》第二册，完成了一半左右，由于营业萧条，工人有暇之故，这书进行得较快。照此进行，明春可望全部完工。平冢氏得到时自当寄去。另外，陈老莲的《酒牌》[1]正用珂罗版复制中。对我们这件工作，颇有些攻击的人，说是何以不去为革命而死，却在干这种玩艺儿。但我们装做不知道，还是在做珂罗版的工作。

为《世界文库》每月翻译果戈理的《死魂灵》，一次虽只三万字，但因难译，几乎要花三星期时间，弄得满身痱子。七月份稿子直到昨天才完成。

《文学》（一号）中“论坛”栏的《文坛三户》是拙作。还写了一篇《从帮忙到扯淡》，不许发表。所谓“扯淡”一词，实较难译。也就是没有可说而又强要说，既无帮闲的才能，又要做帮闲的事之类。

洛文　上　八月一夜

增田兄

1 《酒牌》：即《博古叶子》。

1935年8月19日　致曹靖华

汝珍兄：

十五日信收到，并译信，谢谢。不料他仍收不到中国纸，可惜，那就更无善法可寄了。

横肉[1]可厌之至，前回许宅婚礼时，我在和一个人讲中国的Facisti[2]，他就来更正道，有些是谣言。我因正色告诉他：我不过说的是听来的话，我非此道中人，当然不知道是真是假。他也很不快活。但此人之倾向，可见了。

寄给冶秋[3]一笺并稿（是为素元出纪念册用的），乞转交。兄也许要觉得奇怪，稿子为什要当信寄。但否则，邮局会要打开来看，查查稿中夹信否，待到看过，已打开，不能寄了。

闻青[4]将赴厦，如他过沪时要来看我，则可持附上之笺往书店，才可以找到。否则找我不着。因为我近来更小心，他们也替我小心，空手去找，大抵不睬了。但如不用，则望即毁去。

专此布达，即请

暑安。

豫 顿首 八月十九日

1　横肉：指李季谷。

2　Facisti：当为Fascisti，法西斯党。

3　冶秋：即王冶秋（1909—1987），又名野秋，安徽霍邱人，“左联”成员。

4　青：指台静农。

1935年8月24日　致胡风

二二日信收到。我家姑奶奶的生病，今天才知道的，真出乎意料之外。

《书简集》卖完了，还要来的，那时当托他留下一本。

那客人好像不大明白情形，这办不到，并非不办，是没法子想。信寄去了，很稳当的便人，必到无疑，至于何以没有回信，这边实在无从知道，也无能为力，而且他的朋友在那边是否肯证明，也是一个问题。

叶君他们，究竟是做了事的，这一点就好。至于我们的元帅的"悭吝"说，却有些可笑，他似乎误解这局面为我的私产了。前天遇见徐君，说第一期还差十余元……。我说，我一个钱也没有。其实，这是容易办的，不过我想应该大家出一点，也就是大家都负点责任。从我自己这面看起来，我先前实在有些"浪费"，固然，收入也多，但天天写许多字，却也苦。

田、华两公之自由，该是确的。电影杂志上，已有他们对于郑正秋的挽联等（铜板真迹），但我希望他们此后少说话，不要像杨邨人。

此复，即请

暑安。

豫 上 八月廿四日

1935年8月24日　致萧军

刘先生：

廿二信并书一包，均收到。又曾寄《新小说》一本，内有金人译文一篇，不知收到否？寄给《文学》的稿子，来信说要登，但九月来不及，须待十月，只得听之。良友也有信来，今附上。悄吟太太的稿子退回来了，他说“稍弱”，也评的并不算错，便中拟交胡，拿到《妇女生活》[1]去看看，倘登不出，就只好搁起来了。

《死魂灵》作者的本领，确不差，不过究竟是旧作者，他常常要发一大套议论，而这些议论，可真是难译，把我窘的汗流浃背。这回所据的是德译本，而我的德文程度又差，错误一定不免，不过比起英译本的删节，日译本的错误更多来，也许好一点。至于《奥罗夫妇》[2]的译者，还是一位名人，但他大约太用力于交际了，翻译就不大高明。

我看用我去比外国的谁，是很难的，因为彼此的环境先不相同。契诃夫[3]的想发财，是那时俄国的资本主义已发展了，而这时候，我正在封建社会里做少爷。看不起钱，也是那时的所谓“读书人家子弟”的通性。我的祖父是做官的，到父亲才穷下来，所以我其实是“破落户子弟”，不过我很感谢我父亲的穷下来（他不会赚钱），使我因此明

1 《妇女生活》：综合性月刊，1935年7月创刊，1936年7月改为半月刊。

2 《奥罗夫妇》：即高尔基著中篇小说《奥洛夫夫妇》，周笕（即周扬）译。

3 契诃夫（A.P.Chekhov，1860—1904）：俄国短篇小说家，剧作家。

白了许多事情。因为我自己是这样的出身，明白底细，所以别的破落户子弟的装腔作势，和暴发户子弟之自鸣风雅，给我一解剖，他们便弄得一败涂地，我好像一个“战士”了。使我自己说，我大约也还是一个破落户，不过思想较新，也时常想到别人和将来，因此也比较的不十分自私自利而已。至于高尔基，那是伟大的，我看无人可比。

前一辈看后一辈，大抵要失望的，自然只好用“笑”对付。我的母亲是很爱我的，但同在一处，有些地方她也看不惯。意见不一样，没有好法子想。

又热起来，痱子也新生了，但没有先前厉害。孩子的幼稚园中，一共只有十多个人，所以还不十分混杂，其实也不过每天去关他四个钟头，好给我清净一下。不过我在担心，怕将来会知道他是谁的孩子。他现在还不知我的名字，一知道，是也许说出去的。

此复，即请

俪安。

豫 上 八月廿四日

1935年9月1日 致萧军

张兄：

八月卅日信收到。同日收到金人稿费单一纸，今代印附上。又收到良友公司通知信，说《新小说》停刊了，刚刚“革新”，而且前几天编辑给我信，也毫无此种消息，而忽然“停刊”，真有点奇怪。郑君平[1]也辞歇了，你的那篇《军中》，便无着落。不知留有原稿否？但我尚当写信去问一问别人。

胡怀琛[2]的文章，都是些可说可不说的话，此人是专做此类文章的。《死灵魂》的原作，一定比译文好，就是德文译，也比中译好，有些形容辞之类，我还安排不好只好略去，不过比两种日本译本却较好，错误也较少。瞿若不死，译这种书是极相宜的，即此一端，即足判杀人者为罪大恶极。

孟[3]的性情，我看有点儿神经过敏，但我决计将金人的信寄给他，这是于他有益的。大家都没有恶意，我想，他该能看得出来。

卢森堡[4]的东西，我一点也没有。

“土匪气”很好，何必克服它，但乱撞是不行的。跑跑也好，不过

1 郑君平：即郑伯奇（1895—1979），原名隆谨，字伯齐，陕西长安人。1932年春化名郑君平入良友图书公司做编辑，1935年离职。

2 胡怀琛（1886—1938）：字寄尘，安徽泾县人，作家，编辑。

3 孟：指孟十还。

4 卢森堡：疑指罗莎·卢森堡（Rosa Luxemburg，1871—1919），德国人，马克思主义思想家、理论家。

上海恐怕未必宜于练跑；满洲人住江南二百年，便连马也不会骑了，整天坐茶馆。我不爱江南。秀气是秀气的，但小气。听到苏州话，就令人肉麻。此种言语，将来必须下令禁止。

孩子有时是可爱的，但我怕他们，因为不能和他们为敌，一被缠，即无法可想，例如郭林卡[1]即是也。我对付自己的孩子，也十分吃力，总算已经送进幼稚园去了，每天清静半天。今年晒太阳不十分认真，并不很黑，身子长了些，却比春天瘦了，我看这是必然的，从早晨起来闹到晚上睡觉，中间不肯睡中觉，当然不会胖。

痱子又好了。

天马书店我曾经和他们有过交涉；开首还好，后来利害起来，而且不可靠了，书籍由他出版，他总不会放松的。

因为打杂，总不得清闲。《死魂灵》于前天才交卷，再一月，第一卷完了。第二卷是残稿，无甚趣味。

我们如略有暇，当于或一星期日去看你们。

此布，即颂

俪祉。

豫 上 九月一夜。

1 郭林卡：《表》的主人公。

1935年9月12日　致胡风

十一日信收到。三郎的事情[1]，我几乎可以无须思索，说出我的意见来，是：现在不必进去。最初的事，说起来话长了，不论它；就是近几年，我觉得还是在外围的人们里，出几个新作家，有一些新鲜的成绩，一到里面去，即酱在无聊的纠纷中，无声无息。以我自己而论，总觉得缚了一条铁索，有一个工头在背后用鞭子打我，无论我怎样起劲的做，也是打，而我回头去问自己的错处时，他却拱手客气的说，我做得好极了，他和我感情好极了，今天天气哈哈哈……。真常常令我手足无措，我不敢对别人说关于我们的话，对于外国人，我避而不谈，不得已时，就撒谎。你看这是怎样的苦境？

我的这意见，从元帅看来，一定是罪状（但他和我的感情一定仍旧很好的），但我确信我是对的。将来通盘筹算起来，一定还是我的计画成绩好。现在元帅和“忏悔者”们的联络加紧（所以他们的话，在我们里面有大作用），进攻的阵线正在展开，真不知何时才见晴朗。倘使削弱外围的力量，那是真可以什么也没有的。

龟井[2]的文章，立意的大部分是在给他们国内的人看的，当然不免有“借酒浇愁”的气味。其实，我的有些主张，是由许多青年的血换来的，他一看就看出来了，在我们里面却似乎无人注意，这真不能

1　三郎的事情：指萧军参加“左联”一事。

2　龟井：龟井胜一郎（1907—1966），日本文艺评论家。

不“感慨系之”。李“天才”[1]正在和我通信，说他并非“那一伙”，投稿是被拉，我也回答过他几句，但归根结蒂，我们恐怕总是弄不好的，目前也不过“今天天气哈哈哈——”而已。

我到过前清的皇宫，却未见过现任的皇宫，现在又没有了拜见之荣，残念残念。但其カワリノ河清[2]要请客了，那时谈罢。我们大约一定要做第二，第三……试试也好。《木屑》[3]已算账，得钱十六元余，当于那时面交，残本只有三本了，望带二三十本来，我可以再交去发售。

今天要给《文学》做“论坛”，明知不配做第二，第三，却仍得替状元捧场，一面又要顾及第三种人，不能示弱，此所谓“哑子吃黄连”——有苦说不出也。专此布达，即请

“皇”安。

豫 上 九月十二日

1 李“天才”：指李长之（1910—1978），原名长治、长植，山东利津人，作家。他的文章中常有关于“天才”的议论。

2 カワリノ：日语，意为幸而。河清：即黄源。

3 《木屑》：即《木屑文丛》，胡风编辑的文艺刊物，1935年4月在上海创刊，仅出一期。

1935年9月20日　致蔡斐君[1]

斐君先生：

八月十一日信，顷已收到；前一回也收到的，因为我对于诗是外行，所以未能即复，后来就被别的杂事岔开，压下了。

现在也还是一样：我对于诗一向未曾研究过，实在不能说些什么。我以为随便乱谈，是很不好的。但这回所说的两个问题，我以为先生的主张，和我的意见并不两样，这些意见，也曾另另碎碎的发表过。其实，口号是口号，诗是诗，如果用进去还是好诗，用亦可，倘是坏诗，即和用不用都无关。譬如文学与宣传，原不过说：凡有文学，都是宣传，因为其中总不免传布着什么，但后来却有人解为文学必须故意做成宣传文字的样子了。诗必用口号，其误正等。

诗须有形式，要易记，易懂，易唱，动听，但格式不要太严。要有韵，但不必依旧诗韵，只要顺口就好。

至于诗稿，却实在无法售去，这也就是第三个问题，无法解决。自己出版，本以为可以避开编辑和书店的束缚的了，但我试过好几回，无不失败。因为登广告还须付出钱去，而托人代售却收不回钱来，所以非有一宗大款子，准备化完，是没有法子的。

1　蔡斐君（1915—1995）：本名蔡健，湖南攸县人，诗歌爱好者。

专此布复，并颂

时绥。

迅 上 九月二十日。

1935年9月24日　致黄源

河清先生：

前天沈先生[1]来，说郑先生[2]前去提议，可调解《译文》事：一，合同由先生签名；但，二，原稿须我看一遍，签名于上。当经我们商定接收；惟看稿由我们三人轮流办理，总之每期必有一人对稿子负责，这是我们自己之间的事，与书店无关。只因未有定局，所以没有写信通知。

今天上午沈先生和黎先生[3]同来，拿的是胡先生[4]的信，说此事邹先生[5]不能同意，情愿停刊。那么，这事情结束了。

他们那边人马也真多，忽而这人，忽而那人。回想起来：第一回，我对于合同已经签字了，他们忽而出了一大批人马，翻了局面；第二回，郑先生的提议，我们接收了，又忽而化为胡先生来取消。一下子对我们开了两回玩笑，大家白跑。

但当时我曾提出意见，说《译文》如果停刊，可将已排的各篇汇齐，出一“终刊号”。这一点，胡先生的信里说书店方面是同意的，所以已由我们拟了一个“前记”，托沈先生送去，稿子附上，此一点请先

1　沈先生：指沈雁冰（茅盾）。

2　郑先生：指郑振铎。

3　黎先生：指黎烈文。

4　胡先生：指胡愈之。

5　邹先生：指邹韬奋。

生豫备一下，他们如付印，就这样的付印，一面并将原稿收好，以免散失，因为事情三翻四复，再拉倒也说不定的。

先前我还说过，倘书店不付印，我们当将纸板赎回，自己来印，但后来一想，这一来，交涉就又多了，所以现又追着告诉沈先生，不印就不印，不再想赎回纸板。

我想，《译文》如停刊，就干干净净的停刊，不必再有留恋，如自己来印终刊号之类，这一点力量，还是用到丛书上去罢。

专此布复，即请

撰安。

迅 上 九月二十四下午

1935年10月3日 致唐诃[1]

唐诃先生：

两信都已收到。我大约并没有先生们所豫想的悠游自在，所以复信的迟延，是往往不免的，因此竟使先生们“老大的失望”，真是抱歉得很。但我并没有什么“苦衷”，请先生不必加以原谅，而且我还得声明：我并不是“对青年热心指导的人”，以后庶不至于误解。

来信所要求的两件事——

一、西欧名作不在身边，无法交出。

二、款子敬遵来谕，认捐二十元。但我无人送上，邮汇又不便，所以封入信封中，放在书店里。附上一笺，请持此笺费神前去一取，一定照交。

信封中另有八元，是段干青[2]先生的木刻，在《文学》上登载后的发表费，先前设法打听他的住址，终不得，以致无法交出。现想先生当可转辗查明，所以冒昧附上，乞设法转交为荷。

那么，我的信，这也是“最终一次”了。

祝

安好。

何 干 十月三日

1 唐诃（1913—1984）：原名田际华，山西汾阳人，曾向鲁迅写信请教木刻及办刊问题。

2 段干青（1902—1956）：原名兴邦，山西运城人，“平津木刻研究会”成员。

1935年10月4日　致萧军

刘兄：

一日的信收到两天了。对于《译文》停刊事，你好像很被激动，我倒不大如此，平生这样的事情遇见的多，麻木了，何况这还是小事情。但是，要战斗下去吗？当然，要战斗下去！无论它对面是什么。

黄先生[1]当然以不出国为是，不过我不好劝阻他。一者，我不明白他一生的详细情形，二者，他也许自有更远大的志向，三者，我看他有点神经质，接连的紧张，是会生病的——他近来较瘦了——休息几天，和太太会会也好。

丛书和月刊，也当然，要出下去。丛书的出版处，已经接洽好了，月刊我主张找别处出版，所以还没有头绪。倘二者一处出版，则资本少的书店，会因此不能活动，两败俱伤。德国腓立大帝[2]的“密集突击”，那时是会打胜仗的，不过用于现在，却不相宜，所以我所采取的战术，是：散兵战，堑壕战，持久战——不过我是步兵，和你炮兵的法子也许不见得一致。

《死魂灵》已于上月底交去第十一章译稿，第一部完了，此书我不想在《世界文库》上中止，这是对于读者的道德，但自然，一面也受人愚弄。不过世事要看总账，到得总结的时候，究竟还是他愚弄我

1　黄先生：指黄源。

2　腓立大帝：即普鲁士国王腓特烈二世（Friedrich Ⅱ，1712—1786）。

呢，还是愚弄了自己呢，却不一定得很。至于第二部（原稿就是不完的）是否仍给他们登下去，我此时还没有决定。

现在正在赶译这书的附录和序文，连脖子也硬的不大能动了，大约二十前后可完，一面已在排印本文，到下月初，即可以出版。这恐怕就是丛书的第一本。

至于我的先前受人愚弄呢，那自然；但也不是第一次了，不过在他们还未露出原形，他们做事好像还于中国有益的时候，我是出力的。这是我历来做事的主意，根柢即在总账问题。即使第一次受骗了，第二次也有被骗的可能，我还是做，因为被人偷过一次，也不能疑心世界上全是偷儿，只好仍旧打杂。但自然，得了真赃实据之后，又是一回事了。

那天晚上，他们开了一个会，也来找我，是对付黄先生的，这时我才看出了资本家及其帮闲们的原形，那专横，卑劣和小气，竟大出于我的意料之外，我自己想，虽然许多人都说我多疑，冷酷，然而我的推测人，实在太倾于好的方面了，他们自己表现出来时，还要坏得远。

以下答家常话：

孩子到幼稚园去，还愿意，但我怕他说江苏话，江苏话少用N音结末，譬如“三”，他们说See，“南”，他们说Nee，我实在不爱听。他一去开，就接连的要去；礼拜天休息一天，第二天就想逃学——我看他也不像肯用功的人。

我们都好的，我比较的太少闲工夫，因此就有时发牢骚，至于生活书店事件，那倒没有什么，他们是不足道的，我们只要干自己的就好。

昨天到巴黎大戏院去看了《黄金湖》，很好，你们看了没有？下回是罗曼谛克[1]的《暴帝情鸳》，恐怕也不坏，我与其看美国式的发财结婚影片，宁可看《天方夜谈》一流的怪片子。

专此布复，并颂

俪安。

豫 上 十月四日

1 罗曼谛克：英语romantic的音译，即浪漫。

1935年10月20日　致孟十还

十还先生：

十七夜信收到。《译文》自然以复活为要，但我想最好是另觅一家出版所，因为倘与丛书一家出版，能将他们经济活动力减少，怕弄到两败俱伤，所以还不如缓缓计议。现在第一着是先出一两本丛书。

《死魂灵》第一部，连附录也已译完，昨天止又译了一篇德译本原有的序，是N.Kotrialevsky[1]做的，一万五千字，也说了一点果氏作品的大略。至于第一本上的总序，还是请先生译阿苏庚[2]的——假如不至于有被禁之险的话。这种序文，似乎不必一定要国货，况且我对于G[3]的理解力，不会比别的任何人高。

当在译K氏序时，又看见了《译文》终刊号上耿济之[4]先生的后记，他说G氏一生，是在恭维官场；但K氏说却不同，他以为G有一种偏见，以为位置高的，道德也高，所以对于大官，攻击特少。我相信K氏说，例如前清时，一般人总以为进士翰林，大抵是好人，其中并无故意的拍马之意。况且那时的环境，攻击大官的作品，也更难以发表。试看G氏临死时的模样，岂是谄媚的人所能做得出来的。我因

1　N.Kotrialevsky：内斯妥尔 · 珂德略来夫斯基（1863—1925），俄国文学史家。

2　阿苏庚：苏联文学研究家、传记作家，生卒年不详。

3　G：指果戈里。

4　耿济之（1899—1947）：原名耿匡，上海人，翻译家。

此颇慨叹中国人之评论人，大抵特别严酷，应该多译点别国人做的评传，给大家看看。

承示洋泾浜[1]的法国语，甚感，倘校样时来得及，当改正——现在他们还未将末校给我看。Ss，德译如此，那么，这是译俄字母的“C”的了。我所有的一本英译，非常之坏，删节极多，例如《戈贝金大尉的故事》，删得一个字也不剩。因此这故事里的一种肴馔的名目，也译不出，德文叫Finserb，但我的德文字典里没有。

关于Lermontov[2]的小说的原文，在我这里，当设法寄上，此书插画极好，《译文》里都制坏了，将来拟好好的印一本，以作译者记念。

专此布复，即颂

时绥。

豫 上 十月二十日

1 洋泾浜：指没有受过正规外语教育的人说的蹩脚外语。

2 Lermontov：莱蒙托夫（1814—1841），俄国诗人、作家。

1935年11月5日　致王冶秋

野秋兄：

十月二十八日信收到；前一信并《唐代文学史》[1]，也收到的。关于近代文学史的材料，我无可帮助，因为平时既不收集，偶有的一点，也为了搬来搬去，全都弄掉了。《导报》尚有，当寄上；阿英[2]的那一本尚未出，出后当寄上，我想大约在年底罢。

讲文学的著作，如果是所谓“史”的，当然该以时代来区分，“什么是文学”之类，那是文学概论的范围，万不能牵进去，如果连这些也讲，那么，连文法也可以讲进去了。史总须以时代为经，一般的文学史，则大抵以文章的形式为纬，不过外国的文学者，作品比较的专，小说家多做小说，戏剧家多做戏剧，不像中国的所谓作家，什么都做一点，所以他们做起文学史来，不至于将一个作者切开。中国的这现象，是过渡时代的现象，我想，做起文学史来，只能看这作者的作品重在那一面，便将他归入那一类，例如小说家也做诗，则以小说为主，而将他的诗不过附带的提及。

我今年不过出了几本翻译，当寄上，但望即告我收信人的姓名，以用那几个字为宜，因为寄书要挂号，收信人须用印章的。又南阳石

1 《唐代文学史》：王冶秋著，署名王野秋。

2　阿英：即钱杏邨（1900—1977），安徽芜湖人，剧组家，文学理论家。

刻拓费，拟寄上三十元，由兄转交，不知可否，并望即见复。专此布复，即颂

时绥。

迅 上 十一月五日

回信可仍寄书店转交，不致失落的。 又及。

1935年12月3日　致山本初枝

拜启：

久疏问候。你送给孩子的有平糖今日已经收到，甚感。上海已转寒。近来这一带虽热闹起来，却又谣言四起，许多人搬走了，因此颇见冷清。内山老板的店里似乎也比较空闲。夜晚尤其静寂，如居于乡间。再要恢复原来样子，恐怕又须半年光景。老板的《活中国的姿态》虽已出版，但仅看到样本。增田一世曾自东京寄来一信，现已回家了罢。我还是忙，因为不得不写。但苦于没东西可写，想写的则又不能发表。近来大抵事先什么都不想，在桌前一坐，把笔塞在手里。这样一来，令人费解的东西就自然而然地写出来，也就是说，做出了所谓的作文，有时人是可以变成机器的。一旦变成了机器，颇觉无聊，没办法，就去看电影。但电影也没有好的，上月看了杰克·伦敦的《野性的呼声》，大吃一惊，已与小说迥然不同。今后对于名著改编的电影再不敢领教了。孩子在换门牙。从秋天起，送他进了幼稚园，学到所谓铜板是很重要的东西这种宝贵的知识。这是因看了同学买各种食物吃的缘故。不过，因此次谣言而搬家人多，现在同学已只有六人。不知那个幼稚园能坚持到何时。

鲁迅　拜呈　十二月三夜

山本夫人

1935年12月19日　致曹靖华

汝珍兄：

十五日信已到，并代译的信，谢谢！

上海一切如故，出版界上，仍然狐鼠成群，此辈决不会改悔。近来始有“保护正当舆论”之说，“正当”二字，加的真真聪明，但即使真加保护，这代价也可谓大极。不过这也是空言，畏强者，未有不欺弱的。

谛君[1]之事，报载未始无因，《译文》之停刊，颇有人疑他从中作怪，而生活书店貌作左倾，一面压迫我辈，故我退开。但《死魂灵》第一部，实已登毕。

青年之遭惨遇，我已目睹数次，真是无话可说，那结果，是反使有一些人可以邀功，一面又向外夸称“民气”。当局是向来媚于权贵的。高教此后当到处扫地，上海早不成样子。我们只好混几天再看。

书的销路，也大跌了，北新已说我欠账，但是他们玩的花样，亦未可知。于我的生活，此刻尚可无影响，俟明年再看。寓中均安，可请勿念。史兄病故[2]后，史嫂由其母家接去，云当旅行。三月无消息。兄如与三兄[3]通信，乞便中一问，究竟已到那边否。

专此布达，即请

冬安。

弟豫 上 十二月十九日

1　谛君：指郑振铎。

2　史兄病故：隐指瞿秋白遇害，史铁儿是其笔名之一。

3　三兄：指萧三，当时在苏联。

1936年1月5日　致曹靖华

汝珍兄：

一月一日信收到。《城与年》说明，早收到了，但同时所寄的信一封，却没有，恐已失落。黄米已收到，谢谢；陈君[1]函约于八日上午再访我，拟与一谈。

北方学校事，此地毫无所知，总之不会平静，其实无论迁到那里，也决不会平安。我看外交不久就要没有问题，于是同心协力，整顿学风，学生又要吃苦了。此外，则后来之事，殊不可知，只能临时再定办法。

新月博士[2]常发谬论，都和官僚一鼻孔出气，南方已无人信之。

《译文》恐怕不能复刊。倘是少年读物，我看是可以设法出版的，译成之后，望寄下。

上海今年过年，很静，大不如去年，内地穷了，洋人无血可吸，似乎也不甚兴高采烈。我们如常，勿念。我仍打杂，合计每年译作，近三四年几乎倍于先前，而有些英雄反说我不写文章，真令人觉得奇怪。

它嫂已有信来，到了那边了。我们正在为它兄印一译述文字的集子，第一本约三十万字，正在校对，夏初可成。前（去年）寄《文学百

1　陈君：指邹素寒（1909—1959），辽宁辽阳人。当时以北平学联代表身份，化名陈蜕到上海参加全国学联筹备工作。

2　新月博士：指胡适。

科辞典》两本，不知已到否？

专此布复，即请

春安。

弟豫 上 一月五夜。

1936年1月22日　致胡风

又要过年了，日报又休息，邮局大约也要休息，这封信恐怕未必一两天就到，但是，事情紧急，写了寄出罢。

虽说“事情紧急”，然而也是夸大之辞。第一是催你快点给我前几天请愿的材料之类集一下，愈快愈好；第二，是劝你以后不要在大街上赛跑；第三是通知你：据南京盛传，我已经转变了。

第四，是前天得周文[1]信，他对于删文事件，似乎气得要命，大有破釜沉舟，干它一下之概。我对于他的办法，大有异议。他说信最好由良友之汪[2]转寄，而汪公何名，我亦不知，如何能转。所以我想最好于明年小饭店开张时，由你为磨心，定一地点和日期，通知我们，大家谈一谈，似乎比简单的写信好。此事已曾面托悄吟太太转告，但现在闲坐无事，所以再写一遍。也因心血来潮，觉得周文反会中计之故也。专此布达，

并请

俪安。

树　顿首　夏历十二月二十八日

1　周文（1907—1952）：原名何稻玉，笔名何谷天、周文等，四川荥经人，“左联”成员。他在《文学》发表的短篇小说《山坡上》被编辑傅东华所删。

2　汪：指汪仑（1912—1991），安徽合肥人，“左联”成员，时任良友图书公司美术编辑。

1936年2月3日　致增田涉

拜启：

一月廿八日信拜阅。我们都很健康，但有忙碌的人，也有吵闹的人，总之是乱七八糟。

《新文学大系》的事，已于年前问过，书店说从一册至九册均已寄出，未知确否？盼复，如不确，当再查询，第十册尚未出版。

叶[1]的小说，因所谓“身边琐事”那种东西多，我不喜欢。

《故事新编》是改写传说等，是无聊的东西。明天托老板寄上。

《陀的事》本是受三笠书房之托，说要作广告之用才写的，书房又把它转给改造社。写前我曾托他们修改得好懂些，总满口应承，原稿一到手，就原封不动地登出来。这样的事已不止一次，我想今后最好是不写。

和名流的会见，也还是停止为妙。野口[2]先生的文章，没有将我所讲的全部写进去，所写部分，恐怕也为了发表的缘故，而没有按原意写。长与先生的文章更严重。我想日本作家和中国作家之间的意思完全相通是困难的，首先是处境和生活都不相同。

森山[3]先生的文章读过。林[4]先生的文章终未读到，到杂志部去

1　叶：指叶圣陶。

2　野口：即野口米次郎。

3　森山：森山启（1904—1991），日本作家，诗人。

4　林：林房雄（1903—1975），日本作家。

找，似已卖完。我国的田汉君，我以为颇似这位先生。田君被捕，已获保释，现正为南京政府（当然同时也为艺术）大肆活动。这么说虽有点随意，因为他说唯正义和真理永远附于田君身上，总觉得有点问题了。

《十竹斋笺谱》的进行太慢，第二册尚未出版。

迅　拜上　二月三日

增田兄几下

1936年2月19日　致夏传经[1]

传经先生：

蒙惠函谨悉。《竖琴》的前记，是被官办的检查处删去的，去年上海有这么一个机关，专司秘密压迫言论，出版之书，无不遭其暗中残杀，直到杜重远[2]的《新生》事件，被日本所指摘，这才暗暗撤消。《野草》的序文，想亦如此，我曾向书店说过几次，终于不补。

《高尔基文集》非我所译，系书店乱登广告，此书不久当有好译本出版，颇可观。《艺术论》等久不印，无从购买。我所译著的书，别纸录上，及编译的，惟《引玉集》，《小约翰》，《死魂灵》三种尚佳，别的皆较旧，失了时效，或不足观，其实是不必看的。

关于研究文学的事，真是头绪纷繁，无从说起：外国文却非精通不可，至少一国，英法德日都可，俄更好。这并不难，青年记性好，日记生字数个，常常看书，不要间断，积四五年，一定能到看书的程度的。

经历一多，便能从前因而知后果，我的预测时时有验，只不过由此一端，但近来文网日益，虽有所感，也不能和读者相见了。

匆此奉复，并颂

春禧

迅 上 二月十九夜。

1　夏传经：生卒年不详，当时南京盛记布庄店员。

2　杜重远（1899—1943）：吉林怀德人，1934年在上海创办并主编《新生》周刊。

作　坟　两地书（信札）以上北新　南腔北调集　准风月谈以上内山

故事新编昆明路德安里二十号文化生活出版社

编　小说旧闻钞　唐宋传奇集以上联华　引玉集（苏联木刻）内山

译　壁下译丛（已旧）　思想·山水·人物（同上）　近世美术史潮论（太专）　一个青年的梦（绝版）

工人绥惠略夫（同上）以上北新　桃色的云（尚可）　小约翰（好）以上生活　俄罗斯的童话（尚可）

死魂灵（好）以上文化　十　月（尚可）神州国光社　爱罗先珂童话集（浅）商务印书馆

卢氏艺术论　新兴艺术的诸问题　普氏艺术论　文艺与批评

文艺政策以上皆被禁止或绝版，无从购买。

1936年2月21日　致曹聚仁

聚仁先生：

奉惠函后，记得昨曾答复一信，顷又得十九日手书，蒙以详情见告。我看这不过是一点小事情，一过也就罢了。

我不会误会先生。自己年纪大了，但也曾年青过，所以明白青年的不顾前后，激烈的热情，也了解中年的怀着同情，却又不能不有所顾虑的苦心孤诣。现在的许多论客，多说我会发脾气，其实我觉得自己倒是从来没有因为一点小事情，就成友或成仇的人。我还不少几十年的老朋友，要点就在彼此略小节而取其大。

《海燕》虽然是文艺刊物，但我看前途的荆棘是很多的，大原因并不在内容，而在作者。说内容没有什么，就可以平安，那是不能求之于现在的中国的事。其实，捕房的特别注意这刊物，是大有可笑的理由的。

专此奉复，并颂

著安

迅 上 二月二十一日

别一笺乞转交。

1936年2月21日　致徐懋庸

徐先生：

十九日信收到。那一回发信后，也看见先生的文章了，我并不赞成。我以为那弊病也在视小说为非斥人则自况的老看法。小说也如绘画一样，有模特儿，我从来不用某一整个，但一肢一节，总不免和某一个相似，倘使无一和活人相似处，即非具象化了的作品，而邱先生却用抽象的封皮，把《出关》封闭了。关于这些事，说起来话长，我将来也许写出一点意见。

那《出关》，其实是我对于老子思想的批评，结末的关尹喜的几句话，是作者的本意，这种“大而无当”的思想家，是不中用的，我对于他并无同情，描写上也加以漫画化，将他送出去。现在反使“热情的青年”看得寂寞，这是我的失败。但《大公报》的一点介绍，他是看出了作者的用意的。

我当于二十八日（星期五）午后二时，等在书店里。

专此布复，即颂

时绥。

迅　上　二月二十一日

1936年3月18日　致欧阳山、草明[1]

谢谢你们的来信。

其实我的生活，也不算辛苦。数十年来，不肯给手和眼睛闲空，是真的，但早已成了习惯，不觉得什么了。

这回因为天气骤冷，而自己不小心，受了烈寒，以致气管痉挛，突然剧烈的气喘，幸而医生恰在身边，立刻注射，平复下去了，大约躺了三天，此后逐渐恢复，现在好了不少，每天可以写几百字了，药也已经停止。

中国要做的事很多，而我做得有限，真是不值得说的。不过中国正需要肯做苦工的人，而这种工人很少，我又年纪渐老，体力不济起来，却是一件憾事。这以前，我是不会受大寒或大热的影响的。不料现在不行了，此后会不会复发，也是一个疑问。然而气喘并非死症，发也不妨，只要送给它半个月的时间就够了。

我的娱乐只有看电影，而可惜很少有好的。此外看看"第三种人"之流，一个个的拖出尾巴来，也是一种大娱乐；其实我在作家之中，一直没有失败，要算是很幸福的，没有可说的了，气喘一下，其实也不要紧。

但是，现在是想每天的劳作，有一个限制，不过能否实行，还是

1　欧阳山（1908—2000）：原名杨凤岐，笔名罗西，湖北荆州人。草明（1913—2002）：原名吴绚文，广东顺德人。二人均为"左联"成员，在上海从事文学创作。

说不定，因为作文不比手艺，可以随时开手，随时放下的。

今天译了二千字，这信是夜里写的，你看，不是已经恢复了吗？请放心罢。

专此布复，并颂

1936年3月24日　致曹靖华

汝珍兄：

记得四五个星期之前，曾经收到来信，这信已经失去了，忘了那一天发的。只记得其中嘱我缓寄书，但书已于早一两天寄出。不知现在收到了没有。

《译文》已复刊，《远方》全部登在第一本特大号里，得发表费百二十元，今由商务馆汇出，附上汇单一纸，请往瑠璃厂分馆一取为荷。将来还可以由原出版者另印单行本发售，但后来的版税，是比较的不可靠的。

上海真是流氓世界，我的收入，几乎被不知道什么人的选本和翻板剥削完了。然而什么法子也没有。不过目前于生活还不受影响，将来也许要弄到随时卖稿吃饭。

月初的确生了一场急病，是突然剧烈的气喘，幸而自己早有一点不好的感觉，请了医生，所以这时恰好已到，便即注射，平静下去了。躺了三天，渐能起坐，现在总算已经复元，但还不能多走路。

寓中的女人孩子，是都康健的。

兄阖府如何，甚念。此信到后，望给我一封信。

10-169

专此布达，即请

春安。

弟豫 顿首 三月廿四日

附汇单一张。

1936年3月26日　致曹白[1]

曹白先生：

二十三日的信并木刻一幅都收到。中国的木刻展览会开过了，但此后即寂然无闻，好像为开会而木刻似的。其实是应该由此产生一个团体，每月或每季征集作品，精选之后，出一期刊，这才可以使大家互相观摩，得到进步。

我的生活其实决不算苦。脸色不好，是因为二十岁时生了胃病，那时没有钱医治，拖成慢性，后来就无法可想了。

苏联的版画确是大观，但其中还未完全，有几个有名作家，都没有作品。新近听说有书店承印出品，倘使印刷不坏，是于中国有益的。

您所要的两种书，听说书店已将纸板送给官老爷，烧掉了，所以已没得买。即有，恐怕也贵，犯不上拿做苦工得来的钱去买它。我这里还有，可以奉送，书放在书店里，附上一条，便中持条去取，他们会付给的（但星期日只午后一至六点营业）。包中又有小说一本，是新出的。又《引玉集》一本，亦苏联版画，其中数幅，亦在这回展览。此书由日本印来，印工尚佳，看来信语气，似未见过，一并奉送（倘已有，可转送人，不要还我了）。再版卖完后，不印三版了。现在正在计画另印一本木刻，也是苏联的，约六十幅，叫作《拈花集》。

1　曹白（1914—2007）：原名刘平若，江苏江阴人，在上海从事木刻创作。

人生现在实在苦痛，但我们总要战取光明，即使自己遇不到，也可以留给后来的。我们这样的活下去罢。

但是您似乎感情太胜。所以我应该特地声明，我目前经济并不困难，送几本书，是毫无影响的，万不要以为我有了什么损失了。

专此布复，即颂

时绥。

迅 上 三月廿六夜。

1936年3月28日　致增田涉

二十一日信到手。由惠昙村[1]发出的信，也早收到。我以为你很快去东京，故未回信。《故事新编》中的《铸剑》，确是写得较为认真。但是根据忘记了，因为是取材于幼时读过的书，我想也许是在《吴越春秋》[2]或《越绝书》[3]里面。日本的《中国童话集》之类也有，记得是看见过的。

日本最近好像很喜爱“全集”这个词儿。

在《铸剑》里，我以为没有什么难懂的地方。但想要提醒的是，那里面的歌，并未表现出明白的意思。因为是奇怪的人和头颅唱出来的歌，我们这种普通人是难以理解的。第三首歌的确是华丽而雄壮的，但“堂哉皇哉兮嗳嗳唷”中的“嗳嗳唷”是用于猥琐的小曲的唱法。

我欢快地期待五月上旬或中旬的到来。上海也和五六年前的上海不大相同，不过聊当“转换心情”之药，也未尝不可。我早已不住以前的公寓，我这次的住址，一问内山老板便知。

本月初，因未注意疲劳和寒冷，致患急症，卧床多日，顷已大致痊愈，仍旧译作。

1　惠昙村：位于日本岛根县八束郡，增田涉的故乡。

2 《吴越春秋》：东汉赵晔（？ —约83）撰，是一部记述春秋战国时期吴、越两国史事为主的史学著作。

3 《越绝书》：成书于东汉前，主要记述春秋末年至战国初期吴越争霸的历史。

郑振铎因活动过多，对《十竹斋笺谱》督促不力，现在第三册好容易才刻好，即将付印，不到明年全部（四册）是出不成的。

迅　拜　三月二十八日

增田兄

1936年4月5日　致王冶秋

冶秋兄：

三月三十日信已收到；先前的两封，也收到的。开初未复，是因为忙。我在这里，有些英雄责我不做事，而我实日日译作不息，几乎无生人之乐，但还要受许多闲气，有时真令人愤怒，想什么也不做，因为不做事，责备也就没有了。到三月初，为了疲乏和受寒，骤然气喘，我以为要死了，倒也坦然，但终经医师注射，逐渐安静，卧床多日，渐渐起来，而一面又得渐渐的译作；现在可说已经大略全愈，但做一点事，就觉得困乏，此病能否不再发，也说不定的。

我们████[1]里，我觉得实做的少，监督的太多，个个想做“工头”，所以苦工就更加吃苦。现此翼已经解散，别组什么协会之类，我是决不进去了。但一向做下来的事，自然还是要做的。

那位研究生物学的学生的事情，问是问过了，此地无法可想。商务馆虽然也卖标本，但它是贩来的。有人承办，忽而要一只鸭，忽而要一只猫头鹰，很难，而没有钱赚，此人正在叫苦连天。

序跋你如果集起来，我看是有地方出版的；不过有许多篇，只有我有底子，如外国文写的，及给人写了而那书终未出版的之类，将来当代添上。至于那篇四六文，是《淑姿的信》的序，初版已卖完，闻已

1　此处文字在手稿中被涂抹。

改由联华书店出版，但我未见过新版，你倘无此书，我也可以代补的。

《文学大系》序的不能翻印是对另印而言，如在《序跋集》里，我看是不成问题的。他们和我订约时，有不另印的话，但当付稿费时，他们就先不守约。

盛成[1]先生的法文，听说也是不甚可解的。

我的文章，未有阅历的人实在不见得看得懂，而中国的读书人，又是不注意世事的居多，所以真是无法可想。看看近来的各种刊物，昏话之多，每与十年前相同，但读者的眼光，却究竟有进步，昏话刊物，很难久长。还可以骗人的是说英雄话。

我新近出了一本《故事新编》，想尚未见，便中当寄上。

此复，即颂

时绥。

树 上 四月五夜

1 盛成（1899—1996）：江苏仪征人，旅居法国多年，诗人。

1936年4月15日　致颜黎民[1]

颜黎民君：

昨天收到十日来信，知道那些书已经收到，我也放了心。你说专爱看我的书，那也许是我常论时事的缘故。不过只看一个人的著作，结果是不大好的：你就得不到多方面的优点。必须如蜜蜂一样，采过许多花，这才能酿出蜜来，倘若叮在一处，所得就非常有限，枯燥了。

专看文学书，也不好的。先前的文学青年，往往厌恶数学，理化，史地，生物学，以为这些都无足重轻，后来变成连常识也没有，研究文学固然不明白，自己做起文章来也胡涂，所以我希望你们不要放开科学，一味钻在文学里。譬如说罢，古人看见月缺花残，黯然泪下，是可恕的，他那时自然科学还不发达，当然不明白这是自然现象。但如果现在的人还要下泪，那他就是胡涂虫。不过我向来没有留心儿童读物，所以现在说不出那些书合适，开明书店出版的通俗科学书里，也许有几种，让调查一下再说罢。

其次是可以看看世界旅行记，借此就知道各处的人情风俗和物产。我不知道你们看不看电影；我是看的，但不看什么"获美""得宝"之类，是看关于菲洲[2]和南北极之类的片子，因为我想自己将来未必到菲洲或南北极去，只好在影片上得到一点见识了。

1　颜黎民（1913—1947）：原名邦定，四川梁平人，青年学生。

2　菲洲：即非洲。

说起桃花来，我在上海也看见了。我不知道你到过上海没有？北京的房屋是平铺的，院子大，上海的房屋却是直叠的，连泥土也不容易看见。我的门外却有四尺见方的一块泥土，去年种了一株桃花，不料今年竟也开起来，虽得少得很，但总算已经看过了罢。至于看桃花的名所，是龙华，也有屠场，我有好几个青年朋友就死在那里面，所以我是不去的。

我的信如果要发表，且有发表的地方，我可以同意。我们不是没有说什么不能告人的话么？如果有，既然说了，就不怕发表。

临了，我要通知你一件你疏忽了的地方。你把自己的名字涂改了，会写错自己名字的人，是很少的，所以这是告诉了我所署的是假名。还有，我看你是看了《妇女生活》里的一篇《关于小孩子》的，是不是？

就这样的结束罢。祝

你们好。

鲁迅 四月十五夜。

1936年5月2日　致徐懋庸

懋庸先生：

来信收到。关于我的信件而发生的问题，答复于下——

一、集团要解散，我是听到了的，此后即无下文，亦无通知，似乎守着秘密。这也有必要。但这是同人所决定，还是别人参加了意见呢，倘是前者，是解散，若是后者，那是溃散。这并不很小的关系，我确是一无所闻。

二、我所指的刊物，是已经油印了的。最末的一本，曾在别处见过实物，此后确是不出了。这事还早，是否已在先生负责之后，我没有查考。

至于“是非”，“谣言”，“一般的传说”，我不想来推究或解释，“文祸”已够麻烦，“语祸”或“谣祸”更是防不胜防，而且也洗不胜洗，即使到了“对嘴”，还是弄不清楚的。不过所谓“那一批人”，我却连自己也不知道是“那一批”。

好在现在旧团体已不存在，新的呢，我没有加入，不再会因我而引起一点纠纷。我希望这已是我最后的一封信，旧公事全都从此结束了。

专此布达，并颂

时绥。

鲁迅　五月二日

1936年5月4日　致王冶秋

冶秋兄：

五月一日函收到。此集我至少还可以补上五六篇，其中有几篇是没有刊出过的；但我以为译序及《奔流》后记，可以删去（《展览会小引》,《祝〈涛声〉》,《“论语一年”》等，也不要）。稿挂号寄书店，不至失落；印行处我当探问，想必有人肯印的，但也许会要求删去若干篇，因为他们都胆子小。

我没有近照，最近的就是四五年前的，印来印去的那一张。序文当写一点。

四月十一日的信，早收到了。年年想休息一下，而公事，私事，闲气之类，有增无减，不遑安息，不遑看书，弄得信也没工夫写。病总算是好了，但总是没气力，或者气力不够应付杂事；记性也坏起来。英雄们却不绝的来打击。近日这里在开作家协会，喊国防文学，我鉴于前车，没有加入，而英雄们即认此为破坏国家大计，甚至在集会上宣布我的罪状。我其实也真的可以什么也不做了，不做倒无罪。然而中国究竟也不是他们的，我也要住住，所以近来已作二文反击，他们是空壳，大约不久就要消声匿迹的：这一流人，先前已经出了不少。

你所说的药方，是医气管炎的，我的气喘原因并不是炎，而是神经性的痉挛。要复发否，现在不可知。大约能休息和换地方，就可以好得多，不过我想来想去，没有地方可去。

这里还很冷，真奇。霁已回国，见过面，但现在不知道他是回乡，还是赴津了。

专此布复，并颂

时绥。

树 上 五月四夜。

395

1936年5月8日　致李霁野

霁野兄：

五月五日信并汇款，均收到无误。

我是不写自传也不热心于别人给我作传的，因为一生太平凡，倘使这样的也可做传，那么，中国一下子可以有四万万部传记，真将塞破图书馆。我有许多小小的想头和言语，时时随风而逝，固然似乎可惜，但其实，亦不过小事情而已。

新近印成一部《死魂灵百图》，已托书店寄上，想不日可到。翻印此种书，在中国虽创举，惜印工殊不佳也。

专此布复，即颂

时绥。

迅 上 五月八日

1936年5月14日　致曹靖华

汝珍兄：

两三日前托书店寄上《死魂灵百图》一本，不知已到否？兄所给的十二幅，亦附在后。印工还不太坏，但和原本一比，却差远了。

四月结账，《星花》得版税二十六元，今附上汇单，乞便中往商务分馆一取为幸。

有人寄提议汇印我的作品的文章到作家社来，谓回信可和兄说。一切书店，纵使口甜如蜜，但无不惟利是图。此事我本想自办，但目前又在不决，大约是未必印的，那篇文章也不发表，请转告。

又有一大批英雄在宣布我破坏统一战线的罪状，自问历年颇不偷懒，而每逢一有大题目，就常有人要趁这机会把我扼死，真不知何故，大约的确做人太坏了。近来时常想歇歇。专此布达，并请

日安。

弟豫　顿首　五月十四日

1936年5月23日　致曹靖华

汝珍兄：

二十日信收到，并稿子。《百图》纸面印了一千，绸面五百，大约年内总可售完，虽不赚钱，但可不至于赔本。

所说消息，全是谣言，此间倒无所闻，大约是北方造的，但不久一定要传过来的。

作家协会已改名为文艺家协会，其中热心者不多，大抵多数是敷衍，有些却想借此自利，或害人。我看是就要消沈，或变化的。新作家的刊物，一出锋头，就显病态，倒如《作家》，已在开始排斥首先一同进军者，而自立于安全地位，真令人痛心，我看这种自私心太重的青年，将来也得整顿一下才好。

能给肖兄知道固好，但头绪纷繁，从何说起呢？这是连听听也头痛的。

上海的所谓“文学家”，真是不成样子，只会玩小花样，不知其他。我真想做一篇文章，至少五六万字，把历来所受的闷气，都说出来，这其实也是留给将来的一点遗产。

如见陈君，乞转告：我只得到他的一封信；款不需用，不要放在心上。

这回又躺了近十天了，发热，医生还没有查出发热的原因，但我看总不是重病。不过这回医好以后，我可真要玩玩了。

专此布达，即请

日安。

弟豫 顿首 五月二十三日

1936年5月25日　致时玳[1]

时玳先生：

十五的信，二十五收到了，足足转了十天。作家协会已改名文艺家协会，发起人有种种。我看他们倒并不见得有很大的私人的企图，不过或则想由此出点名，或者想由此洗一个澡，或则竟不过敷衍面子，因为倘有人用大招牌来请做发起人，而竟拒绝，是会得到很大的罪名的，即如我即其一例。住在上海的人大抵聪明，就签上一个姓名，横竖他签了也什么不做，像不签一样。

我看你也还是加入的好，一个未经世故的青年，真可以被逼得发疯的。加入以后，倒未必有什么大麻烦，无非帮帮所谓指导者攻击某人，抬高某人，或者做点较费力的工作，以及听些谣言。国防文学的作品是不会有的，只不过攻打何人何派反对国防文学，罪大恶极。这样纠缠下去，一直弄到自己无聊，读者无聊，于是在无声无臭中完结。假使中途来了压迫，那么，指导的英雄一定首先销声匿迹，或者声明脱离，和小会员更不相干了。

冷箭是上海"作家"的特产，我有一大把拔在这里，现在在生病，俟愈后，要把它发表出来，给大家看看。即如最近，"作家协会"发起人之一在他所编的刊物上说我是"理想的奴才"，而别一发起人却在

1　时玳：生卒年不详，原名张组文，山东文登人，青年作者。

劝我入会：他们以为我不知道那一枝冷箭是谁射的。你可以和大家接触接触，就会明白的更多。

这爱放冷箭的病根，是在他们误以为做成一个作家，专靠计策，不靠作品的。所以一有一件大事，就想借此连络谁，打倒谁，把自己抬上去。殊不知这并无大效，因此在上海，竟很少能够支持三四年的作家。例如《作家》月刊，原是一个商办的东西，并非文学团体的机关志，它的盛衰，是和“国防文学”并无关系的，而他们竟看得如此之重，即可见其毫无眼光，也没有自信力。

《作家》既非机关志，即无所谓“分裂”，但我却有一点不满，因为他们只从营业上着想，竟不听我的抗议，一定要把我的作品放在第一篇。

我对于初接近我的青年，是不想到他“好”“不好”的。如果已经“当做不好的人看待”，不是无须接近了吗？ 曹先生到我写信的这时候为止，好好的（但我真不知道有些人为什么喜欢造这种谣言）。活着，您放心罢。

专此布复，即请

日安。

鲁迅 五月二十五日

1936年6月25日　致曹白

曹白先生：

惠函收到。先生们的热心，我们是很知道的。不过要写明周先生的病状，可实在不容易。因为这和他一生的生活，境遇，工作，挣扎相关，三言两语，实难了结。

所以我只好报告一点最近的情形：

大约十天以前，去用X光照了一个肺部的相，才知道他从青年至现在，至少生过两次危险的肺病，一次肋膜炎。两肺都有病，普通的人，早已应该死掉，而他竟没有死。医生都非常惊异，以为大约是：非常善于处置他的毛病，或身体别的部分非常坚实的原故。这是一个特别现象。一个美国医生，至于指他为平生所见第一个善于抵抗疾病的典型的中国人。可见据现在的病状以判断将来，已经办不到。因为他现在就经过几次必死之病状而并没有死。

现在看他的病的是须藤医师，是他的老朋友，就年龄与资格而论，也是他的先辈，每天来寓给他注射，意思是在将正在活动的病灶包围，使其不能发展。据说这目的不久就可达到，那时候，热就全退了。至于转地疗养，就是须藤先生主张的，但在国内，还是国外，却尚未谈到，因为这还不是目前的事。

但大约先生急于知道的，是周先生究竟怎么样罢？这是未来之事，谁也难于豫言。据医师说，这回修缮以后，倘小心卫生，1不要伤风；2不要腹泻，那就也可以像先前一样拖下去，如果拖得巧妙，再活一二十年也可以的。

先生，就周先生的病状而论，我以为这不能不算是一个好消息。

专此布复，并候

健康！

景宋 上 六月廿五日

1936年7月6日　致母亲

母亲大人膝下敬禀者，不寄信件，已将两月了，其间曾托老三代陈大略，闻早已达览。男自五月十六日起，突然发热，加以气喘，从此日见沈重，至月底，颇近危险，幸一二日后，即见转机，而发热终不退。到七月初，乃用透物电光照视肺部，始知男盖从少年时即有肺病，至少曾发病两次，又曾生重症肋膜炎一次，现肋膜变厚，至于不通电光，但当时竟并不医治，且不自知其重病而自然全愈者，盖身体底子极好之故也。现今年老，体力已衰，故旧病一发，遂竟缠绵至此。近日病状，几乎退尽，胃口早已复元，脸色亦早恢复，惟每日仍发微热，但不高，则凡生肺病的人，无不如此，医生每日来注射，据云数日后即可不发，而且再过两星期，也可以停止吃药了。所以病已向愈，万请勿念为要。

海婴已以第一名在幼稚园毕业，其实亦不过“山中无好汉猢狲称霸王”而已。

专此布达，恭请

金安。

男树　叩上　广平海婴同叩　七月六日

1936年8月25日　致欧阳山

山兄：

信早到，因稍忙，故迟复。《画集》早托胡兄[1]带去，或已到。

“安全周”有许多人说不可靠，但我未曾失败过，所以存疑，现在看来，究竟是不可靠的。妊身之后，肺病能发热；身体不好，胃口不开也能发热，无从悬揣。Hili[2]我不懂，也查不出，Infection则系“传染”，“传染病”，或“流行病”，但决非肺病。不过不可存疑，我以为还不如再找一个医生检查一下，用别的法子，如分析小便之类，倘系肺不好，则应即将胎儿取下，即使不过胃弱，也该治一下子。

诊我的医生，大约第一次诊察费二元或三元以后一年内不要，药费每天不过五角，在洋医中，算是便宜的，也肯说明（有翻译者在），不像白色医生的说一句话之后就不开口。我写一张信附上，倘要去看，可用的。

小说座谈会很好，我也已看见过广告。有人不参加，当然听其自由，但我不懂“恐怕引起误会”的话。怕谁“误会”呢？这样做人，真是可怜得很。

但我也真不懂徐懋庸为什么竟如此昏蛋，忽以文坛皇帝自居，明知我病到不能读，写，却骂上门来，大有抄家之意。我这回的信是箭

1　胡兄：指胡风。

2　Hili：德文解剖学名词，即血管等出入的门。

在弦上，不得不发，但一发表，一批徐派就在小报上哄哄的闹起来，煞是好看，拟收集材料，待一年半载后，再作一文，此辈的嘴脸就更加清楚而有趣了。

我比先前好，但热度仍未安定，所以至今说不定何日可以旅行。

专此布复，即颂

时绥。

迅 上。八月二十五日。

草明太太均此致候。 广附笔问候。

密勒路可坐第一路电车，在文路（上海银行分行处）下车，向文路直走，至虹口小菜场，一问，不远了。 又及

1936年8月28日　致杨霁云

霁云先生：

二十四日函收到。我这次所生的，的确是肺病，而且是大家所畏惧的肺结核，我们结交至少已经有二十多年了，其间发过四五回，但我不大喜欢嚷病，也颇漠视生命，淡然处之，所以也几乎没有人知道。这一回，是为了年龄关系，没有先前那样的容易制止和恢复了，又加以肋膜病，遂至缠绵了三个多月，还不能停止服药。但也许就可停止了罢。

是的，文字工作，和这病最不相宜，我今年自知体弱，也写得很少，想摆脱一切，休息若干时，专以翻译糊口。不料还是发病，而且正因为不入协会，群仙就大布围剿阵，徐懋庸也明知我不久之前，病得要死，却雄赳赳首先打上门来也。

他的变化，倒不足奇。前些时，是他自己大碰钉子的时候，所以觉得我的“人格好”，现在却已是文艺家协会理事，《文学界》编辑，还有“实际解决”之力，不但自己手里捏着钉子，而且也许是别人的棺材钉了，居移气，养移体，现在之觉得我“不对”，“可笑”，“助长恶劣的倾向”，“若偶像然”，原是不足为异的。

其实，写这信的虽是他一个，却代表着某一群，试一细读，看那口气，即可了然。因此我以为更有公开答复之必要。倘只我们彼此个人间事，无关大局，则何必在刊物上喋喋哉。先生虑此事“徒费精力”，实不尽然，投一光辉，可使伏在大纛荫下的群魔嘴脸毕现，试看近日上海小报之类，此种效验，已极昭然，他们到底将在大家的眼前露出本相。

《版画集》在病中印成，照顾殊不能周到，印数又少，不久便尽，书店也不存一本了，无以奉寄，甚歉。

专此布复，并请

暑安。

鲁迅　八月廿八日。

再：现医师不许我见客和多谈，倘略愈，则拟转地疗养数星期，所以在十月以前，大约不能相晤：此可惜事也。

1936年9月15日　致王冶秋

冶秋兄：

八月廿六日的信早收到，而且给我美丽的画片，非常感谢。记得两个月以前罢，曾经很简单的写了几句寄上，现看来信，好像并未收到。

我至今没有离开上海，非为别的，只因为病状时好时坏，不能离开医生。现在还是常常发热，不知道何时可以见好，或者不救。北方我很爱住，但冬天气候干燥寒冷，于肺不宜，所以不能去。此外，也想不出相宜的地方，出国有种种困难，国内呢，处处荆天棘地。

上海不但天气不佳，文气也不像样。我的那篇文章中，所举的还不过很少的一点。这里的有一种文学家，其实就是天津之所谓青皮，他们就专用造谣，恫吓，播弄手段张网，以罗致不知底细的文学青年，给自己造地位；作品呢，却并没有。真是惟以嗡嗡营营为能事。如徐懋庸，他横暴到忘其所以，竟用“实际解决”来恐吓我了，则对于别的青年，可想而知。他们自有一伙，狼狈为奸，把持着文学界，弄得乌烟瘴气。我病倘稍愈，还要给以暴露的，那么，中国文艺的前途庶几有救。现在他们在利用“小报”给我损害，可见其没出息。

珂勒惠支的画集只印了一百本，病中装成，不久，便取尽，卖完了，所以目前无法寄奉。近日文化生活出版社方谋用铜版复制，年内当可出书，那时当寄上。

静农在夏间过沪回家，从此便无消息，兄知其近况否？

专此布复，即颂

时绥。

树 上 九月十五日

令夫人令郎均吉。

1936年9月15日　致增田涉

增田兄：

九日信奉悉。关于《大地》[1]的事，日内即转胡风一阅。胡仲持[2]的译文，或许不太可靠，倘如是，对于原作者，实为不妥。我因发热依旧请须藤先生注射，其实，病情如何，尚不明确。但身体比先前胖了起来。

对徐懋庸辈的文章（因为没有气力，花了四天工夫），实在是没有办法才写的。因为上海有这么一伙人，一有什么事情就马上想利用并为自己打算，略给以打击罢了。

洛文　拜上　九月十五日

1 《大地》：赛珍珠著长篇小说，胡仲持译。

2 胡仲持（1900—1967）：浙江上虞人，翻译工作者。

411

1936年10月17日　致曹靖华

汝珍兄：

十月十二日信收到，甚喜。译致E君[1]函及木耳，早收到了，我竟未通知，可谓健忘，近来记性，竟大不如前，作文也常感枯涩，真令人气恼。

它兄译作，下卷亦已校完，准备付印，此卷皆曾经印过的作品，为诗，戏曲，小说等，预计本年必可印成，作一结束。此次所印，本系纪念本，俟卖去大半后，便拟将纸版付与别的书店，用报纸印普及本，而删去上卷字样；因为下卷中物，有些系卖了稿子，不能印普及本的。这样，或者就以上卷算是《述林》全部，而事实，也惟上卷较为重要，下卷就较“杂”了。

农往青岛，我方以为也许较好，而不料又受人气，中国虽大，真是无处走。

闸北似曾吃紧，迁居者二三万人，我未受影响，其实情形也并不如传说或报章之甚，故寓中一切如常。我本想搬一空气较好之地，冀于病体有益，而近来离闸北稍远之处，房价皆大涨，倒反而只好停止了。但我看这种紧张情形，此后必时时要有，为宁静计，实不如迁居，拟于谣言较少时再找房子耳。

1　E君：指巴惠尔·艾丁格尔。

412

上海

我病医疗多日，打针与服药并行，十日前均停止，以观结果，而不料竟又发热，盖有在肺尖之结核一处，尚在活动也。日内当又开手疗治之。此病虽纠缠，但在我之年龄，已不危险，终当有痊可之一日，请勿念为要。

兄之小说集，已在排印，二十以前可校了，但书名尚未得佳者。

此地文坛，依然乌烟瘴气，想乘这次风潮，成名立业者多，故清涤甚难。《文学》由王统照[1]编后，销数大减，近已跌至五千，此后如何，殊不可测。《作家》约八千，《译文》六千，新近出一《中流》（已寄上三本），并无背景，亦六千。《光明》系自以为"国防文学"家所为，据云八千，恐不确；《文学界》亦他们一伙，则不到三千也。

余后谈，此布，即请

刻安。

弟豫 上 十月十七日

1 王统照（1897—1957）：字剑三，笔名息庐、容庐，山东诸城人，作家。

1936年10月18日　致内山完造

老版：

意外的是，半夜又喘起来。因此，十点钟左右的约会去不成了，很抱歉。

拜托你给须藤先生挂个电话，请他速来看一下。

草草顿首

L 拜 十月十八日

出品

全国总经销

出 品 人_张进步

策划编辑_程 碧

特约编辑_孟令堃

编辑助理_周俊雄

装帧设计_UNLOOK · @广岛Alvin

发　　行_谭 婧

法律顾问_天津益清（北京）律师事务所 王彦玲

新 浪 微 博

微信公众号

出版投稿、合作交流，请发邮件至：innearth@foxmail.com

了解新书，图书邮购、团购、采购等，请联系发行电话：010-65772362